Todos los cuentos

Biblioteca Pedro Ángel Palou
Narrativa

Biografía

Pedro Ángel Palou nació en Puebla, México, en 1966. Ha sido promotor cultural, periodista, árbitro de futbol, chef, conductor de televisión, actor de teatro, académico y administrador de educación superior (fue rector de la Universidad de las Américas y secretario de Cultura de su estado natal). Es autor de cuarenta libros, entre los que destacan *Amores enormes* (Premio Jorge Ibargüengoitia, 1991), *Con la muerte en los puños* (Premio Xavier Villaurrutia, 2003), *Paraíso clausurado* (2000), *Demasiadas vidas* (2001), *Malheridos* (2003), *Casa de la Magnolia* (2004), *En la alcoba de un mundo* (2017) y las novelas históricas dedicadas a Zapata, Morelos y Cuauhtémoc.

Ha recibido varios doctorados *honoris causa* en América Latina y es doctor en Ciencias Sociales por El Colegio de Michoacán, y profesor visitante en La Sorbona, París V René Descartes, en la Universidad Iberoamericana y en Dartmouth College. Como parte de su preocupación académica ha publicado *La culpa de México* y *La casa del silencio*.

Aproximación en tres tiempos a Contemporáneos (Premio Historia Nacional Francisco Xavier Clavijero).

En 2009 fue finalista del Premio Iberoamericano Planeta-Casa de América de Narrativa con la novela *El dinero del diablo* que fue publicada con gran éxito de público y crítica en 22 países de habla hispana y traducida al francés y al italiano.

Condujo con Felipe Pigna la serie de televisión *Unidos por la Historia*, sobre el Bicentenario, para *The History Channel*.

Pedro Ángel Palou

Todos los cuentos

booket

Diseño de colección: Estudio Peri
Diseño de portada: La fe ciega / Domingo Martínez
Fotografías de portada: iStock

Bajo el sello editorial BOOKET M.R.
Avenida Presidente Masarik núm. 111,
Piso 2, Polanco V Sección, Miguel Hidalgo
C.P. 11560, Ciudad de México
www.planetadelibros.com.mx

Primera edición impresa en México en Booket: diciembre de 2023
ISBN: 978-607-39-0801-6

Impreso en los talleres de Impresora Tauro, S.A. de C.V.
Av. Año de Juárez 343, Col. Granjas San Antonio,
Iztapalapa, C.P. 09070, Ciudad de México
Impreso y hecho en México / *Printed in Mexico*

Nota brevísima

El cuento, como la poesía, es un género de excepción. Se puede buscar con ahínco, tal vez hasta con obstinación, pero se encuentra un buen cuento, como una perla, cada largo tiempo. Concibo, además, los libros de cuentos como todos orgánicos —no como el cajón de sastre en el que el escritor deposita sus creaciones de una época— donde cada una de las historias se comunica con las otras.

Por eso, ver reunidos ahora en un solo volumen cuatro libros de cuentos y algunos textos inéditos no deja de parecerme un despropósito. ¿Qué extraña voluntad los agrupa ahora y los entrega a la consideración del lector de nuevo? El azar es el mejor narrador, diría Balzac. Lo suscribo con gusto.

Sin embargo, un escritor no se ve a sí mismo de manera progresiva, del primero al más reciente de sus libros, sino exactamente a la inversa: del último al más lejano y por ende ajeno de sus volúmenes. No el capricho, más bien esa extraña disposición de ánimo es la que me ha obligado a presentarlos ahora a la inversa de como fueron escritos. Así, el lector se enfrenta primero a los textos inéditos, misceláneos, a los *Demonios en casa* y a la *Varia invención*, para luego, en riguroso desorden, seguir con *Los placeres del dolor*, las fábulas de *Amores enormes* y con un libro primerizo, torpe a ratos pero del que se salvan al menos dos cuentos, *Música de adiós*. Espero que así se me perdonen los errores juveniles, al ver las cosas en sentido contrario, no como una evolución, sino como una involución. *Character must be subordinated to action*, decía Stevenson con singular precisión: son lecciones que se aprenden sobre la marcha, con los personajes mismos, entre sus tramas.

Hay escritores que proceden a inventarse un mundo. En él se instalan, habitan y escriben hasta que llegan a dominar sus meandros, internándose en las más peligrosas callejuelas, alumbrados tan solo por el farol de sus certidumbres. Para ellos, pienso, nada más fácil que seguir disfrazando de palabras y vistiendo de escenas los lugares que ya conocen, las fórmulas que, incluso, olfatean apenas vislumbran una nueva historia. Conan Doyle era de estos. Sin embargo, para él no importaban las novelas producidas con ese sistema: toda la saga de Sherlock Holmes le parecía necesaria para su supervivencia personal pero inocua en la historia de la literatura a la que le dedicó las que él creía sus mejores horas, y sus mayores desvelos en la novela histórica que consideraba su obra seria. Paradojas aparte, esto le llevó a tener que matar a su héroe haciéndolo caer por las cataratas de Reichenbach en 1893. Ya antes su propia madre —quien era su mejor crítica— se lo había impedido gritándole un: ¡No debes!, que todavía hoy retumba en los pasillos de su casa de campo. Y era cierto. Sherlock ya no le pertenecía a Conan Doyle y tuvo que terminar si no resucitándole al menos escribiendo que en realidad no había muerto en las cataratas y regresaba con su filosa inteligencia a las páginas de los libros.

Pensemos en Conan Doyle y lo difícil de su decisión. O de sus decisiones literarias tan solo para reiterarnos las mismas certezas sobre el terrible oficio de poner letras negras sobre páginas blancas.

Azar, casualidad, dejarse llevar por el asombro ante los ataques de la más voluble de las inspiraciones, pero precisión de relojero suizo para la creación de escenas y de golpes de efecto sobre el vapuleado lector eran las consignas iniciales. Hoy veo una versatilidad en lo que escribo que no imaginaba al inicio, pero también existe una constancia, una recurrencia, hasta ideas fijas que permiten construir mecanismos precisos, estrategias calculadas. Pienso en Tommaso Landolfi, cuando declaraba: «¿Nunca podré escribir verdaderamente al azar y sin ningún plan para ver con el rabillo del ojo, a través del tumulto y del desorden, el fondo de mí mismo?». No, no se puede. Porque sabemos que no hay nada que ocurra por casualidad, que no hay olvidos voluntarios y, regreso a Landolfi, «De cierto no hay más que el espíritu que yace eternamente bajo las cadenas y poco importa quién las haya forjado».

Sin embargo, el azar-caos-nada-muerte es el origen de todo discurso y su resultado produce la contemplación más irónica, más desesperada.

Boston, 2023

Demonios en casa

Trakl

Para Guillermo y Elodia Sofía,
en sus bodas de oro

Vas por negras riberas de la muerte,
Y en el pecho, purpúrea, florece
Flor invernal

Georg Trakl

El Emboscado

Para mí todo ha errado y va en desorden.
Para mí ha vuelto a nacer la naturaleza de las cosas.

Erotócrito

Advertencia

Afirma Jünger que en la antigua Islandia al hombre que había entrado en grave conflicto con la sociedad —casi siempre a causa de un homicidio— le quedaba un recurso de honor, el ***Waldgan*** *—escribe en alemán—, irse al bosque, la emboscadura. Así, se volvía un* ***Waldgänger****, un emboscado. Sujeto a sus propias fuerzas —su propio juez y su verdugo, su médico y su sacerdote—, moraba allí hasta el fin de sus días, entre animales y nieve, entre los árboles. Este es el relato de uno de esos emboscados, el Autócrata.*

I

Sucedió de repente y duró tan poco que a veces cree que se trató de un sueño. Pero no fue así. Llegó a casa, como otras noches, con algo más de vino en las entrañas, es cierto, pero no ebrio. Ella estaba dormida, la miró: blanca como una recién nacida. Apretó su cuello y se tumbó en el rudo camastro, a su lado. Supo que no respiraba, pero no pareció preocuparle: pronto estuvo dormido.

De mañana recordó todo, todavía con los ojos cerrados, y se resistió a abrirlos, temeroso primero de la comprobación de su recuerdo, pero después prefirió ver a su mujer, pensar que se trataba de una pesadilla. Vio el cuello, aún con las marcas de sus enormes manos volviendo lívida la piel blanquísima. No se resistió al juicio de los viejos, tampoco les desvió la mirada. Aceptó su culpa y salió de la aldea. Entonces dejó también su nombre, junto con sus cosas y su pasado. Hasta ese día se llamó Ingólf y vivió en la aldea de Laufás. Pero ese hombre había desaparecido para siempre. Ahora era otro, y debía esconderse, emboscarse.

Decidió llamarse a sí mismo el Autócrata.

II

Siete días con sus noches caminó, buscando el lugar más apartado, más oscuro, donde no pudiera ser visto nunca. A un emboscado podían matarlo sin recibir castigo alguno. Él y no el asesino era quien estaba fuera de la ley. El cansancio lo venció al fin y sin haber dormido hasta entonces cayó en un sueño profundo, refugiado en una gruta. Su historia escrita antes, en el Landnámabok, el libro de los primeros pobladores, y por eso sabemos que la cueva se hallaba en el Raufarhólshellir. Las estalagmitas del suelo estaban cubiertas de hielo, frías como cada uno de los siguientes días.

Le dejaron llevar unas cuantas herramientas, un poco de pan, agua. Nada más. El juego era claro: sabían que era casi imposible sobrevivir en el bosque, por lo que los jueces lo condenaban en realidad a la muerte: más lenta, más cruenta. El castigo habría de cumplirse, inexorable, pensó entonces, al despertar de su primer sueño como el Autócrata, pero pronto tuvo fuerzas para salir del escondite e iniciar la construcción de una casa.

Buscó el lugar, o el lugar lo halló a él, no lo sabe aún. El promontorio era perfecto, apartado. Insospechado. Trabajó allí, comiendo hierbas y pedazos de pan, por casi una semana. Cortaba madera, la apilaba y luego, cuando la cantidad parecía suficiente, construía una pared, otra más. Al fin cubrió de tierra y pasto el techo, el pequeño promontorio, hasta que ocultó la casa casi por completo, de no ser por la puerta y una pequeña ventana para iluminarse las mañanas.

Es curioso, pensó el Autócrata —quien ya nunca sería Ingólf de Laufás— que su primera acción en el bosque no fuera buscarse un refugio, tarea propia de animales, sino construirse una casa, quizá para recordarse allí, oculto entre las sombras, que él seguía siendo humano, quizá el más libre de todos, el que se gobierna y se debe solo a sí mismo.

III

Frío. Todo, todo es frío. Él, la tierra, su piel, la noche. Helado. Busca cobijo, sin suerte. No hay resguardo posible, ni dentro de la oscura cueva que la lava socavó tantos años atrás. Hace tiempo que no le importa nada como no sea el frío. El hambre no existe; se trata apenas de un agujero en el estómago que pronto aprende a ignorar. Encuentra un animal, hierbas, cuando todo es negro y no hay estrellas. Engulle, traga: ya no hay sabor alguno en sus alimentos: son solo eso: gramos de comida que su boca hace desaparecer pronto. La sed, en cambio, es otra cosa. Ha aprendido a guardar agua de la lluvia en un cántaro abollado y perdido. Camina, también en la madrugada, hasta un pequeño manantial de agua dulce y allí lo llena cuando no hay nubes. Usa las manos o bebe directamente del cuenco. El agua le regresa, apenas un instante, a lo que fue alguna vez: lo limpia por dentro. Pero eso es solo un segundo, dos a lo sumo. Luego recuerda en lo que se ha convertido al huir, al perderse. La soledad de esta segunda semana le ha enseñado a temer, a agazaparse, de eso está seguro. Es su única certeza: lo ha enseñado a ser invisible. Ha renunciado a salir de la isla; hubo un tiempo en que abrigó esa última esperanza: salir en un barco y escapar de todo, para siempre. Ahora también se ha desvanecido ese sueño de futuro. Se ha vuelto esto, este ser que ha olvidado las palabras para no obligarse a no pensar. No hay regreso, no al menos del lugar al que ha huido. Sabe que pasarán los días, las semanas, los meses, pero desconoce cuántos; para el Autócrata solo existe cada nueva mañana, la luz del sol que baña sin misericordia todas las cosas. Entonces se hunde en lo más hondo de la cueva, todavía la casa no está lista, con sus magras provisiones, come un poco de lo que tiene: hierba, hongos, peces. Nunca ha hecho un fuego. Sería una temeridad, alertaría el humo su escondite a veces húmedo, con la marea alta de las noches. En ocasiones recuerda la comida caliente, cocida, pero se espanta el pensamiento con celeridad. No puede precisar, además, cuándo dejó de importarle. Se ve a sí mismo, si se obliga a cavilarlo, a la semana y media de su fuga: el hambre lo mataba por dentro, lo obligaba a retorcerse acostado en la tierra, como un cachorro enfermo; hasta ese día había sido pura hierba toda su dieta. No aguantó más y salió a cazar, con la mirada fija en el suelo, obligado a encontrar pronto una presa que mitigara el hueco enorme del abdomen. Decidió detenerse, tirarse en el piso a esperar cualquier movimiento que delatara la presencia de algún animal que comer. Le tocó en suerte un conejo silvestre, de los que la isla estaba repleta. Un segundo los ojos del asesino y los de la víctima se juntaron. No hubo miedo en ninguno, quizá solo el helado recuerdo de la muerte los paralizó un momento. El Autócrata entonces le arrojó la piedra, certera, a la cabeza, aturdiéndolo y se abalanzó hacia el diminuto cuerpo peludo que el golpe había petrificado. Todo fue cuestión de segundos; un orden aprendido quién sabe dónde o cuándo lo llevó a torcerle el cuello, crack, sonó la columna del animal; luego hundió sus uñas en el vientre sacándole las vísceras, el corazón, los pulmones; cubierto de sangre, sin tiempo para desollarlo le comenzó a arrancar, desde dentro, pedazos de carne que iba introduciendo a su boca con prisa, tragándolos casi sin masticar; poca carne, sin embargo, para su apetito; le arrancó una pierna con destreza y le quitó la piel, los pelos, de un solo tirón. La carne del conejo le supo dulce, caliente aún. Después aprendería, con el aplomo que le dieron los largos días y las tantas noches, a curtir la piel con agua de mar y a dejar secar, salados pedazos de carne que podía conservar por una semana. Se cubrió el cuerpo con una túnica de conejo malhecha y peor cosida con pedazos de cuerda que recogía en la playa. Pero esa noche, cuando hubo dado cuenta del animal, supo que ya no había nada que lo separara del reino de las bestias, ni su futura habitación. Se había convertido en uno de ellos. Es tan tenue la línea que nos distingue, se dijo frente al cuenco de agua con el que se lavó la sangre de la cara y de las manos, es tan corto el camino. Si tan solo hubiese aprendido a no sentir frío, piensa mientras al fin se traslada a su nuevo hogar, un cuarto tan solo, que deberá protegerlo como un vientre.

IV

Luego fabricó una mesa, una silla, un camastro. Se cubría con una piel de venado que arrancó de un animal muerto muy arriba, en la montaña. Era la primera ocasión que exploraba el territorio y encontró ese tesoro a pesar de la carne descompuesta: la piel, caliente, a la que añadiría poco a poco pedazos de sus víctimas, pequeños animales o cabras medianas que inmolaba para satisfacer el hambre.

El lugar tenía cada vez más la apariencia de una casa. Esas cuatro paredes parecían aislarlo de la inmensidad que lo circundaba, le hacían creer que había menos soledad, pero terminaron por recluirlo.

Una cárcel que le devolvió por un rato la ilusión de que era alguien y no algo. Nada más. Entonces empezó a pensar.

Curioso, se dijo al inicio, que todos esos días de trabajo hasta la extenuación, se hubiera dedicado a olvidar, no a pensar. Y ya su pasado no era el suyo, si no el de otro más, desconocido —su nombre, su aldea, la pálida belleza de su mujer, Hildur cuya melena cubría casi todo su cuerpo hecho de suave y mullido consuelo hasta esa tarde en que sus manos apretaron su cuello.

Y descubrió que pensaba, en realidad, cuando ya había dejado de hacerlo. Respiró hondo, con una larguísima exhalación y entonces se percató de lo que su propia voz le había dicho en ese rato —un minuto o tres horas, quién sabe—, en las que no necesitó seguir olvidando.

Tres frases resumían lo cavilado:

Los que se creen más inteligentes y más sabios y más ingeniosos que el resto de los mortales ocultan una estúpida hipocresía, una voluntad de engaño que termina por consumirlos.

No se trata de poner atención solamente —algunos lo logran al fin cuando han aprendido a olvidar. Lo esencial es que se trate de una atención activa, donde todo el cuerpo experimente lo que ve, escucha, huele, siente. No somos otra cosa que experiencia.

Todos los hombres tienen ideas, son claros. A mí, el Autócrata, solo me resta vivir en la perplejidad, en el asombro, en la duda. Nada es cierto cuando uno se tiene nada más sí mismo. Nada, ni el propio saco de huesos y piel que nos contiene. Se repitió las tres frases varias veces, como si quisiera memorizarlas y entonces le vino una súbita necesidad de escribirlas, de dejarlas allí, grabadas para siempre. Encontró entonces un método personal, súbito, para ir salvando de su propio olvido —el de los otros no importaba, porque no existían— sus pensamientos más contundentes. Así, decidió asignarles un signo, una runa, a cada uno. Los primeros tres fueron encriptados para su memoria por tres simples trazos: (Y R K)

que lo decían todo y lo ocultaban. Los grabó en la madera de uno de los muros de su cuarto.

Los detuvo, así, para siempre.

V

¡De qué oscuro barro están hechas las cosas!, se dijo el Autócrata una mañana más fría de lo habitual en la que un ruido lo despertó, alertándolo.

Por vez primera en mucho tiempo sentía el peso del miedo. Tomó el hacha en mano mientras intentaba distinguir el ruido, una especie de rascado en la madera de la puerta. Así por varios minutos hasta que se decidió a abrir.

Al principio no distinguió de qué animal se trataba, puro pelo ocupando el espacio diminuto de la entrada. Se trataba, lo supo después, de un caballo. Le dio, entonces, dos trozos de carne seca, no sabe por qué, tal vez porque esos días le habían permitido distinguir a otro ser con hambre.

El animal se retiró con el regalo en la boca. Los primeros habitantes de la isla, lo cuentan los libros, trajeron cientos de caballos antiguos, capaces de soportar las inclemencias del clima. De patas muy delgadas pero tronco voluminoso y cubiertos de una gruesa pelambre, estos animales comían de todo: hierba, carne, granos, a diferencia de la mayoría de las especies cercanas.

Habían desarrollado un estómago resistente que les permitía ingerir grandes cantidades de alimento y luego pasar días sin probar bocado. El caballo, a quien el Autócrata no quiso bautizar —los nombres, pensó, no contienen a las cosas, antes bien las diluyen como agua— volvió los días siguientes, siempre muy de mañana, siempre también anunciándose al rascar la puerta.

Muchos días después decidió salir a verlo, contemplarlo completo. Solo entonces se percató de que el caballo era ciego. Una espesa niebla cubría toda la superficie de sus ojos. Se guiaba por otros de sus sentidos. Ávido de compañía, no solo aceptó al animal, si no que le construyó un corral y algo parecido a un establo. Poco a poco se fue acostumbrando a su presencia.

Un día se decidió a montarlo. Había fabricado un freno de cuerda rudimentario y a guisa de brida otros pedazos de cuero curtidos por él mismo. Allí, en esa cabalgata inicial por las montañas cubiertas de nieve, supo que además de gobernarse a sí mismo podía domeñar lo que lo rodeaba.

No fue feliz al descubrirlo, al contrario. Se sintió estúpido. No solo no había podido ser un verdadero Autócrata, si no que cometía, uno tras otro, todos los errores de su especie: la misma arrogancia guiaba sus turgencias, sus anhelos, sus dudas.

Se obligó a no montar de nuevo al caballo, a quien llamaba solo Ciego, convirtiéndose él mismo en la compañía del animal, satisfaciendo los deseos y los impulsos de la bestia. Así por varias semanas. Pero no la voluntad de poder ni la decisión de ser domesticado y vencido por otro le produjeron consuelo alguno. Negaba no su ser —para el Autócrata había quedado claro que uno no es, que está siendo, que uno no es solo pura experiencia sino su libertad, lo que era un precio demasiado caro. Se alejó, entonces, de Ciego, evadiéndolo.

Dejó abierto el corral, destruyó el establo. Pero el caballo ya no conocía otra vida que la de su compañero y se negó a irse. No rascaba más la puerta buscando comida, no le exigía nada al hombre, ni siquiera su presencia, pero se quedó allí, petrificado por la amistad, lastrado por la presencia de otro ser en esas tierras vacías y amplias como la espalda de una mujer.

El Autócrata no podría precisar cuánto tiempo estuvieron así los dos, ausentes, olvidadizos. Un día, sin embargo, volvieron los ruidos, Ciego rascando muy temprano la puerta. Abrió.

Allí, destrozados por el viaje y el hocico del animal había dos cuerpos pequeños, dos conejos recién muertos. El caballo le ofrecía comida a su antiguo alimentador. Cada uno con los medios a su alcance dio cuenta entonces de la presa.

Al final, manchados de sangre, todavía deglutiendo las vísceras de sus respectivos alimentos, comprendieron quizá que un lazo más fuerte que la compañía habría de unirlos para siempre: la soledad.

El Autócrata entonces, ya sin ninguna culpa, volvió a montar a Ciego, solo que ahora sin freno y sin brida, abrazado a su cuello. No necesitaba más dominar al animal, ahora eran dos seres colaborando, haciéndose la vida más vivible.

Nada más. ¡Como si fuera poco!

VI

Y así podrían haber transcurrido los días para siempre. Él y Ciego, dos animales procurándose el uno al otro cuidados y sustento. Pero comenzó el invierno, el tiempo no fue suficiente para cobijar al caballo, que huyó del lugar, sin otro aviso que su dolorosa ausencia.

El Autócrata volvió a la más absoluta de las soledades. Dejó, incluso, de salir a buscar comida. El tiempo era lo suficientemente crudo como para haber hecho desaparecer cualquier forma de vida. Él, de cualquier manera, tenía provisiones de sobra para sobrevivir —había guardado comida como para él y Ciego y ahora estaba solo de nuevo, como quizá no debió dejar de estar nunca.

Entonces volvió a pensar. Primero había vivido sus días olvidando y una súbita cavilación interrumpió esa forma de muerte; luego, con la compañía del caballo había pasado sus días solo viviendo, y esta nueva cavilación mató esa forma de inconsciencia.

Largas horas se detuvo el tiempo, se detuvieron todas las cosas dentro de su mente. Extraño le pareció al Autócrata percatarse de que mientras no se piensa muchas cosas se mueven dentro de la mente, vienen y van las ideas, como bestias sonámbulas, y no se halla consuelo alguno.

Vivir así es estar arrojado a la angustia: agitado.

Solo la quietud total —de las horas, de las cosas, de todo lo que se mueve y conmueve—, solo el ahogo de la agitación produce pensamientos, aniquilando la furia imbécil de las ideas.

Y he aquí que aparecieron dos pensamientos que esa misma noche, ya memorizados, encriptó con dos nuevos signos,

La risa es la única forma de contemplar lo pequeño, que es lo único real. La inmensidad del espacio es un engaño.

Un amigo mudo me dice más que una multitud en una taberna. Mientras más conoces, por ende, más cerca estás de no saber nada. Si dejas que disminuya día a día cada una de las cosas que crees comprender, más verdaderamente sabio terminarás siendo.

VII

Fuego. Había que volver a esa condición primordial, la de la llama. El frío era insoportable, además. El fuego era para el Autócrata, en medio de esos días llenos de nieve en los que no alcanzaba a ver el cielo, la única forma de vida a su alcance.

La primera fogata lo devolvió a un día, muy lejano, en el que no tenía ningún recuerdo hecho de palabras o de imágenes, pero del que no podía desprenderse: el de su nacimiento.

Y entonces se dio cuenta de que para gobernarse a sí mismo debía recordar. Lo que había sido un esfuerzo denodado por olvidar, como única fuente de libertad, creía, se volvía ahora una febril urgencia por registrar en su memoria todo lo que había conseguido borrar. Nadie es dueño de su presente, único territorio en el que se vive, se dijo, si no posee también las llaves de su pasado y la clave de su futuro. Solo así deja de añorar y de anhelar y habita plenamente sus días y sus noches.

Esa fue la sabiduría que le otorgó el fuego. No solo le quitó el frío.

VIII

El deshielo de ese primer año emboscado le devolvió lo único que esa voluntad casi enfermiza por hurgar en el pasado no había podido regresarle: la risa. El agua volvía también a ser agua, a moverse. Caminó hasta un río profundo en el que recogía diariamente la cantidad de arrastrado por la furia de ese renovado torrente helado.

Un oso muerto. Bajó la pendiente de la montaña hasta formar con palos y piedras una frágil presa en la que pensaba detener el cadáver del animal, todavía completo, no descompuesto, quizá congelado debajo del hielo meses atrás.

Pero el peso de la bestia rompió su dique rápidamente, continuando su frenético viaje. Una travesía impensada quizá para el oso que era, antes de caer en ese río que primero lo mató de frío y luego lo hizo descender montaña abajo, solo eso.

Ahora cadáver, viajaba por primera vez quizá hasta tierras que nunca había visto.

Así el Autócrata, también, yéndose sin irse mientras perseguía, enceguecido, los despojos del animal: un tesoro.

Por fin una enorme roca detuvo el descenso y pudo él arrastrarlo fuera de la corriente e iniciar una labor lenta para retirarle la piel y luego destazar el cadáver desollado, todavía frío. Carne y más carne para su propio alimento.

No desperdició nada: ni la dentadura ni las garras que retiró hábilmente. Codicioso, el Autócrata separaba en cientos de pedazos utilizables la inmensa masa del animal que era, horas de trabajo después, convertido en nada.

Separado de sí mismo el oso no era sino un amasijo de retazos, de fragmentos. Una ruina devastada por el ansia del hombre, un sentimiento que el Autócrata no recordaba haber vivido nunca antes.

Pero se es solo mientras se está siendo. Somos pura experiencia, ya lo ha escrito él mismo grabándolo con un solo signo en la madera de su casa.

Grabándolo con un solo signo en la madera de su casa.

IX

Solo entonces, de regreso en su refugio de humano, que no de bestia, mientras acomodaba los restos del oso, el Autócrata se dio permiso para extrañar a Ciego.

El recuerdo del caballo se le presentó, como una sola imagen detenida por el tiempo y la nostalgia.

¿Quién era realmente él, un despojo perdido en los fiordos del oeste de la isla? Si Ciego estuviera aún vivo, ¿lo recordaría también a él, al Autócrata?

Es un emboscado, ha huido. Está a salvo, escondido. Pero de sus propios suelos no logrará esconderse nunca.

Hoy, casi un año después de haber apretado el cuello de su mujer, blando y blanquísimo y de haberse vuelto un emboscado, vuelve a soñar. Y no hay escape posible.

Duerme quizá solo para despertar. En el sueño se le aparecen dos mujeres. Una, pelirroja, cubierta con una larga capa que abre de vez en cuando para mostrar su cuerpo desnudo, rubio y pecoso como la vía láctea; la otra, con el ensortijado cabello negro y vestida de blanco, con una túnica que parece evaporarse por el aire; ceñida, sin embargo, por la tela. La pelirroja dice llamarse Gudrun y le hace el amor con violencia, pero pronto desaparece en un río de sangre que inunda la habitación entera y el cuerpo del Autócrata. Entonces la otra lo lava, cariñosa, y enjuaga sus lágrimas, rojas, también, mientras le sonríe. Antes de que pueda besarla, como desea, la segunda mujer, que dice llamarse Thurid, hinca sus filosos colmillos en el cuello del Autócrata, asesinándolo.

Luego desaparecen las mujeres y él puede ver claramente —acostado— su cadáver en lo alto de una roca, descompuesto por el tiempo y devorado por pequeñas aves blancas.

La muerte, se dice al contemplarse desde fuera, es una culpa que debemos pagar tarde o temprano.

Y esto, al despertar, se convierte en su sexto pensamiento, cifrado por una nueva runa,

Encima de su cama, en el techo, para que antes de dormir cada noche recuerde esa clara verdad.

X

Es otro después de ese sueño. Lo que hasta entonces era miedo, pavor, ante el hecho mismo de morir se había vuelto una tranquila conciencia del fin. Quizá si hubiese sabido esto un año antes no se hubiese emboscado, para qué.

Él mismo hubiera dado cuenta de ese pellejo andante que era, para siempre. Ahora, sin embargo, esa despierta y contundente revelación vuelve fútil, también, quitarse la vida. Ya vendrá la muerte, y no tendrá ojos para verlo. Ciega, se lo terminará de llevar. Desde que nacemos, se dice el Autócrata, empezamos a morir.

Y es que con esa revelación llega el viento. Rudo, raudo, ríspido. El viento, un ruido de cuchillos hiriendo la tarde.

Y es un viento negro, de mal agüero, como las aves, extrañamente blancas, que comían su cadáver. Es un aire negro que se posa sobre todas las cosas con su pasado de volcán y de lava congelada, y lo muerde todo, lo despedaza todo, lo descobija todo.

Ese viento le regala de nuevo el miedo, al Autócrata. Y se mete debajo de la piel de oso, como si se escondiera no de los hombres y sus leyes, sino de algo más fino y más mortal aún: el viento.

Frío, corta como un cuchillo, se oye como un cuchillo.

Entonces descubre su séptimo pensamiento, le llega al Autócrata como una ráfaga helada que lo paraliza:

La verdadera, la más activa atención solo se consigue cuando se deja recordar. Cuando se mira un oso por vez primera el animal nos recuerda la imagen que poseemos en el recuerdo; el oso desaparece, desfigurado en cientos de pedazos. Cuando digo que el oso me recuerda a un oso, aunque esté muerto o cuando lo desuello, solo reacciono. Algún día el oso será solo contemplación de ese animal, único, concreto. Entonces estaré verdaderamente vivo.

Se lo dijo, asombrado, y asignó una nueva runa a la 10ª cifra de lo allí iluminado por experiencia.

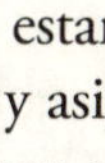

Caminó, entonces, y miró los árboles para decirse que cada árbol era distinto, era este árbol, y que debería poder ponerle un nombre distinto a cada uno, que lo diferenciara en el recuerdo de todos los otros árboles, tan ajenos a este, particular, que ha podido contemplar sin que le recuerde cada uno de los árboles o todos los árboles que hasta entonces ha visto. Y sin que lo vea como un montón de leña con la transformación producida por dos o tres arduas jornadas de trabajo: no necesita ni usará al árbol ni le servirá para volver al árbol arquetípico. Este y ese y aquel y aquel otro, más allá, cada uno será distinto.

Durmió intranquilo esa noche, como sabiendo que ha descubierto algo esencial pero sin comprender aún para qué le irá a servir esa súbita revelación.

XI

Quizá por eso vuelve a recluirse en su casa, sin salir. Ha salado peces, le queda bastante carne del oso, agua suficiente para una semana. Algo lo ha agotado y prefiere dormir que estar despierto.

Algo de la vigilia lo perturba muy hondo, además.

Unos días después —¿cuatro o cinco?, no lo sabe— salió al fin a la mañana del bosque: rotunda. Y lo que se había negado a comprender lo enceguece, ahora, como una verdad terrible: aquel que no puede abstraer las cualidades de las cosas y vive en el mundo de lo concreto es más sabio pero no más feliz.

Todo lo contrario: sabe algo que le impide ver, que le hace imposible transitar por la vida con inocencia. Las cosas tampoco son sino que están siendo, siempre. Pura experiencia, también, como él mismo, Autócrata siquiera porque ha aprendido tanto tiempo emboscado que lo único que puede gobernar es su propio pensamiento.

Y por vez primera se lo puede decir a sí mismo con todas sus letras: sabe que sufre aunque aún no puede encontrar la razón de su sufrimiento.

Esa misma mañana salió a caminar. Dispuesto a no regresar, si así se iban dando las cosas. Un atado con algo de comida, suficiente ropa para cubrirlo del frío. Nada más. Algunas horas después se cubrió en la cima de la montaña, la más alta de la isla. Oscurecía ya, y el viento amenazaba con arrancarlo de la tierra y arrojarlo por los cielos, inclemente.

Se sentó entonces, viendo hacia la mar. Allí, a lo lejos, el glaciar. En los viejos libros le llamaban Drangajökull, recordó. Pero era solo un nombre, la clave de su recuerdo. Nunca había contemplado la inmensa mole de hielo. La imaginaba más pequeña, menos irreal. Porque eso le apreció al verla: irreal, extraída del sueño o de la fantasía. Tan contundente como una inmensa roca y tan imposible como una visión.

Cuando se llamaba aún Ingólf y vivía en la olvidada aldea de Laufás nadie pudo llamarlo un hombre religioso. Ni su mujer, tampoco. No asistían a rito alguno, ni habían experimentado lo que pudiese llamarse un arrebato místico. Eran solo un hombre y una mujer allí en la tierra.

Mientras caía la noche y dejaba de ver el glaciar y ya solo quedaba una luna diminuta como única luz en medio de la total oscuridad, el Autócrata —ya sin nombre, ni tierras, ni pasado. Sintió por vez primera algo parecido a la idea de la divinidad.

Y no le llegó como una suprema visión, ni como un súbito despertar. Le sobrevino en forma de miedo. Allí encima, empequeñecido por la inmensidad, frágil y sin ningún refugio ni sustento supo por vez primera que era él, el Autócrata, un ser diminuto, casi inexistente en medio de la vasta extensión del universo.

Podía haber muerto allí —o en su nuevo hogar, en el bosque— y ningún otro ser se habría perchado de su ausencia. ¿Por qué?, se preguntó. La respuesta llegó pronto: porque él ya había dejado de existir.

Porque no era nadie.

Otros piensan en un dios como en un salvador, una extraña presencia que nos redime de cada una de nuestras faltas. Perdona, revive. Otros más bien viven con la firme convicción de que serán castigados, de que hay un final solo de esta forma particular de vida pero que en realidad no se perece nunca. El Autócrata, en cambio, supo a partir de ese momento y para siempre que no existe nada ni nadie después de esta vida, que es una forma de la muerte. Y que eso, la nada total, puede ser el mayor de los consuelos.

XII

Así le ocurría ya: la jornada debía ser extenuante físicamente, hasta la rendición para que el sueño fuera reparador, completo, sin sobresaltos ni falsos despertares antes del amanecer.

Llevaba meses en ese estado, sometiendo a su cuerpo hasta el límite de sus fuerzas para poder descansar. A pesar de las súbitas siete revelaciones y sus respectivos símbolos tallados en la madera de la casa, el Autócrata no encontraba el sosiego tan buscado.

El bosque le devolvió, entonces, la respuesta. Uno de sus espíritus, un duende —no un trol, por supuesto, siempre poco compasivos— le habló una tarde desde un hongo en el que moraba, pequeño y sabio:

—Debes encontrar de qué estás huyendo antes de saber a dónde quieres llegar.

Y luego desapareció.

XIII

Al principio el Autócrata se negó a aceptar la aparición del duende. Había sido, se dijo, una elucubración de su fantasía, solamente.

Y sin embargo terminó por aceptar su existencia, no como otro de los seres sobrenaturales sino como un habitante más del bosque. Recordó entonces a Gisli, un viaje de la aldea que interpretaba los sueños. Un día, antes de irse a vivir con su mujer, Ingólf —que todavía llevaba ese nombre— fue a consultarlo.

Le narró su sueño y recibió esta respuesta de Gisli:

—Un hombre que sueña con duendes sabe que hay dinero en su camino. Un hombre que ve a un duende, en cambio, sabe que se ha terminado todo en su vida, incluido el dinero. Es el final. En tu caso hay, además, cuadrúpedos. Dos, para ser exactos en tu sueño. Quiero decir que encontrarás engaños y amigos falsos.

Entonces le preguntó a Ingólf —era el único nombre con el que lo nombraban en Laufás nadie pensaba en él aún como el Autócrata:

—¿Los animales de tu sueño hablan?

—Un pato, solamente, en la granja de mi madre.

—Cuando los animales de la casa propia hablan no pronuncian acontecimientos maravillosos, como los animales del bosque, sino que presagian acontecimientos funestos, un cambio en tu familia. ¿Qué dijo el pato?

—No recuerdo, tres o cuatro palabras sin sentido.

—No sabría decirte el significado de esas frases en apariencia sin sentido. Diría que estarás frente a un adulador.

Ingólf —que entonces era un hombre dispuesto a casarse con una mujer hermosa y blanquísima como la nieve— le dio unas monedas a Gisli y preparó la boda como si no hubiera habido sueño o presagio alguno.

Y fue feliz al lado de Hildur hasta esa tarde en que, con un poco más de vino en las entrañas, pero no ebrio, regresó a casa y apretó su cuello hasta impedirle respirar.

XIV

Lo despertó el rasquido en la puerta y se levantó con una inusual alegría, reconociendo la inminencia del encuentro.

Era Ciego. Allí parado, como si no hubiera transcurrido casi un año de su ausencia. Había regresado, se dijo alegre el Autócrata mientras acariciaba al animal y le daba de comer. Pero desde un inicio reconoció que su compañero había regresado a morir junto a él. Era cuestión de días o de horas apenas, estaba exhausto.

Arregló el establo con esmero y le colocó su propio cuenco de agua al animal. Ciego se dejó caer, pesado, sobre el pasto, y cerró los ojos. El autócrata lo dejó descansar y regresó a su casa solo para encontrar una nueva runa, con la que encerrar su memoria su octava revelación, ocurrida mientras veía al exhausto animal echarse a dormir plácidamente:

Mira a tu interior, como si durmieras —dormir es el fin del despertar— y cuando ya no veas nada, nada, entonces habrás encontrado la naturaleza de las cosas.

Comenzó a llover, entonces, allá afuera. Las nubes dejaron caer su llanto sobre la tierra, mojándola. Era hermoso el olor de la lluvia. O mejor, el olor de la tierra húmeda por la lluvia. Contempló el agua cayendo desde el cielo con estrépito por largo rato, sentado desde su camastro, cubierto por la piel del oso. Entonces escuchó el relincho de Ciego, el último, y corrió al establo. Pero ya no lo encontró con vida.

Se preguntó de inmediato qué iba a hacer con el animal. No lo que había tenido que hacer con los otros que se había encontrado en el bosque. Ciego era su compañero.

Lo arrastró por más de dos horas hasta el río y lo arrojó allí, a la corriente. Pronto desapareció de su vista, lo imaginó lejos, despedazado por la furia de una catarata que igual lo lavaba que lo desaparecía.

Todo lo que lo había atado a la tierra ahora se había ido para siempre, se dijo. Pero fue solo un pensamiento. Volvió a casa con lentitud, casi como si no deseara regresar nunca.

Y entonces se dijo:

—Hay que morir profundamente cada día, conscientes del sinsentido de todos los caminos y las luchas. Ni blanco ni silencio: solo cerrar los ojos.

Otra runa ᛊ, resumido el contenido de esa nueva iluminación.

XV

He llegado al final de mi relato. Si ustedes gustan preguntar algo más es probable que no pueda dar respuesta alguna, así fueron los primeros tiempos del Autócrata en el bosque. Los demás años fueron iguales. Se hizo más hábil, es cierto, y más fuerte. Aprendió a destilar su propio vino de moras; fabricó utensilios y recipientes con la piel de sus presas, o con sus vísceras. Poco a poco la madera de su casa fue recibiendo más y más signos en los que cifraba la suma de sus saberes, hasta que no quedó hueco alguno donde grabar otra runa. Su vasta enciclopedia en clave lo contiene y nos lo oculta.

Están de acuerdo todos los hombres sabios de esta isla, y así ha sido escrito en los libros, que Ingólf de Laufás, el Autócrata, fue el hombre que más años sobrevivió como emboscado, más que Grettir Asmundsson, quien pasó diecinueve años de su vida fuera de la ley, en los fiordos del norte, más que Gisli en su granja de Geirthjófsfjördur, quien pasó casi veinte años emboscado.

El Autócrata sobrevivió veinticinco años en el bosque, entre los animales y la nieve.

Nadie ha podido comprender la extraña escritura con la que grabó cada una de las maderas de su casa. Se trata de un código indescifrable, una especie de escritura ritual, hecha de letanías, liturgias y fórmulas mágicas —han dicho los expertos, sin atreverse a definir sus significados, evocación o conjuro de la tiniebla y el desamparo.

Nadie sabe lo que las runas del Autócrata encierran: algo más profundo por más simple: la inmensa sabiduría del vacío, la fragilidad de toda clave, el fin de toda construcción: la ruina, la nada.

El corazón y sus especias

I

Escribo este relato para curarme. O más bien para proteger la casa que me vio nacer. Una medicina, la palabra después de los dolorosos días que ahora cuento y que, lejanos apenas unos años en el tiempo aún nos duelen como clavos torpes, heridas profundas en la carne.

Bien podría comenzar por el inicio, lo que sería afortunado para el lector que ahora posa sus ojos sobre estas páginas cruentas. Él era un ministril, oficio parvo donde los halla. Ella una noble dama, para desconsuelo del cantante y poeta casada con su señor.

La primera vez que la vio aparecer en el castillo enmudeció como una noche después de la tormenta. Dejó el viejo laúd que había heredado de su padre. Dejó los versos y se emborrachó largamente hasta quedar dormido.

Embriagado por la belleza de la dama, sus enormes pechos bajo el corpiño, el cabello recogido en el tocado.

Sabedor de su oficio intentó las rimas, le puso música a sus desventuras. La copió en innúmeras canciones que le desgarraban la garganta y el alma en su alta torre lejana.

II

No le decía nada a sus amigos, pero lo veían enfermar de amor. Languidecer, volverse delgado como la espuma de la mala cerveza que lo hacía olvidar apenas a ratos la desfortuna de amar a quien no se debe.

La contemplaba pocas veces, a decir verdad. Cuando era requerido por sus señores para alegrar una fiesta o entretener a un invitado.

Ella reía, joven y blanca como una paloma. Y sus dientes eran perlas del recuerdo del amante silencioso que rumiaba en su alcoba sueños imposibles.

El amor entonces se volvió locura, como siempre sucede.

III

Ya no se afeitaba ni cortaba el cabello con su vieja navaja. Se volvió incluso desaliñado en sus vestidos y sucio en su cuerpo que no limpiaba cada semana como era la norma.

El senescal lo llamó a la cordura, lo reconvino afectuosamente como un padre. Él lo había contratado, robándolo de otra corte donde sus servicios eran menos remunerados.

Pero ni siquiera todo el oro del mundo podría ahora aliviar su pena. El senescal le preguntó por sus cuitas.

—Muero de amor —le dijo el ministril.

—¿Y quién es la dama? —inquirió entonces el consejero.

—Su nombre es impronunciable. Su cuerpo me será vedado por siempre. Su corazón es una jaula.

—Entonces ella no lo sabe.

—Nunca —respondió tan solo el poeta y huyó escaleras abajo, como quien se traslada raudo al mismo infierno.

IV

Nada cambió en los días subsecuentes. Y nada hubiese modificado la pena y el yugo impuesto por el destino a nuestro ministril si el señor del castillo no hubiese sido llamado por el rey para asistirlo en Tierra Santa.

Se preparó gran banquete de despedida.

Se alistó un pequeño ejército de viejos caballeros envueltos en sus armaduras inútiles. Se juntaron monturas y corceles.

El poeta fue requerido para cantar la partida.

Obligado a bañarse y a arreglarse por el senescal se presentó esa noche en la gran sala del castillo.

Hizo lo que pudo con tímidos versos y vio llorar a su dama húmedas lágrimas por la partida de su señor y esposo.

V

Una semana después de aquella noche la ocasión fue propicia para el ministril en su imposible afán.

Ella se detuvo frente a la fuente. El crepúsculo suicida convertía la tarde en una naranja partida por la mitad. Ella se acariciaba el largo cabello con las manos húmedas.

Los árboles la protegían. No la acompañaba criada alguna.

Él se acercó y puso manos a la obra con lo único que sabía hacer. Tocó su laúd y le cantó el más hermoso poema que había salido de su pluma.

Escondido tras el follaje el ministril cantó su amor.

La dama lo buscó en la espesura. No triste, no alegre tampoco. Intuía la tristeza en las palabras que el poeta le prodigaba.

El ministril huyó como un bellaco. Desapareció de la fronda, incapaz de esperar la respuesta de la dama, convencido de ser expulsado para siempre de esas tierras cuando se supiese su fechoría.

No durmió. No salió de su torre por tres días.

Pensó que esta vez moría, solo como un pájaro en medio de la más terrible tormenta.

Cuatro mañanas después se presentó en su alcoba la doncella de su amada. Ella lo esperaría al caer la tarde, en el mismo lugar donde la vez primera.

VI

Se amaron sin descanso, como unos bandidos.

Locos, enfurecidos, tal si el mundo fuese a desaparecer esa misma noche. Se amaron como si no fuesen a verse más.

La humedad de la tarde suplantó el sudor de los cuerpos tendidos en la hierba, cerca de la sedienta fuente. Después de amarla la acarició con dulzura, le recitó todos sus versos en una catarata de palabras y de anhelos.

Ella sentía el aliento del ministril en su oreja y se sentía, sin embargo, desdichada.

VII

Por muchos días se repitió la escena, con variantes mínimas que las crónicas no atestiguan. Ni los versos guardados del poeta.

Antes bien las malas lenguas comenzaron a propagar las noticias del romance entre la bella dama y el escuálido ministril.

La corte empezó a repetir el caso, creyéndolo primero mentira y luego a fuerza de escucharlo una vez tras otra aceptándolo con parsimonia.

Ya regresaría el rey y sus vasallos, decían las otras damas, y castigarían a los adúlteros.

¡El fuego!, decían unas.

¡El potro y el tormento!, opinaban otras.

Y así pasaron los meses sin noticias de Tierra Santa.

VIII

Un heraldo, sin embargo, trajo la nueva al treceavo mes de la partida. El señor regresaba victorioso, a sus espaldas, la muerte de cientos de sarracenos. El rey muy satisfecho con su vasallo.

Muchos premios y obsequios a la vista.

La más preocupada por la noticia fue la dama. El ministril había caído ya en la trampa de su pasión y no escuchaba otras voces que las de su deseo.

Asaltó a la dama esa misma noche en su propia alcoba, sin cuidado alguno. La despojó de sus prendas como un ladrón.

Y la poseyó por última vez como si fuese la primera.

Muchas noches después, ya atado y sujeto de sus carnes, atormentado por el castigo de su amo, recordaría el cuerpo tibio de su amada como un vaso de leche recién ordeñada.

IX

Llegó el señor.

Llegaron los caballeros y sus criados.

Todos sabían ya del pecado del ministril y la dama.

Ella aullaba como loca, solitaria en su larga alcoba esperando el momento de enfrentarse a su esposo. Él, sin embargo, no la llamaba.

Por su criada supo de la prisión del cantante, de sus tormentos. Suplicó por una audiencia.

Ella era la única culpable, le dijo al senescal. Su lujuria y su pecado. Pedía la libertad de su amado. La gritaba.

Estos reclamos enojaron aún más al esposo quien verificó esa misma tarde en la celda del poeta los rigores del castigo.

—Son pocos tus dolores, ministril, frente a los que me has provocado.

Se le escuchó decir tan solo antes de utilizar el látigo sobre la carne llagada y roja del poeta que desfallecía ya en su dolor.

X

Por varios días no se supo nada del señor del castillo.

Había salido acompañado tan solo de su criado más fiel, de cacería.

La dama suplicó nuevamente terminaran los tormentos de su amado. El senescal finalmente se apiadó de la desdicha y soltó al hombre.

La fiebre lo consumía, sin embargo.

Su cuerpo maltrecho casi exhalaba su aliento último, le dijo a la dama su criada.

Ya nada podía hacer para protegerlo. Lloró por el poeta. Pero lloró aún más por ella misma cuando esa noche la vieja curandera del castillo le confirmó lo que ya sabía: se hallaba preñada.

Pronto su cuerpo la delataría.

Quiso nuevamente quitarse la vida, pero su doncella lo impidió y le suministraron unos bálsamos que la durmieron.

XI

Eso es al menos lo que dicen las crónicas de lo sucedido. Él enfermo, ella dormida. Y el señor de aquel lugar consumido por los celos buscando asesinar con su ballesta a cuanto animal el bosque le colocaba enfrente.

Se dieron misas buscando recobrar la antigua serenidad de la casa y de sus gentes.

Se rogó al señor un poco de piedad, a pesar de los pecados allí cometidos.

El señor regresó esa noche y mandó a realizar un nuevo banquete.

Un banquete privado para él y para su esposa.

XII

Ella no sabía aún cómo verlo a los ojos. Cómo hablarle.

La vistieron y arreglaron casi por la fuerza.

La perfumaron con lociones frescas y le hicieron un hermoso tocado de flores nuevas.

Un único platillo se sirvió esa terrible noche.

Ella no había probado bocado en días. Él señor de aquel lugar, su esposo, también fue presa de la gula.

Dieron cuenta velozmente del manjar. Hubo muchos panes, y corrió el vino por las copas de los dos allí hambrientos. Ninguno alcanzó a hablar del todo.

Se dijeron cosas, es obvio. Sobre el frío que reinaba en esa época del año. O sobre otras nimiedades.

Dicen que él le dijo que esa noche estaba muy bella y que su esposa apenas sonrió con el halago.

No habría que creer mucho en lo que se cuenta. Estuvieron casi todo el tiempo solos y al final, un poco ebrios se despidieron con dulce cortesía.

Ella alcanzó a agradecerle el banquete, el regalo de aquella carne que imaginaba extraída de una de sus presas.

—¿Era de jabalí el corazón que disfrutamos? —le preguntó la dama, saboreando aún el trozo que le tocó en suerte.

—No, señora —dicen que contestó él, celoso enfurecido—, oculto en sus especias el corazón que comisteis era el de tu amado.

XIII

Allí desfalleció la dueña.

Enfermó y se fue consumiendo solitaria. El señor la había recluido en la vieja y lejana torre que alguna vez fue el aposento del poeta. Allí, encerrada y loca, dio a luz unos meses después a una criatura.

En los pueblos cercanos se dijo que había parido un monstruo.

Nada de eso es cierto.

Tan solo que el lugar quedó maldito.

XIV

Por eso he escrito ahora esta historia, para dejar constancia de esos miserables hechos o mejor para levantar el hechizo que sobre esa casa y sus tierras la desventura de sus señores provocó.

Murieron ambos al cabo de unos años.

Ella primero, consumida por la rabia. Loca, dicen. Repetía los versos de su amado y le cantaba por la pequeña ventana de la alta torre.

Luego él, arrepentido quizá de su crueldad. Sobre todo adolorido. Es el desamor la más grande desventura.

Luego vinieron años de dolor. La tierra no daba buenas cosechas. Los caballeros y vasallos se fueron yendo del lugar a otros más prósperos y menos tristes.

Los jardines dejaron de ser cuidados y se convirtieron más en infiernos que en paraísos.

Pocos quedaron allí para dar cuenta del final de aquellas tierras.

XV

A decir verdad tan solo un hombre, aquel monstruo que parió la dama y cuya instrucción estuvo a cargo del viejo senescal que sobrevivió a sus amos y a su desdicha.

El antiguo consejero fue para ese hombre como un padre y un maestro.

Ahora ha muerto y el hombre se ha quedado solo en sus tierras infértiles.

No tiene a nadie que cuidar, sino a la ingrata memoria de aquellos sucesos aquí narrados.

Yo soy aquel vástago infortunado y estas mis vanas palabras para intentar deshacer el conjuro de su desdicha.

Yo soy el engendro de aquel amor, nunca un monstruo. Soy el único señor y el único vasallo de estas tierras yermas.

Anhelo mi muerte, que sé cercana. Sirvan estas palabras para mi consuelo.

La favorita del emperador

爱

El amor y el azar aparecen siempre en pareja, asaltando el tiempo muerto de los seres humanos. El destino, en cambio, siempre arriba sin otra compañía que él mismo: solitario y monógamo se solaza con la imprevisibilidad de los días y en la curiosa forma en que el corazón suministra al cuerpo más que una eficaz circulación de su sangre oxigenada.

爱

Voy a continuar una leyenda muy antigua: como tal pasó a Japón, aunque sus personajes hayan existido en China. Algunos de ellos, al menos. Otros los ha agregado la imaginación. ¿Desde dónde vemos lo que vemos? El horizonte, lo saben los grandes pintores y los poetas más excelsos, solo existe dentro del corazón de los hombres. El horizonte es una línea imaginaria. ¿Pero qué es historia y qué es mentira?

爱

En Japón, entonces, le añadieron dos o tres nuevos personajes para hacer más dramático el relato —como si no supiesen que las historias de amor solo necesitan tres seres humanos. Pero ya Li Po había escrito un hermoso poema en 753, cuando la entonces favorita del emperador, Yang Kuei-fei, aún vivía y el esplendor de su belleza se dejaba contemplar en todos los viajes del monarca a sus distintos palacios. «Un hijo puede traer deshonra, pero una hermosa hija logra modificar la vida de toda una familia», rezaba un dicho entonces.

Otro de los dos grandes poetas de China, Tu Fu, redactó su «Li ren hsing, La balada de la hermosa dama», describiendo un paseo en un parque en el sureste de Ch'ang-an de la favorita del emperador y su familia. Poema en el que destaca la infinita belleza de nuestra dama cuando aún vivía. Volvió al tema al año de la desgraciada muerte de Yang Kuei-fei en su aún más hermoso, «Lamento en la ribera», en el que se pregunta —con ese *tedium vitae* de todos los poetas cortesanos sin importar la época o la cultura— qué fue de sus brillantes ojos, qué fue de sus brillantes dientes, su alma ahogada por la fría soledad, sin reposo. El río transcurre cerca de su sepultura, con leguas, infinitas leguas aún por recorrer.

Es inevitable, escribe Tu Fu: algunos se quedan y otros siguen su camino. Un hombre viejo, de verdaderos sentimientos, llora con amargura. Es el anciano emperador Hsüang-tsung, adolorido aún, con el solo recuerdo de la belleza de su amada.

Un año antes allí mismo él la había sepultado, vestida de púrpura, después de que sus propios soldados la mataron.

Innumerables poetas menores de la dinastía T'ang intentaron el tema con menor fortuna. El amor es un tema banal en manos de un poeta menor.

爱

Po Chü-i, en cambio, era de la estirpe de las mejores aves canoras. Un ruiseñor, no un simple grajo. Menos aún un canario de los que seducen por su colorido pero cuyo canto es monótono como una cascada. La voz de Po Chü-i tenía dentro diez mil voces. Con muchas de ellas compuso el largo poema más hermoso sobre Yang Kuei-fei que mis oídos cansados hayan escuchado jamás: «La canción del dolor imperecedero».

Era un funcionario menor con un puesto burocrático nada envidiable pero aún cercano a la capital, en el pequeño poblado de Chou-chih: allí había llegado en el año de 806, dato que a nadie importaría de no ser porque ese mismo invierno visitó con dos grandes amigos el monasterio de Hsien-yu, Wang Chih-fu y Ch'en Hung. Dato que sería igualmente irrelevante si una noche de ese invierno en el elevado monasterio la conversación no hubiese girado en torno a los últimos años del emperador Hsüang-tsung y la desfortuna de la más bella de sus concubinas, la favorita, Yang Kuei-fei, sucesos ocurridos cincuenta años antes de esa helada noche en el monasterio.

Y esto último tampoco merecería ser anotado aquí: tres amigos pueden conversar sobre lo que se les venga en gana aun en un hermoso templo como el de Hsien-yu, quc ha inspirado vidas muy nobles y santas sin que a nosotros tantos siglos después nos importen las hojas de ese rábano.

Ch'en Hung llegaría a ser con el tiempo un gran poeta y Wang Chih-fu, de los tres, el de las ideas superlativas. Él sugirió a nuestro poeta que escribiese el largo canto al dolor del viejo emperador, actividad que le pareció a Po

Chü-i honorable y bella, aunque quizá fugaz, como la caída de las rojísimas hojas de los innúmeros arces en otoño.

Tiempo después, terminado el largo poema, le pidió a su amigo que escribiera algunos fragmentos en prosa para que los lectores pudieran comprender mejor el infinito dolor de sus versos, que ya se sabe que la prosa dice algunas cosas de manera más clara y directa pero carece por ello de la verdad universal de la poesía. Así que a «La canción del dolor imperecedero» la acompaña en todas sus ediciones el «Cháng hen ko» como los dos amigos escritores se acompañaron a lo largo de sus breves vidas. La vida es breve, pero quedan las palabras, se decían el uno al otro sin vanidad puesto que sabían que sus voces habían sido puestas al servicio de un cantor mayor.

Ni en el poema ni en la prosa está dicho todo. Escribir es en realidad el arte de omitir.

¿Quién fue la infinitamente hermosa Yang Kuei-fei?

爱

Nació en 719 y en todos los anales de la historia de China es celebrada por su belleza.

Treinta y siete años estuvo en el mundo, al menos con la forma de mujer, con el nombre de Yang Kuei-fei. Treinta y siete veranos son pocos, pero suficientes para que se le recuerde más hermosa y duradera que las intrigas del poderío de su señor, Hsüan-tsung, aun cuando en los primeros años del reinado de su amado se viviese una gran paz y prosperidad. Hasta los corazones más lastimados lo reconocían. Él había entonces logrado reconciliar a su país.

爱

En 775 An Lu-shan comenzó su rebelión y el emperador huyó de la capital hasta que al llegar a Ma-wei, en medio del amotinamiento de su propia guardia, sus soldados le convencieron de que había que terminar con la raíz de los males, su concubina. Hsüan-tsung dudó unos momentos —los emperadores que dudan más de unos segundos son ejecutados— y finalmente aceptó.

Un año después de que el obeso An Lu-shan se hubiese alzado en armas la favorita del emperador fue ejecutada. Lo demás es literatura. Esta historia que sigue.

爱

¿A quién es preferible creerle, al poeta o al biógrafo? Tal vez a ninguno. La historia de la favorita del emperador se halla grabada en al menos tres recopilaciones históricas. El *Chiu T'ang-shu*, en el parágrafo cincuenta, escrita en 945; el *Hsin Táng-shu*, en el parágrafo ochenta y seis y redactada en 1060. La primera podría titularse en español *La vieja historia de la dinastía Tang* y la segunda simplemente *La nueva historia*. Es en el *Tzu-chih t'ung-chien*, un libro excepcional escrito por Su-ma Kuang después de 1070, cuyo título podríamos verter como *Un espejo completo para ayuda en el gobierno*, es en los parágrafos ciento quince a ciento dieciocho, donde se encuentran más datos para el interés del curioso.

Pero ya lo dije antes, para que existan historias de amor se precisan tres seres humanos. En la de Yang Kuei-fei deben aparecer el emperador Hsüan-tsung, quien la llevó a la corte con no pocas mañas de soberano y An Lu-shan, sin cuya obesidad y rebelión la favorita nunca hubiese muerto tan cruelmente.

Porque de cualquier forma moriremos todos.

爱

En 618 dio comienzo la dinastía T'ang. Su sexto emperador fue un excepcional patrono de las artes a quien ya nos hemos referido y también llamado en múltiples textos y en su propia corte, Ming Huang, el Ilustre Monarca. El suyo fue el más largo reinado de toda su dinastía. China era, quién puede dudarlo ahora, el imperio más poderoso y civilizado del orbe. Su capital, Ch'ang-an era la más grande ciudad de comercio que el mundo conociese. Los japoneses estaban tan prendados de ese apogeo que importaban lo que podían de China: costumbres, ropa, formas de gobierno. Heijo, la capital, quería parecerse lo más posible a Ch'ang-an. Lo importante venía de China, incluso este cuento.

爱

Cuando Yang Kuei-fei nació, el emperador tenía ya treinta y cinco años. Había sido coronado desde hacía seis. Había erradicado por completo la corrupción —eso dicen incluso sus enemigos— y amaba a los pintores y a los poetas.

Vista desde fuera la vida de un emperador puede parecernos sencilla. La de Ming Huang, que entonces era solo Hsüng-tsung, era más bien una pesadilla. Nació en 685 y entonces ni siquiera su madre podría haber predicho que llegaría al trono. Era el tercer hijo de Jui-tsung, de su segunda consorte, la dama Tou. Su padre era nominalmente el emperador, pero había abdicado de facto en favor de su madre, la poderosa emperatriz Wu.

Ella misma tampoco la había tenido fácil. Había llegado tarde, por así decirlo, al harem del emperador T'ai-tsung. Tan tarde que cuando este murió tuvo que convertirse en monja en un monasterio budista, donde pensó pasar el resto de sus días en penitencia y meditación. Hasta que la emperatriz Wang, consorte del nuevo emperador Kao-tsung, la trajo de nuevo al harem. Ningún libro explica las razones, siempre misteriosas, por las que una mujer puede hacer algo así, estampando como con un sello maldito de jade el resto de sus días.

La concubina Wu asesinó a la emperatriz Wang y desde entonces logró el control completo del palacio, de la corte y de China entera, aunque nunca de sus dioses. Desde 684 las diez mil cosas de esta tierra estaban a su sola disposición.

Hay una pequeña historia, si lo anterior no fuera suficiente, que nos revela el carácter indómito de la emperatriz Wu, nunca más concubina de nadie: en 668, cuando dos de las princesas intentaron rebelarse en su contra, mandó matar a casi un tercio de la familia imperial: todos quienes directamente estaban emparentados con ellas.

爱

En ese entonces al ilustre Hsüan-tsung se le conocía por su nombre personal: Lung-chi. Sobrevivió con dificultad esa primera purga contra las dos princesas y sus familias e incluso una segunda purga, igual de sanguinaria, a principios de 690.

En la más estricta reclusión Lung-chi vivió con su padre hasta la muerte de la emperatriz asesina. Entonces su tío Chung-tsung ascendió por segunda vez al trono nombrando a Hsüang-tsung vicepresidente de la corte de la Insignia Imperial.

Sin embargo el poder femenino detrás del trono y las pugnas familiares no tendrían allí un final feliz. Hay un ideograma chino que describe esto a la perfección, es el que designa la palabra *conflicto*. Su representación plástica es brutal: dos mujeres debajo de un mismo techo.

En 710 el nuevo emperador, Chung-tsung, fue envenenado por su consorte, la emperatriz Wei, quien quiso imitar a su antecesora y reinar tras la figura de su hijo quinceañero.

Descubierto el plan, ella misma fue asesinada por los guardias de la princesa T'ai-p'ing, quien era hija de la emperatriz Wu, y tía de Hsüang-tsung, a cuyo padre logró coronar como emperador después de haber frustrado el plan de la consorte Wei.

El anciano emperador no se dio cuenta de que se formaban nuevamente dos bandos en el reino, el de su hijo y el de la princesa T'ai-p'ing, quien deseaba para ella misma el trono. En 713 Hsüang-tsung, que ya nunca sería llamado Lung-chi, sino el Ilustre Monarca, frustró el golpe de Estado de su tía.

Ella se suicidó.

En 713, seis años antes de que la hermosa Yang Kuei-fei fuera concebida, Hsüang-tsung se convirtió en el sexto emperador de la dinastía T'ang.

爱

Las vidas de los emperadores y sus cortes son una *vida ejemplar* inversa, nos muestran lo que detestamos. Pero son aún más terribles porque revelan las caras más siniestras del poder, su indefensión, su infinita banalidad.

De no ser por la belleza de su favorita, Hsüang-tsung sería apenas recordado. Joven y ambicioso, tuvo dos primeros ministros excepcionales: Yao Ch'ung y Sung Ching. En manos de ellos ocurrieron las grandes reformas, la remodificación de las leyes y la prosperidad alcanzó lugares recónditos del imperio, no solo a las grandes ciudades.

—Primero el imperio, luego la propia vida —les repetía a sus cercanos.

En esas primeras épocas las mujeres tenían prohibido llevar joyas en la corte. Clausuró las fábricas de seda y se preocupó mucho más de la defensa que del ataque, contra lo común en sus predecesores. A la prosperidad le siguió la paz tan ansiada.

爱

La familia de Yang Kuei-fei, por su parte, era apenas eminente. Descendía en cuarta generación de Yang Wang, gobernador de Liang durante la dinastía Sui. Su verdadero nombre era Yü-huan, aunque después se la llamó también T'ai-chen, o Gran Verdad.

¿Qué hay en un nombre?, se preguntó alguien una vez. En este mucho: la belleza es siempre verdadera o no es belleza.

Ese apelativo le vino al entrar al monasterio taoísta del Palacio Imperial. Como tal es un nombre olvidado.

爱

El padre de T'ai-chen o Yü-huan o, mejor y de una vez por todas, Yang Kuei-fei, era supervisor de censos en Szechwan. La favorita del emperador tuvo ocho hermanas mayores, tres de ellas también figuras importantes en la corte.

Solo se le conoció un hermano, Chien.

Muerto su padre, un tío, asistente militar en la prefectura de Ho-nan, se hizo cargo de su orfandad, no de su tristeza. De la pena nadie sino uno mismo puede entenderse.

Nada más sabemos de su infancia, para infortunio nuestro. Desaparecen los datos, los registros. Años transcurrieron, qué duda cabe, que solo podemos llenar con la imaginación.

Pero la imaginación es la loca de la casa, dejémosla en paz.

爱

En todas las historias de la dinastía T'ang, Yang Kuei-fei vuelve a aparecer convertida en novia. Y desde aquí cualquier recuento tiene un halo sombrío.

En 735, a los diecisiete años, fue escogida para ser la consorte del príncipe de Shou, el decimoctavo hijo del emperador Hsüan-tsung.

No necesitamos imaginar la belleza de la adolescente, sino la de la futura favorita para imaginar los desvaríos de la razón del decimoctavo hijo del emperador. Su prisa por desposarla, por sacarla de aquella provincia, por llevarla al palacio, así fuera al austero palacio de su padre al que no le preocupaban ni la seda ni las joyas.

De seda y de joyas quería llenar a su mujer el príncipe de Shou desde que la vio por primera vez y le solicitó a su madre que iniciara las negociaciones con la familia de Yang Kuei-fei, la hermosa huérfana, la bella joven.

La hermosísima mujer rotunda de sus diecisiete años era dulce como una ciruela madura. Dulcísima y bella le pareció al príncipe de Shou. Dulce y bella la quiso para sí como quieren para sí los príncipes todas las cosas, así se trate del decimoctavo hijo del emperador más poderoso del mundo.

爱

A decir verdad desde 720 algunos cambios habían ya ocurrido en la corte, el joven austero se había convertido en un emperador refinado, rodeado de un clan particularmente culto, el de Kuan-chung. La prosperidad trae siempre ocio y el ocio o engendra diversos vicios o permite disponer de tiempo. Y el tiempo o bien se llena de igual modo con vicios que con placeres.

De hecho vicio y placer son sinónimos perfectos, palabras gemelas.

爱

Con el transcurrir de los años y con una corte al fin en paz y sin pugnas femeninas internas, el emperador comenzó a ocuparse de su vida personal y del taoísmo, así como de cierto budismo esotérico entonces. Todos los asuntos de gobierno los depositó sabiamente en Li Lin-fu, quien era más bien un dictador bastante despiadado, aunque esas noticias no llegaban a oídos del emperador, quien confiaba en su fiel ministro.

La desgracia también ablanda. La emperatriz Wang había muerto sin descendencia en 724 y Hsüan-tsung tuvo dos concubinas que lo acompañaron desde los inicios de su reinado. La dama Yang y la dama Wu.

La dama Yang —tataranieta de Yang Shih-ta, ministro de Sui— entró en su harem en 710 y murió poco después. Le dio dos hijos, una hija y el futuro emperador Su-tsung.

La dama Wu murió en 737 y era pariente de la otra dama Wu, la emperatriz asesina. Como ella, estuvo involucrada en una revuelta dentro de la corte, intriga que terminó con la muerte de cuatro princesas imperiales, ella misma entre sus cadáveres.

La razón aparente: conseguir que su primogénito llegara al trono, lo que nunca ocurrió. Su primogénito era, por supuesto, el príncipe de Shou.

爱

El príncipe de Shou fue enviado a un puesto militar de gran rango en 727. Allí conoció a Yang Kuei-fei y enloqueció por ella.

Desposó a la mujer de diecisiete veranos recién cumplidos en el octavo mes del año 735.

No tuvieron descendencia.

爱

Cinco años después Yang Kuei-fei dejó a su marido e ingresó como monja taoísta con el nombre de T'ai-chen, Gran Verdad, al Palacio Imperial.

Cuatro años tuvieron que pasar para que el príncipe de Shou consiguiera una nueva novia y un nuevo matrimonio. La segunda hija del guardia imperial Wei Chao-hsüan se casa en 744 con el decimoctavo hijo del emperador Hsüan-tsung.

La monja taoísta tiene veintiséis años.

¡Huyan, ateridos, los biógrafos y los historiadores, en esta historia de amor una flauta dulce anuncia la entrada de los poetas!

爱

El emperador Hsüan-tsung, también llamado Ming Huang, llevaba nueve años perdidamente enamorado de Yü-huan, la entonces novia de su decimoctavo hijo, cuatro años enamorado hasta la más adolorida de sus articulaciones de la monja taoísta T'ai-chen, Gran Verdad, y por fin en 745, diez años después de soñarla todas las noches pudo llamarla al fin Yang Kuei-fei, la consorte preciosa del clan Yang, el nombre con el que recordamos su infinita belleza.

Una belleza tan grande que ni Tu Fu pudo capturar cuando la vio una mañana paseando con su familia por un parque del sureste de Ch'ang-an.

Pero los ojos del emperador sí retuvieron diez años con sus noches la belleza de su consorte.

El amor no lo hizo menos cauto: primero la registró como monja, luego casó correctamente a su decimoctavo hijo, el primogénito de la malograda Wu, muerta en la intriga de 737, que el emperador recordaba tan bien.

El amor de un viejo emperador puede ser todo menos impaciente.

爱

Cuando por fin la tuvo desnuda frente a él, magnífica a sus veintisiete años, el emperador había cumplido sesenta y uno. El Estado lo aburría y la corte lo hastiaba.

Solo el amor lo redimía.

爱

Y con el amor la felicidad, la felicidad de los cuatro puntos cardinales y de las diez mil cosas celestiales. ¡Toda la felicidad llegó al Palacio Imperial! Bellísima, eso ya lo sabemos, pero además llena de tacto e inteligencia, como lo prueban las historias escritas en los diversos anales de la dinastía T'ang.

Bailarina dotada, excepcional cantante. El emperador y ella tenían otra cosa en común, además del amor: la música. Dejemos que el historiador se entrometa un poco, solo por amor a las anécdotas, y oigamos lo que nos dice desde el *Chiu T'ang-shu*: su talento y sabiduría sobrepasaban la norma. Cada uno de sus pasos fascinaban al emperador, y sus andares siempre seguían sus sentimientos. Con qué gracia interpretaba la pieza favorita del emperador, «Ni-shang-yü-i», «Vestido de arcoiris y capa de piel».

Hasta aquí la intromisión.

La pieza, de origen hindú, había sido revisada por el propio emperador. La leyenda dice que en realidad unas hermosas jóvenes de la luna le transmitieron la música en un sueño.

El movimiento final de la danza, lentísimo, parecía detenerse al compás de la última nota, larga. Yang Kuei-fei se colocaba su hermoso vestido de arcoíris, su capa blanca y una pañoleta transparente y bailaba para su emperador, los dos allí, solo acompañados por los músicos.

Hsüan-tsung, después de tres décadas de pacificación y de atender con esmero los asuntos del Estado, se retiró a un lugar de su alma que desconocía. La favorita pasó a ser la única que lo acompañó a tal aposento interior.

Viajaban juntos a los palacios y cuando ella montaba el propio emperador le prestaba a su eunuco favorito, Kao Li-shih, para que le llevara las riendas.

La frugalidad dio paso al placer y el placer, como ocurre siempre, a la extravagancia. Cientos de artistas fueron contratados para intentar capturar la belleza de Yang Kuei-fei: en madera, en bronce, en jade había esculturas de todos tamaños. Poetas y pintores cuyos trabajos tampoco satisfacían al monarca intentaron rescatar su belleza.

A la favorita le fascinaban tanto los liches que mandaban traerlos desde Cantón en carreras de relevos para que su dulzura no amainara con la distancia del viaje.

爱

El favor imperial se trasladó a su familia e incluso sus padres fueron inhumados nuevamente con honores. Sus tres hermanas mayores —las tres rivalizaban en belleza con ella, decían los entendidos— fueron llamadas en su propio harem: las tres hermanas de mi esposa, y les ofreció sendos títulos de damas de los países de Han, Ch'in y Kuo.

Ch'i y Hsien, los dos primos de la hermosa emperatriz, quien ya nunca más sería Gran Verdad, sino solo Yang Kuei-fei, también recibieron títulos nobiliarios. Y a Ch'i incluso se le confirió el máximo honor: la orden de desposar a la hija favorita del emperador, la princesa T'ai-hua.

Yang Chao, primo segundo de la favorita, tuvo incluso mejor suerte, fue nombrado primer ministro en 752 y el emperador le cambió el nombre a Kuo-chung, con el que se le recuerda.

Disoluto de tal forma que su familia lo recluyó, Yang Kuo-chung era hijo de un oficial menor. Tarde ya en su vida tomó al fin la carrera paterna y se hizo oficial en Szechwan y llegó a ser juez provincial, por lo que desde allí ayudó mucho a la futura emperatriz, quien siempre le recordó sus favores.

Una huérfana nunca olvida a quien le tiende la mano cuando todos la rechazan. Aun cuando esa huérfana sea bella, o quizás aun más por eso.

Los Yang llegaron a ser una familia muy poderosa gracias a la belleza de la emperatriz. Envidiados y admirados, poderosos e influyentes, sus mansiones fueron las más lujosas y las puertas de sus casas llegaron a ser comparadas con las puertas de los mercados por las grandes colas de gente con obsequios para llegar así algún día a tocar en la única puerta que importaba: la puerta del Palacio Imperial. O al menos las del Palacio del Esplendor y la Pureza, *Hua-ch'ing kung*, que el emperador visitaba cada año en el décimo mes.

爱

Solo cinco familias cercanas podían acompañar al emperador a este palacio. La crónica dice que era tal el esplendor de la procesión que con lo que tiraban en el camino podrían hacerse mansiones y que la fragancia de la corte mientras se alejaba era percibida muchas leguas después.

Tampoco es bueno creer en todo lo que afirman los cronistas.

Lo que sí es cierto es que en uno de esos viajes a una pariente de la favorita el esclavo la hizo caer de su caballo al pisar por error su largo vestido de seda, razón por la que fue ejecutado.

爱

Los libros no consignan las dos ocasiones en que Yang Kuei-fei cayó en desgracia. La belleza no siempre atempera el orgullo de un emperador. En 746, un año después de ser conferida con el título de la gran consorte, *Kuei-fei*, por una trasgresión, quizá algún capricho o por un error al estar en ese entonces recién aprendiendo las costumbres de la corte, váyase a saber la razón verdadera; hizo que el emperador la retirara del palacio y la mandase con su primo Hsien.

El día que partió a su castigo Hsüan-tsung no probó bocado alguno y entre alaridos guturales sacó de sus cámaras a tantos invitados como funcionarios entraron.

Rabioso, enfurecido, separó la mitad de la comida de toda la corte y la envió con su eunuco, Kao Li-shih, para suplicarle a su amada que regresase.

Al regresar a la noche siguiente al palacio interior la favorita se hincó frente al emperador y con lágrimas en los ojos aceptó su culpa.

Hsüang-tsung ya la había perdonado y los días siguientes hubo música y banquetes y obsequios. Era él quien buscaba el perdón del corazón de su amada.

Cuatro años después otra acción de Yang Kuei-fei molestó al soberano, quien la mandó a vivir a una residencia fuera del palacio. Las intrigas no se hicieron esperar. Chi Wen y Yan Kuo-chung le dijeron al emperador:

—Esta mujer merece la muerte por su obstinación y desobediencia. ¿Para qué exhibir su desgracia? ¿Es por el tamaño de un colchón que se empieza esta batalla?

Lejos de mandarla matar, el emperador la recibió sonrojado.

—Debería ser ejecutada por mi desobediencia, señor, por los diez mil crímenes que he cometido. Pero lo único que tengo es mi piel y mi pelo. Todo lo demás pertenece al emperador. Si muero ahora no tendré cómo expresarle mi gratitud.

Un mechón de su pelo, cortado la noche anterior, yacía como regalo a los pies de Hsüang-tsung, quien volvió a perdonarla.

No se conoce ningún otro disgusto entre los dos amantes.

爱

Desde su llegada a la corte Yang Kuei-fei trabó una profunda amistad con el general favorito del emperador, An Lu-shan, quien finalmente se sublevaría contra él.

An Lu-Shan nació en 703, hijo de extranjeros que emigraron a China después de que su padre se vio envuelto en una rebelión. En el norte se sumó al ejército apenas a los quince años. Era un sobreviviente, junto con su madre y su tío, de esa pugna política en el país de donde provenía.

Se hizo amigo del gobernador de Yu Chou, Chang Shoukuei, y fue nombrado comisionado de la armada, el segundo a bordo. En 742, cuando P'ing Lu fue considerada provincia independiente, se le nombró gobernador militar.

Por sus favores en la guerra, en 743 fue nombrado Generalísimo de la Caballería Intrépida y en 744 gobernador de Fa-yang. Rápida se diría, demasiado veloz carrera para un extranjero.

Pero tuvo la suerte de descubrir y aniquilar una revuelta y en los Cielos Imperiales empezó a convertirse en el militar favorito de Hsüan-tsung, lo que no impedía que fuera objeto de las más diversas burlas del emperador debido a su gordura, y especialmente a su colosal barriga.

Sus segundos debían ayudarlo a andar cuando bajaba del caballo. A pesar de ello era un bailarín notable de otra pieza favorita del emperador, «hu-hsüan wu», «La vuelta del bárbaro».

Alguna vez el emperador le preguntó:

—¿Qué llevas dentro de tu bárbara barriga que la hace tan enorme?

Mintiendo, el soldado contestó:

—Un corazón leal y nada más.

En otra ocasión el emperador algo celoso porque siempre se inclinaba frente a Yang Kuei-fei antes que a él, le recriminó:

—Usted, soldado, es un bárbaro. Un grosero.

—Un bárbaro honra siempre a su madre antes de su padre.

爱

En agosto de 750 An Lu-Shan presentó ocho mil prisioneros Hsis en la corte y la familia Yang lo salió a recibir fuera de las murallas del Palacio Imperial.

El emperador le mandó construir una casa y la decoró con suntuosidad para él y le permitió acuñar cinco monedas con su efigie en la jurisdicción. Como regalo de las mujeres de la corte, al año siguiente, en su cumpleaños, An Lu-shan fue recubierto en su inmensa humanidad con tela para pañales y la propia Yang Kuei-fei y sus cercanas lo bañaron como a un recién nacido, ceremonia por la que un enorme oficial de cuarenta y nueve años era adoptado formalmente por la favorita del emperador, entonces con treinta y tres recién cumplidos.

El emperador mismo, deleitado, obsequió a la *madre* y al *hijo* con fiestas especiales y lo nombró gobernador de Ho-tung, con lo que toda la frontera este de China estaba bajo su mando.

爱

Cuatro años después el primer ministro descubrió que dentro de la enorme barriga del general lo que An Lu-shan escondía era el corazón de un traidor. El educarse fuera de la rigidez confuciana de la corte lo hizo un extraño siempre para el inexpugnable primer ministro Li Lin-fu, pero hasta el dictador más cruel envejece. El primo de la favorita del emperador Yang Kuo-chung conoció en los últimos años del duro primer ministro cierto poder, el suficiente para que An Lu-shan pudiese escalar con rapidez.

Cuando en la frontera de Szechwan comenzaron de nuevo las guerras, Yang Kuo-chung fue nombrado comandante general y se ausentó del Palacio Imperial, la favorita del emperador temió perder el escaso control que tenía sobre la corte. Pero su primo logró pacificar la frontera y Li Lin-fu murió finalmente en el noveno mes del año 752, después de dos décadas de ser el todopoderoso de la corte de Hsüan-tsung.

Durante los siguientes tres años el combate no ocurrió allende las fronteras, sino dentro de la corte, entre el obeso general, hijo adoptivo de la favorita del emperador y su primo, nuevo primer ministro.

Finalmente An Lu-shan tomó las armas contra el primer ministro, pero fue sofocado al poco tiempo.

El emperador había cumplido sesenta y ocho años y llevaba dos décadas sin ocuparse del Estado. No se dio cuenta de lo que ocurría.

El primer ministro le pidió al emperador que llamara a cuentas al general rebelde. Contra todo pronóstico el propio An Lu-shan se presentó en el Palacio Imperial, en la audiencia de Año Nuevo en 745, y aseguró al emperador su lealtad eterna.

El emperador sugirió a Yang Kuo-chung que lo nombrase primer ministro honorario. Nunca la corte había estado tan dividida.

—Además —le dijo el primer ministro al emperador— An Lu-shan no maneja la escritura literaria como para una posición tan compleja.

Al año siguiente, en lugar de atender su audiencia, An Lu-shan envió a un emisario con la solicitud de reemplazar a sus oficiales chinos con oficiales extranjeros. Nuevamente pese a la oposición de Yang Kuo-chung, consiguió el permiso.

爱

Finalmente, al iniciar 756 en Lo-yang, An Lu-shan se autoproclamó emperador de una nueva dinastía, el Gran Yan. Muchos altos oficiales del ejército T'ang recibieron su apoyo.

En otras regiones, sin embargo, los rebeldes tuvieron gran resistencia de las fuerzas leales del emperador, quien comenzó a ordenar la ejecución de sus propios generales incapaces de contener la rebelión.

Ejecutó a Feng Ch'ang-chi'ng.

Ejecutó a Kao Hsien-chih.

Nombró a un general turco como comandante en jefe, Ko-shu Han, para contener a otro turco enloquecido.

Durante meses la decisión probó ser la correcta y los rebeldes perdieron fuerzas, hombres y dinero, las tres formas en las que se pierden las guerras.

爱

Fue el primo de Yang Kuei-fei, aterrorizado por su débil posición como primer ministro —él había iniciado las hostilidades con An Lu-shan— y con la estrella reinante del nuevo general en jefe convenció al emperador de enviar a Koshu Han a combatir a los rebeldes a la ofensiva en su propio territorio.

Maniobra suicida, donde las haya. De nada valieron las protestas del general turco quien fue emboscado por las tropas rebeldes el séptimo día del sexto mes de 756, el último año de vida de la favorita del emperador.

Dos días después las tropas de An Lu-shan llegaron a la capital.

El viejo emperador y su corte salieron huyendo. Esta vez sin hermosos vestidos ni grandes joyas. Tal vez sin ningún perfume tras de sí.

Despavoridos, como huyen todos los animales ante sus cazadores.

爱

Gran hambre, cansancio y dolor llevaban sufriendo en esa procesión el emperador y los suyos, por lo que debieron detenerse en la estación de Ma-wei.

Una embajada llevaba noticias para Hsüan-tsung: su primer ministro, Yang Kuo-chung, se había quedado a transar con los extranjeros rebeldes, por lo que la tropa leal al emperador lo asesinó junto con sus hijos. Habían tenido que ejecutar también por la misma razón a las tres hermosas hermanas de Yang Kuei-fei. Ya no soportaban más traidores en el grupo, le dijeron.

Más que de un diálogo se trató de un motín de su propia guardia imperial.

—Yang Kuo-chung nos traicionó —le hablaba así al emperador el jefe de sus guardias, Ch'en Hsüan-li—, Yang Kuei-fei, como su prima, no debe seguir a su lado. Su majestad debe olvidarse de los lazos de la pasión y solo aceptar los de la ley.

爱

Hsüan-tsung permaneció solo en su tienda, pensando. Largo tiempo en su camastro, su cabeza encanecida de lado, pesada aún para la mano izquierda que la detenía.

Nunca hubiera tomado la fatal decisión de no ser por la entrada de Wei Ngo, un hijo del ministro quien le advirtió sobre el riesgo del amotinamiento de su propia guardia imperial. Iban a matarlo.

—Yang Kuei-fei siempre ha vivido en el Palacio Imperial y nada tiene que ver con la traición de su primo.

—Es cierto que ella es inocente, pero si la conserva a su lado los asesinarán a ambos. Oro porque piense cuidadosamente en ello. Es la vida del imperio lo que peligra.

Una hora después el emperador Hsüang-tsung dio la orden a Kao Li-shih de ejecutar a su favorita.

爱

Kao la llevó a un templo budista fingiendo que allí la protegería por deseos del emperador. La estranguló con un trozo de seda negro.

爱

La procesión continuó su huida después de la muerte de Yang Kuei-fei. La corte tomó un camino falso a Ling-wu, donde un mes más tarde uno de los hijos del emperador tomó el trono con el nombre de Su-tsung.

Reorganizó a los leales y comenzó su reinado que duró tan solo seis años.

爱

Hsüan-tsung, por su lado, llegó a Ch'eng-tu seis semanas después de la muerte de Yang Kuei-fei, seis semanas después de haber abandonado la estación de Ma-wei, y solo allí supo del entronizamiento de su hijo.

Dio la bendición al nuevo monarca. Lleno de tristeza por la muerte de su amada, su único deseo era pensar en ella, todo menos su palacio vacío, su trono hueco, sus vestidos inútiles, su vida tocada por el demonio verde de la tristeza, con diez mil dragones llorando con él su pena.

Las tropas rebeldes seguían ocupando la capital Ch'ang-an, pero a An Lu-shan lo detenía en Lo-yang algo más que su obesidad: una inflamación cutánea que cubría todo su cuerpo como un herpes invasor.

Además se había quedado ciego. Uno de sus hijos y un eunuco lo asesinaron previendo que dejaría su recién proclamada dinastía en el otro de sus hijos.

Fue su eunuco quien clavó la larga espada en su estómago.

—Hay un ladrón entre los míos —alcanzó a gritar el ciego general.

Su hijo probó no ser un militar de talento y fue perdiendo fuerza y territorio. En 757 la capital volvió a manos de los leales a la dinastía T'ang.

爱

En la nueva corte recibieron meses después al viejo emperador, Hsüan-tsung, quien prefirió retirarse a su palacio favorito, Hsing-ch'ing, durante tres años, dejando a su hijo proseguir reinado y gobierno.

Después de haber regresado a Ch'ang-an envió a sus eunucos a Ma-wei a ofrecer sacrificios y libaciones por el descanso del espíritu de Yang Kuei-fei.

En secreto les pidió que cambiaran la sepultura a un lugar cerca del río, más digno. Cuando excavaron la tumba encontraron solo un saquito de flores perfumado, el cuerpo había desaparecido en la tierra.

Llevaron el saquito a manos de Hsüang-tsung, quien volvió a llorar como aquella primera vez en que contempló a su favorita siendo enterrada, envuelta en púrpura.

Mandó al mejor pintor de la corte a hacer un retrato, al que contemplaba todo el día y las horas de la noche que permanecía despierto, siempre inquieto. Ni esa mirada ausente devolvía al anciano a la tierra, entre los suyos. ¿Había sido algo de él?, se preguntaba sin sorna alguna.

Solo vivía del recuerdo de la mujer más hermosa del mundo y murió finalmente a la edad de setenta y ocho años en el cuarto mes de 762, seis años después que Yang Kuei-fei.

La rebelión del hijo de An Lu-shan y los suyos duró hasta el año siguiente pero la lucha dejó exhausta por completo a una dinastía que inició allí su declive final.

爱

¿Qué queda de Yang Kuei-fei?

Allí están los poemas japoneses pequeñísimos que intentan detener esta historia. Pero los cuentos nunca se posan. Se vuelven a contar una y otra vez como si fuese la primera.

Un haiku se obstina en pensar en los dos amantes muertos:

Ten ni araba (En el cielo)
Hiyoku no kago ya (Seremos un nido doble)
Chiku fujin (Oh, dama del bambú)

Pero nada permanece inmóvil, ni las estaciones, ni los corazones.

El río que discurre irreverente junto a su sepultura y que nunca cesará, las lágrimas del emperador que ha optado por la seguridad del reino y ha olvidado el consuelo de la belleza. Las manos arrugadas de Hsüan-tsung que nunca más se deleitarán sobre la piel de su amada que yace envuelta en púrpura.

Las estrellas que un sabio paciente lograría contar.

La noche infinita.

爱

¿Por qué esta historia pasó a Japón casi de inmediato y allí fue vuelta a contar de todas las formas posibles, en pequeños poemas, en los diversos Genji, en pinturas y esteras, en obras de teatro Nō como *El emperador* e incluso en una pequeña pieza para marionetas, *Yokihi monogatari*? ¿Por qué razón Yang Kuei-fei dejó de ser humana y se volvió diosa, reinante incluso en una isla, sabia consejera de monjes zen?

Para Japón se trata no solo de la crueldad del emperador, o de su impiedad, ni siquiera del amor o la belleza que pudieron haber encontrado en otros relatos más efímeros. Se trata de algo mucho más profundo: la historia de Yang Kuei-fei, o de Yokihi, como finalmente se le llamará en Japón a la hermosa concubina, es más triste que la naturaleza imperecedera de todas las cosas.

El tiempo, el amor y la belleza.

La infinita melancolía que empuja cada instante de esta historia —como logra atrapar quizá solo la pieza de teatro Nō, que el pintor del mundo flotante llevó a ver a mi amiga del cuello largo y el cuerpo de madera a un edificio antiguo de Kyoto— es la misma que hace importante lo que vale en el arte japonés y en su vida. Proviene de una ciénaga oscura y profunda donde no crecen los lotos y donde se escucha al espíritu de la favorita que dice:

—Lo único permanente es lo imperecedero.

Más de uno mataría por saberlo a tiempo.

Héctor y Livia

He prometido quemar tu cuerpo
no dárselo a la tierra. Te daré al fuego
hermano del volcán que nos orientaba en el sueño.

Te esparciré en el aire tras un aguacero
a la hora del arcoíris
que de par en par te hacía abrir los ojos.

Erri de Luca

Era la primera vez que estaban tan cerca de ella. Nunca antes su cuerpo como una tibia piel de durazno al alcance de su boca. Él le besó el cuello. Nunca antes. Y ella gimió. Aún tenían la ropa estorbándoles, incómoda. Pero quizá así era menos difícil.

—Apaga la luz —suplicó ella. La oscuridad como guarida. Se está mejor en una cueva.

Ella tembló igual a una hoja que cae, como si su cuerpo no estuviera sujeto a la tierra. Suspendida tembló cuando él le apartó el cabello, demasiado largo, para besar de nuevo su cuello tantas veces deseado, otras tantas, siempre, impensable para el tacto de sus labios resecos de esperarla.

Antes no se hubiera atrevido. Fue ella la que le habló a él, tan lejos. Y él anduvo muchos kilómetros. Corrió para verla como si en eso se le fuera la vida.

Estúpidas frases hechas: en ese viaje se le iba la vida.

Livia le había hablado desde el otro lado del mundo para decirle que se había divorciado, que estaba sola, que quería pegarse un tiro.

Pegarse un tiro, escuchó él y tomó las llaves de su auto y luego se subió a un avión y luego alquiló otro coche y caminó por una carretera sinuosa y llena de nieve y se imaginó que no llegaría nunca, que Livia se convertiría en una estatua de hielo antes de que él pudiera preguntarle qué pasó.

Pero no ocurrió así. No se dijeron nada.

Ella se volteó en lugar de saludarle y él le besó el cuello. Luego le pidió que apagara la luz. Se está mejor en una cueva.

El cuello. Él siguió jugando allí. Los dos de pie. Ella de espaldas. El tacto sustituía a la luz. Tocó sus hombros. Livia volvió a temblar como si se deshojara su árbol genealógico.

—Tengo miedo —le dijo a sabiendas de que no iba a detenerse.

Él no respondió. Siguió besándola. Sus manos bajaron a la cintura de la mujer, delgadísima. Buscaron la piel dentro de la blusa. La piel de durazno con los vellos erizados como si quien la estuviera tocando fuera un monstruo.

¿O era ella la monstruosa dejándolo hacer?

De pronto algún mecanismo oculto dentro de sus cabezas sustituyó a la razón. Disolvió la culpa. Anuló lo que eran fuera de esa habitación. Y se convirtieron en cuerpos, en deseo. ¿Es que acaso habían sido otra cosa? ¿Conciencia, por ejemplo? No, su historia era un largo camino que los llevaba hasta esa isla demente de sus pieles.

Él, con cierta brusquedad, le arrancó la blusa. La volteó. Besó su cuello, ya humedecido, palpitante. Esta vez por enfrente. Liberó sus senos del yugo del sostén. Los chupó, se detuvo en ellos largo rato, buscando que dejaran la extrema lasitud en la que los halló. Desvalidos.

Un pezón primero se percató de lo que allí ocurría y se irguió, desafiante. Él lo tocó, humedecido, con los dedos. Solo entonces volvió a escuchar su voz:

—Te he esperado tanto —le dijo o le susurró o le gritó. Ninguno de los dos supo distinguirlo.

Solo la escuchó sin incredulidad. Él también había aguardado este momento. No un día o dos. No diez o doce años.

Toda la vida.

Esa primera vez no fue del todo memorable. Pero no importa. Eran dos cuerpos torpes buscándose. El de ella a ratos dejándose ir pero la mayor parte del tiempo retornando a un presente más hecho de pasado que del puro instante. El recuerdo la anulaba allí. O anulaba su entrega, solamente. Ella lo había amado solo a él, siempre. Pero nunca tuvo las agallas para decírselo. Entonces se casó, salió de prisa del pasado, hasta el otro lado del mundo. Ella también huyó, como él.

Y nunca pudo olvidarse.

Nunca había podido ser ella, Livia, la que lo amaba.

En el camino, las largas horas hacia su encuentro, él pensó. Pero con la mirada de un autista. Hacia adentro. Muy adentro, como si navegase dentro de sí mismo y en la travesía no pudiese hallar nada.

El vacío denso de la sangre.

Los recuerdos. Esos sí, a galope, pero sin detenerse tampoco en ningún lugar de su sensibilidad. Como si fueran de otro, allá afuera, lejos de su cuerpo. Eran suyos. Y quizá de ella.

Una noche, por ejemplo. ¿La primera? No lo sabe. No tiene conciencia tampoco de cuándo empezó a tener conciencia de que la amaba, como si la hubiese deseado siempre, desde el primero de los días, antes de que sus padres la concibieran. O al primer instante, monocigótica. O cada uno de los minutos después de su alumbramiento. Siempre, en fin, siempre.

La escuchaba respirar dormida en la alcoba de junto. Se repitió tres veces su nombre: Livia, Livia, Livia. Y luego, como si la hubiese conjurado, la imaginó desnuda debajo de la tela delgadísima de lino de su camisón.

Se horrorizó y fue al baño donde se salpicó la cara, se humedeció el pelo, orinó largamente y luego se abofeteó, llorando. Sin misericordia. Se arañó, haciéndose daño, sintió la sangre, la piel que ardía.

Se supo miserable. Un despojo de la suerte, un ser rabiosamente inmundo, una bestia. Se dijo soy una bestia como si aquellas palabras sirvieran de algo.

Y entonces supo que debía huir mucho antes que ella. No ha hecho otra cosa este hombre que huir. Una fuga única su vida, lo más lejos posible de Livia.

Pero la proximidad o la lejanía no se miden en kilómetros. Puso un océano en medio de los dos. Corrió lejos, lejísimos. A donde él creía que nunca podría alcanzarlo el recuerdo de la mujer.

Participó en ritos más antiguos que su amor mil veces maldito. Se untó la cara con la sangre de un animal sacrificado por los miembros de una tribu a la que no pertenecía. Comió con ellos. Durmió con ellos. En el frío y en el calor. En la lluvia y cuando la tierra se abría en miles de heridas secas y profundas de las que no brotaba nada, ni una hierba ni una lágrima.

Acompañó a otros, tan extraños a él como seguramente les debía parecer a ellos el hombre vestido, en interminables cacerías nómadas. Los vio construir y destruir sus casas y sus incipientes ciudades. Los siguió como quien secunda un hechizo. Migró hacia el sur y hacia el oeste, hacia la nada y hacia el polvo. Se reía como un idiota cuando comía algo. Estos últimos le dejaban hacerles fotos. Y él se los iba guardando en los bolsillos de su chaleco como quien colecciona fetiches sexuales.

Se sentía solo. Acompañado estaba solo. Incluso cuando alguna mujer lo invitaba a su choza y lo cobijaba entre sus brazos, él se encontraba profundamente solo. No como un perro. Los perros nunca están solos.

Ella le escribía cartas preguntándole por sus *aventuras*. Le pedía que le narrara cada detalle con minuciosidad, lo instaba a ser prolijo. ¿Cómo eran, qué comían, cuándo dormían esos seres de los que él le hablaba? ¿Cómo los entendía?, preguntaba con insistencia.

No los entiendo, le escribía. Lo mismo en un lado que en otro. Más lejos o más cerca de Livia.

Ella al principio protestó, ¿por qué te fuiste así, sin avisarnos?, le decía con sus palabras de niña en la carta inicial. He salido a dar un paseo, contestó el hombre.

En canoa, a pie, en helicóptero. Siempre más lejos. Hasta que se hizo de piedra.

Y el paseo se prolongó por muchos años hasta que ella le escribió esa carta donde le decía que se iba a pegar un tiro y él tomó su auto, un avión y luego otro auto en el que durante largas horas, frente al volante, no pensó en otra cosa sino en que se dirigía hacia el infierno.

Mas el árbol y el niño buscan lo que está encima de ellos, se dijo mientras tomaba un café en la larga carretera nevada que lo conducía hacia Livia.

Se sintió cansado y preguntó por un hotel. Le señalaron el lugar, los kilómetros a recorrer aún. Le dijeron que era mejor, con esa nieve, que descansara un rato. Apuró el café y se fue rumbo a la posada.

De mala gana le dieron una habitación húmeda y fría, la posadera le explicó dónde estaban los leños y le dijo que podría hacer fuego en la chimenea de su cuarto, lo que lo reconfortó. Siempre había viajado con un libro. Hasta en los más extraños parajes en los que estuvo, ese objeto rectangular, amado, fue su única compañía. Ahora no era la excepción. Colocó el tomo en la mesita de noche y marcó el número de Livia.

¿Dónde estás, por Dios? —gritó la mujer. Él le dio las coordenadas, le explicó que se hallaba exhausto, que a primera hora reanudaría la marcha. Ella lloró, le suplicó que no la dejase pasar esa noche sola. Es muy de madrugada, ya me he quedado dormido por unos segundos al volante, me voy a estrellar, le dijo él. Espérame, Livia, no falta nada. Ella le dijo que estaba bien, que se tomaría un sedante, uno solo, y que aguardaría otro poco.

Luego colgó. Él odiaba el silencio posterior al súbito golpe del auricular sobre el aparato. Era como si una respiración se hubiese cortado del todo. Colgó también y luego se tiró en la cama, tomó su libro, leyó.

En la página estaba escrito: *Con una hermosa herida he venido al mundo; era todo cuanto tenía.*

Una sentencia de muerte vivir, se dijo antes de quedarse dormido.

Como si fuese una premonición, esa noche soñó. Hacía tiempo que se levantaba sin recordar sus sueños. Pero el de esa noche en la posada fue muy vívido. Tan real que recordaba al amanecer las tonalidades del paisaje: del ocre al amarillo y del café a un naranja casi despintado. Las amargas hojas del otoño. Atardecía en el bosque de su sueño. En un claro una mujer tocaba el oboe. Un viejo profesor, diminuto, la reprendía. Y ella ejecutaba de nuevo las mismas notas. Una y otra vez. Crujían las hojas debajo de los pies del hombre que se acercaba con cautela al lugar de la lección musical. *Teneramente*, le decía el viejo, exasperado, *teneramente*. Y ella reanudaba el concierto.

El maestro se desesperó, le arrebató el oboe a la joven, le cambió de boquilla y se colocó el instrumento en la boca. La diferencia era abismal. Lo otro eran sonidos, esto música, sublime. Y eran las mismas notas. La muchacha asintió con la cabeza en señal de que había aprendido; puso su propia boquilla y de nuevo algo flotó en el ambiente, un delicadísimo perfume.

Entonces la vio del todo. Era ella, Livia, solo que muy joven. A pesar de darse cuenta de que la Livia del sueño solo existía para él en fotos porque no la había visto madurar, supo reconocerla. El estremecimiento no lo despertó. Al contrario, lo hundió más profundamente en el bosque. Intentó aproximarse, pero ya el viejo reanudaba la clase y la muchacha volvía a ejecutar otra sección de la pieza. *Lontano*, decía el viejo. Y ella al parecer ahora sí entendía porque el hombre gesticulaba y saltaba por entre las hojas como un niño feliz que ha encontrado a su madre.

Livia, le dijo en el sueño, sin importarle nada. Pero ella no respondía. Continuaba interpretando la música y el viejo se iba alejando poco a poco de allí. Le tocó el hombro, entonces, con la esperanza de que voltease. Livia, le dijo de nuevo.

Livia, le gritó mientras ella guardaba el instrumento en su estuche.

Livia, ¿eres tú?, le volvió a decir.

Sí, yo soy la misma. Tú, en cambio, te has convertido en fantasma. Y para comprobarlo introdujo el estuche en el abdomen del hombre que cedió ante la presión y fue traspasado con facilidad. Luego ella hizo lo mismo, lo atravesó literalmente.

Él no sintió nada, solo la vio diluirse y volver a materializarse en fracción de segundo.

¿Lo ves? No existes, eres ceniza, humo, aire. Eres éter.

¿Y cómo es que me escuchas?, le dice el hombre, aturdido, molesto.

No te escucho, solo imagino que me estás hablando. Y entonces te contesto. Pero no puedo verte. No puedo olerte. No puedo oírte. No puedo tocarte. No estás aquí del todo, ¿es tan difícil entenderlo?

Él no responde. Sueña. Entonces ella saca de nuevo su oboe y trepa a un árbol, como si fuera un mono. Ágilmente sube hasta la copa y allí vuelve a tocar la melodía. Él la contempla, lejana. La escucha.

Soy un fantasma, se dice, y se despierta y se pellizca y llora y se mece los cabellos y se repite despierto que ya no le queda nada, que es cierto, sí es un maldito fantasma.

Se levantó lo más temprano que pudo y reanudó la travesía. Apenas al amanecer; a los lados de la carretera el paisaje nevado parecía interminable, repetido. Cargó combustible en la primera gasolinera y se sintió aliviado, como si la seguridad del tanque lleno le modificara, en realidad, el ánimo. Probó la presión de los neumáticos, el nivel del aceite, el agua de los limpiadores, el líquido anticongelante. Al fin y al cabo no era su auto, no estaban de más esas infinitas precauciones.

Todo lo hizo solo. Puso unos billetes en un recipiente junto a la bomba de gasolina. La mujer del café solitario, la posadera. Sus únicas compañías en el viaje. Lo demás tan solo como un desierto. Al poner en marcha el auto se percató sin embargo de que unos ojos lo habían estado observando todo el tiempo. Los ojos bovinos de un niño *down* lo contemplaban sin misericordia. Lo desnudaban.

No estaban allí para verlo sino para escrutarlo. Le preguntaban ¿hacia dónde vas? solo para cerciorarse de que no le mentía. Era como si esa mirada lo hubiese estado viendo desde el primer día de su vida.

El idiota le sonrió, entonces, pero él no pudo devolverle el gesto. Justamente a él que era un experto en el rostro humano, que había dedicado tantos años al arte de interpretarlo no le salía siquiera una mueca de respuesta.

Era como si hubiera muerto, como si siguiera conduciendo rumbo a ningún lado. A nada. El paisaje, monótono, tampoco le ayudaba. Puso música. Una estación de radio. Eran canciones viejas, secas. Las escuchó sin oírlas, como si no hubiera en ellas melodía. No eran música, eran un lamento.

Uno más que se unía al suyo.

Unas horas después llegó, tocó el timbre. Ella le abrió y sin decirle nada se volteó. Él beso el cuello de Livia y todas las nubes del mundo se pusieron a llover.

Apagó la luz. Arrancaron algunas de sus prendas, se escondieron. Se tocaron. Él quiso salirse antes del orgasmo. Ella lo retuvo con sus piernas. Se derramó en Livia. Ella lloró. Le mojó la cara con sus lágrimas pero no pudo verla sonreír.

Entonces él recordó un rito de iniciación que contempló en Australia. Al adolescente le obligan a morder un trozo de tronco y luego con un cuchillo largo le perforan la uretra por encima del miembro y le insertan otro pedazo de madera para que el nuevo agujero no se cierre: por allí orinará y por allí también saldrá su semen. Solo si un dedo tapa la cavidad las cosas vuelven a su sitio y es posible la reproducción.

Pensó en el joven adolorido que no pronunció palabra mientras lo perforaban, recordó su rostro mezcla de dolor y de orgullo.

Ninguno dijo nada.

Ninguno hizo nada.

Hasta que Livia se levantó, fue al baño y regresó vestida: Sácame de aquí, le dijo, invítame una copa y encendió la luz.

Él se vistió con velocidad y salieron a la noche que los había estado esperando.

En el bar, él le tomó la mano, ya sin pudor. ¡Cómo se parecían! Al fin pudo verla. Habían pasado los años, qué duda cabe, pero estaba más hermosa que nunca. Tenía una mirada triste, perdida. Entonces él se atrevió del todo:

¿Por qué se fue?

Yo qué voy a saber. Se hartó de mí. No me lo dejó claro. No hubo pleitos ni grandes escenas. Supongo que se aburrió. Empacó sus cosas y me dijo que se iba.

Les sirvieron dos cervezas.

¿Y?

Y nada. Lo miré irse. Le pregunté antes de que cerrara la puerta si iba a volver. Negó con la cabeza. Dio un portazo. Entonces te escribí. Hace tantos años que te fuiste, ¿lo sabes? Ahora lo he perdido todo y lo he olvidado todo.

¿Quiénes somos, Livia?

Los mismos de siempre. Los absurdos. Los enamorados. Los que no pudieron olvidarse. Ambos lo sabíamos.

Pero no había necesidad de saltar al vacío, piensa él sin decírselo. Da un trago a su cerveza. Le retira la mano. Piensa que los otros hombres —no hay otra mujer allí— los están viendo, pero no es cierto. A nadie le importa que estén allí o en ningún sitio.

Muchas horas después regresan a la casa. Él le pregunta dónde va a dormir. Ella sigue en el mismo plan, ¿Dónde quieres dormir? Contigo, le dice él.

Se abrazan, ya en la cama, y no se dicen nada.

Son dos bestias, dos animales muertos de frío que se refugian en una cueva. Son dos cachorros en su guarida.

Huérfanos.

A la mañana siguiente él no pudo siquiera mirarla. Se levantó antes y se dio un largo baño con el agua hirviendo, humeante. Luego bajó a preparar café. Pensó en huir de nuevo, en salir de allí. Dejar a Livia sola, como siempre había estado. Quedarse él solo, como siempre había estado.

¿Cuánto tiempo podrían durar así? ¿Hasta cuándo se tocarían la piel solo para darse cuenta de que las manchas ya no salían con jabón ni tallándoselas con furia por horas? ¿Hasta cuándo serían capaces de herirse?

Ella bajó mucho tiempo después. Soy una idiota, le dijo.

¿Quieres café?

Livia asintió. Soy una idiota. Traerte hasta aquí. Orillarnos a esto. Me siento terrible, ¿sabes?

Él asintió. No le dijo nada, solo le llevó la taza caliente.

Se sentó lejos de ella, a años luz, en un sillón pequeño que le hacía ver ridículo, con su cuerpo enorme embutido allí. Ella recogió sus piernas desnudas, las tapó con el largo suéter negro y se quedó mirando el líquido negro dentro de la taza.

El humo.

¿Qué quieres que hagamos?, se atrevió él.

No lo sé. Lo mejor sería que te fueras. Pero no podría dejarte ir. No lo permitiría. No ahora, no después de tanto tiempo. Y luego pienso ¿o dejo de pensar? que estamos solos, que nadie puede vernos. Que no importa, que no tiene nada de malo.

No es necesario que nos vean, Livia. Lo sabes. Yo te veo. Tú me ves. Y eso basta para que seamos infelices el resto de nuestras vidas.

Lo hemos sido ya antes. Lo fui desde que me abandonaste en la casa. Esa casa que era tuya y mía.

Y de nuestros padres, Livia.

Afuera nevaba. Él se lo dijo. Hacía tiempo que no miraba nevar. ¿Quieres salir?, le preguntó Livia.

La nieve los devolvió a la infancia. Jugaron, se corretearon. Arrojaban bolas al cuerpo del otro. La nieve se estrellaba, rompiéndose en mil pedazos. Sudaban debajo de la ropa excesiva y así subieron hacia el glaciar.

Todos los lagos estaban congelados. Caminaban por encima del agua, suspendidos. Helada y en coma la vida debajo del agua petrificada.

Tarde o temprano vendría el deshielo.

Regresaron de noche, congelados, en un camión que los acercó a la casa. Agradecieron al conductor. ¿Buscaban acaso morirse de frío? No se hablaron durante los dos siguientes días, como si no existieran.

No se tocaron.

Ni se besaron.

Ni se rozaron, siquiera.

Él rompió el silencio. Al tercer día. Mejor me voy, le dijo. Pero no se atrevió a moverse. Ella no contestó.

Siguió el silencio dos días más. Y eran dos fantasmas, como en el sueño, que ni siquiera se veían el uno al otro. Dos espectros rondando la cama, el cuarto de baño, la cocina. Si por un segundo sus miradas se encontraban, las desviaban con cautela pero también con prisa. Y seguían allí. Él prendiendo la chimenea, guisando ocasionalmente. Leyendo su libro a ratos. *No puede ser la culpa la que los hace atractivos*, leyó y las palabras fueron un escupitajo en su rostro. Asomaba la cabeza al frío y regresaba al minúsculo sillón que parecía querer expulsarlo.

¿Livia? Livia parecía no estar allí. Era etérea. Se había hecho líquida. Se diluía hora con hora y de pronto su cabellera de agua se perdía detrás de la puerta o sus brazos de cascada subían la escalera. No hacía ruido, no se movía en las noches. Amanecía y él despertaba —siempre antes que ella— y la contemplaba allí, fetal, callada. Y era un lago helado encima de la sábana. Y le parecía bella, como si la viese por vez primera.

Luego se bañaba y su cuerpo perdía la lasitud del sueño, volvía a contraerse. Regresaba el peso cierto de la vigilia.

Una noche Livia lo abrazó, sin decirle nada. Le acarició el pelo que pintaba las primeras canas. «Te estás haciendo viejo, hermano», le dijo con sorna. Ella apenas dos años menor que él. ¿Hermano?, ¿Le había dicho al fin Livia por su nombre? ¿Se había atrevido? Él se dio la vuelta y la besó en los labios y le dijo hermana, hermana, hermana. Muchas veces.

Y lloraron y se amaron y conocieron la alegría.

Lo declaro así: conocieron la alegría.

Te quiero enseñar una cosa, ¿vienes?, le dijo Livia a la mañana siguiente. Y él la siguió afuera de la casa. Caminaron largo rato en dirección al pueblo hasta que llegaron a una granja abandonada.

Viejísima, destartalada la granja. Ella conocía bien el lugar. Lo guio. Abrieron puertas y llegaron a un pequeño establo en el que aún había paja. Una paja morena y rancia que olía a siglos. Estaba oscuro. ¿Te gusta?, le preguntó ella. Y él no sabía a qué se refería. El lugar no podía ser más sombrío.

Es mi guarida. Lo fue siempre estos años. Cuando no quería verlo y quería imaginar que estaba contigo venía aquí, me acostaba en la paja y suspiraba muy hondo. Viajaba contigo. Un día estaba ya en Papúa y otro en Kenia. Mira, mira. Removió la paja y sacó un álbum con pastas de piel. Son tus fotos le dijo. Aquí las veía. Una y otra vez viajaba contigo. Y era feliz y me picaban los mosquitos y me llevabas a una clínica porque me había dado fiebre. Y me mojabas la frente y me dabas a sorber un líquido rosa muy fresco, como tus labios. Ya no tiene caso que lo guarde aquí, vamos a llevárnoslo. Seguían a oscuras. Él imaginaba las páginas del álbum que ella describía pero tampoco podía ver.

Regresaron a la casa y estuvieron conversando. Cada foto una historia. Me lo debes, le dijo Livia y le sirvió un whiskey con hielo. Cada foto una historia, le repitió.

Le enseña una foto que, en lo particular, siempre le gustó. Un niño con la nariz perforada y un hueso de pájaro atravesándola. ¿Quién es?, le pregunta. No lo sé. Sacan la foto del álbum. *En Chimbu, extrañándote*, está escrito con su letra. Es un niño kumano, le dice. Y le han puesto el hueso de ave para que sea tan rápido como los pájaros. Entonces recuerda. Estuvo en su rito de iniciación. El niño tendría diez años, entonces.

La noche anterior a su iniciación, le dice, los hombres lo llevan al bosque y lo sientan dentro de su círculo. Le explican sus deberes y su futuro. Escucha por primera vez los mitos de la tribu y los secretos más íntimos de los hombres de su familia. El más importante consiste en tocar una flauta mágica. Como el *tumbu-lun* de los Kukukukus, le dice. Ella le deja contar, no interrumpe. Hay una tonada que debe aprender a interpretar y que es la melodía de la familia. El padre y el hermano mayor tocan sus flautas, solos. Uno después del otro. Y entonces se le dice que nunca, por ningún motivo, debe mostrarle esa flauta a mujer alguna. Las mujeres y los niños han sido informados desde siempre, le dice a Livia, que la flauta representa a un enorme pájaro que deja sus huevos en una piedra en la jungla y que si vieran la flauta, el *koa,* quedarían inmediatamente ciegos. Sus cuerpos se pudrirían y solo servirían para dárselos de comer a los cerdos. ¿De verdad creen eso?, le pregunta Livia. No, claro que no. Alguna vez les pregunté por qué demonios contaban esa historia terrible y su respuesta no dejó de asombrarme. Era el más viejo del lugar y me dijo con parsimonia: *Si les enseñáramos las flautas a nuestras mujeres solo se reirían de nosotros y dejarían de creer que controlamos a los espíritus guardianes que están dentro de ellas. Perderíamos toda nuestra autoridad y las mujeres nunca más tomarían nuestra comida y cuidarían a nuestros cerdos.* Eso le dijo el hombre en Wighi, le refiere ahora a Livia. Y ella sonríe. ¿Allí termina la iniciación?, pregunta. No. A la mañana siguiente se llevan al niño a la jungla. Como a este de la foto cuyo nombre he olvidado y le perforan la nariz. Entonces les cubren los cuerpos con grasa de cerdo y los pintan de colores y les dan sus arcos y flechas y gritan y cantan y empieza la fiesta.

Una historia por cada foto le vuelve a decir.

Él la besa.

Él sale muy temprano de la casa, baja al pueblo. No sabe qué busca. Le ha avisado a Livia, por supuesto. No quiere una escena, pero tampoco desea estar más tiempo encerrado. Han pasado dos semanas desde que llegó a casa de su hermana. Salvo la ida al glaciar, la visita a la granja y alguna esporádica caminata, ha permanecido allí, entre esas paredes.

Han pasado por todos los estados de ánimo: desde la exuberante euforia de quien pretende que el tiempo no existe y se expanda y crece y germina hasta la abulia del que nada desea ya sino la muerte pasando por pequeños éxtasis, mínimas melancolías, tímidos celos. Como dos amantes cualesquiera que se reencuentran. Han perdido el miedo y el pudor.

Nunca la culpa.

Esa los persigue aunque la espanten o la ignoren. Los sigue, los espía, encuentra el más débil flanco y ataca, la vil, la desgraciada.

Ya en el pueblo busca un restaurante. Encuentra un *pub*. Pide una cerveza oscura y un corte de carne. Quinientos gramos para desayunar. El mesero lo mira con recelo, titubea pero él decide el término de cocción y toma el periódico. Un gesto de defensa, en realidad. No le interesan las noticias locales. Ni las de ningún sitio, hace tiempo que dejó de pensar en el presente. Hace tiempo que no le pide tampoco nada al futuro. Solo el pasado es como una bestia ciega que no quiere alejarse de él. El pasado es como la culpa, terco. El pasado hace con él su voluntad, como la meteorología.

Dos días sin nieve, al fin, le dice el mesero al tiempo que le sirve la cerveza. Él no ve la diferencia. Allí no hay casi sol. El día es corto. La noche oscura se detiene, no avanza, es como si estuviese allí siempre, al acecho para volver a ennegrecerlo todo. Sin embargo no lo contradice. Al fin, repite él, como si le importara.

Da un largo trago a la cerveza, un trago balsámico que lo reconforta. Serán las ocho de la mañana, pero a él parecen no importarle los rituales. ¡Qué más da la hora si se le antoja una cerveza!

Un viejo se sienta, sin pedir permiso. O sí, ha hecho un gesto imperceptible avisando que se iba a sentar en su mesa.

—¿Hace tiempo que está en la ciudad? —le dice.

—¿Ciudad? —pregunta él, perplejo.

—Sí, con nosotros —le dice el hombre que considera aquel lugar cerca de las rocallosas una ciudad. Una ciudad, se ríe él por dentro, de una sola calle. Larga. Con casas como la de Livia a varios kilómetros de distancia. Casas con su propio bosque, algunas con sus propios lagos. Casas para caminar sin cansarse. ¡Pero ciudad!

—¿Y? —le insiste el viejo y se quita la gorra de lana.

—Dos semanas, creo yo. No gran cosa.

—Suficiente para irse ambientando, ¿no cree?, le dice. No pensaba en tener a alguien allí, platicando. Pero no le importa, tampoco. Se ha pasado la vida conversando con extraños. ¿Me invita un trago?, le pide. Él asiente, llama al mesero. Otra cerveza.

Demasiado temprano para empezar a beber. Yo igual que usted no tengo otra cosa que hacer.

—¿Cómo sabe que no tengo otra cosa que hacer? —le replica, molesto.

Si tuviera algo importante no se hubiese quedado dos semanas ya entre nosotros. Y no se le ven ganas de irse.

Está con Livia, tercia el mesero.

Así que así son las cosas, piensa él. Se creía anónimo, un fuereño en el pueblo. Alguien sin rostro, sin nombre. Una sombra. Nada menos cierto. *Está con Livia*, ha dicho el mesero como si cualquier cosa.

—¿Y qué hace por aquí? ¿De paseo?

—No, nada de eso. No sé bien que hago. Acompañar a mi hermana.

—Ya lo ha dicho. La palabra surgió como si cualquier cosa.

—Desde antes de sentarme pensaba que usted se parecía horrores a Livia. Es su viva imagen. Le propongo un trato, dando y dando.

—¿Dando y dando qué?

—Sí. Usted me dice dónde se hizo la cicatriz que tiene en la frente y yo le enseño una herida de bala y le cuento su historia, ¿estamos?

Entonces él refiere la anécdota. No le interesa mucho pero igual se la describe con desdén. Fue en Papúa, con los Kukukuku. Usan unos mazos cuadrados, curiosas armas de combate. Las demás tribus les temen. Él ya no. Vivía con ellos. Cazaba con ellos. Hasta cree haber tenido un hijo con una mujer dc allí, pero no está del todo seguro. Una noche, después de un ritual él rio. No supo por qué, pero la danza le dio risa. Y le dieron un golpe con el instrumento aquel. Estuvo inconsciente varios días y allí quedó el recuerdo, en la frente.

—Me está contando una mentira, pero es muy bueno para eso, ¿verdad? No le creo ni una sola de sus palabras. Ni siquiera han de existir esos hombres que dice.

A él le perturban las palabras del viejo, su incredulidad. El descrédito de sus historias. Siente la herida con la mano. Se le olvida, casi siempre, incluso frente al espejo. Y le dice al viejo que es cierto, que allí, anegado de naturaleza supo que lo que separa al hombre del animal es un hechizo. Una ficción. Nada.

Entonces el hombre, aún sin creerle nada, se levanta la camisa y enseña su marca. La bala atravesó el cuerpo, justo por debajo del pulmón. Es una suerte que esté vivo, ¿sabe? Qué digo suerte, un milagro. Un milímetro más arriba y no me escucharía contárselo.

Contempla al hombre. No piensa en él sino en sí mismo. Su errancia. Una piedra por cada historia —o por cada foto, como le pidió Livia—, las pone mentalmente en círculo, como en un conjuro. Mi vida está hecha migajas, piensa. Y luego lo repite en voz alta para que el hombre lo escuche: Mi vida está hecha migajas, le dice.

El viejo se ríe. ¿Y la de quién no?, le responde preguntando. ¿Qué hay en el centro de nuestros pequeños universos?, le inquiere ahora sí esperando una respuesta.

—No tengo idea.

Mentiras, como las suyas. Como su historia de la tribu y la mujer que preñó y los nómadas. Quizá eso es lo que nos destroza. Sí, habernos estancado. Si siguiésemos siendo nómadas otra sería nuestra canción sobre la tierra.

Él le dice que los nómadas también sufren, que persiguen el alimento como idiotas, sin hacer otra cosa. Buscan siempre.

Es mejor que estar aquí, o en cualquier lado. Quietos. Esperando. Esperando siempre.

Una mosca ronda el lugar. Le molesta. Se detiene en su frente y él intenta dar con ella. Es el hombre, con su gorro, quien la asesina.

—Hay que matar lo que molesta, le dice el viejo y termina su cerveza. Luego le extiende su mano huesuda y le dice fue un placer, profesor.

Y se aleja.

—¿Profesor?, ¿cómo se le habrá ocurrido adjudicarle ese mote? No tiene nada de *profesoral*, piensa. Ha sido una conversación muy rara. Llama al mesero y le pregunta si Livia viene al lugar muy seguido. El tipo lo niega con la cabeza. Una o dos veces la he visto, no más. ¿De dónde la familiaridad, se pregunta él, entonces? Pero no hace más cuestionamientos. Deja unos billetes y se va.

Ha sido suficiente contacto con el mundo por un solo día. No desea regresar aún a la casa. Prefiere dar una vuelta, merodear por allí. Piensa en todos sus viajes, en su continuo *promenade*, y se dice que en los lugares donde ya no está todo se ha detenido para siempre, como en las fotos de Livia.

Por eso no tiene sentido. Nada tiene sentido.

Son dos nombres: hermano, hermana. No debe haber nada más. Una relación que se adjetiva está del lado de la imagen, del lado de la dominación y de la muerte, piensa o recuerda él que leyó en algún lado.

Por eso son dos nombres o dos cuerpos, solamente. Y se tocan y se penetran y se mojan y se duelen y gimen y ríen y luego lloran pero no saben, imbéciles, si de felicidad o de tristeza.

Él regresa a la casa tarde. Ya ha oscurecido. Livia lo espera enfadada. Se le nota. Él le pregunta ¿qué te pasa? Nada le dice ella. Nada, repite. Él entonces la ignora y sube a la habitación a ponerse cómodo. Se acuesta en la cama.

Ella sube, francamente colérica y se tira contra él, le golpea el pecho con furia. Le muerde una tetilla y le saca sangre. Él grita, la aparta, le dice qué te pasa, demonios, qué te pasa. Y ella le da una patada en los testículos, le saca el aire. Lo deja sin respiración por un rato. Él se levanta y ella gruñe, como una bestia. Lo escucha, no se miente, gruñe y va a su alcance. Se prende de su cabello y se lo tira con rabia.

¿Dónde has estado?, le dice al fin, medio humana, ¿crees que me puedes dejar aquí todo el día? Pensé que te habías ido para siempre. Otra vez. Y me dio miedo. Me dio pánico quedarme aquí. Hubieras hablado al menos por teléfono, yo qué sé.

Fui a dar una vuelta, qué hay de malo en ello.

Saliste al amanecer y ya se ha hecho de noche.

Aquí siempre es de noche.

No me vengas con eso, fueron horas. Quise salir a buscarte, pero me sentí ridícula. Y aquí estuve imaginando todo el tiempo que te habías ido. ¿Es que no tengo razón?

Él la abraza, la besa, la cubre con su cuerpo enorme. Como si su cuerpo fuera una guarida en la que Livia, al fin, estuviese protegida.

Nunca había visto un fantasma. Había sentido presencias extrañas en los más diversos sitios del planeta. Espíritus, dirían los Kuman, que protegen y otros que vienen por nosotros, a cobrar una antigua venganza. Una incluso de una vida anterior, le había dicho el brujo.

Pero ahora sí. Era un fantasma, estaba seguro. No quiso decirle nada a Livia. Era un hombre mayor, entró a su cuarto, le sonrió como si lo conociese bien, se quitó el abrigo. Un abrigo gris, tal vez de piel. Y se frotó las manos.

No le dijo nada, solo volvió a sonreír y se acostó en la misma cama en la que él yacía, adormilado.

¿Se le puede hablar a un fantasma?, se preguntó. Se irguió un poco, para verlo mejor, pero el hombre había cerrado los ojos, como si estuviese dormido. Entonces él se atrevió y lo tocó en el hombro. No sintió nada. El fantasma tampoco, porque no se inmutó. Entonces se dio cuenta de que era casi transparente, como una película o una calcomanía. Y plano, como si el cuerpo hubiese sido desinflado y solo quedase una oblea delgadísima.

¿Quién había inventado un curioso mecanismo para pesar su alma todas las mañanas?, se dijo. Esta era la prueba fehaciente de que el alma no pesa, no ocupa casi lugar en el espacio. Es solo el cuerpo lo que gravita. El alma flota, se dijo al ver al fantasma.

No sabía qué hacer, si quedarse quieto, si salir de allí, si intentar despertarlo del todo. Lo curioso es que no le daba miedo. Ni paz, tampoco. Era como si siempre hubiese estado en la cama, acostado, con los ojos cerrados.

¿Sueñan los fantasmas?, se dijo. Porque este en particular hacía unos gestos que, aún dormido, cualquier experto pudiese reconocer como de angustia. Se dio cuenta de que los fantasmas no respiran ni exhalan nada. Son una pura materialidad, como si estuviesen siendo proyectados desde un cinematógrafo.

Entonces se atrevió. Se levantó de la cama y sacudió la colcha con fuerza. El hombre, visiblemente molesto, se despertó y se levantó de un salto. Se puso el abrigo a toda prisa.

Lo miró a los ojos y le preguntó, ¿ya es hora?

Entonces los fantasmas sí hablan.

Sí, se está haciendo tarde, le dijo por decir. El espectro no se despidió. Salió de allí despavorido, como si se le fuera la vida o el resto de *pneuma* o de lo que sea que lo tenía aún en este mundo.

Para muchos de los hombres con los que vivió en la jungla, sin embargo, no existen realmente dos mundos, el de los vivos y el de los muertos. Hay una continuidad resuelta. Y se pierde el miedo: la muerte es una forma de seguir andando, en algún lado, tras la misma presa, con idéntico arco y flechas.

Entonces sí sintió miedo. Un pánico irracional, como si lo que hubiese presenciado tuviera algo malo en sí mismo, algo dañino, peligroso. Temblaba y se dio cuenta de lo absurdo de su gesto. Se metió dentro de las cobijas y seguía tiritando como cuando se sale de la alberca y el aire golpea la piel.

Se imaginó —porque aquí sí solo era su mente la que le jugaba la treta— que la luz había cambiado de tono, haciéndose tenue, casi parda.

Cuando Livia subió a dormir pensó en contarle la aparición, pero lo venció cierto pudor, se sintió ridículo aun a sabiendas que lo que había visto no había sido producto de su mente. Ella le notó algo raro. Le preguntó si le pasaba algo, si le podía ayudar, traerle algún remedio.

—Te ves fatal, pareciera que hubieses visto un fantasma, le dijo, bromeando y luego lo abrazó.

El deseo pronto sustituyó a la ternura y desvaneció la imagen fija del hombre al lado de su cama, justo donde ahora, corpórea, se encontraba Livia, besándolo.

Los siguientes fueron días felices. Habrá que definir, claro, lo que puede entenderse por felicidad. La paz de los idiotas, no, por supuesto. La dicha suspensa del enamoramiento, tampoco. La plenitud imposible de los místicos, tan dudosa: menos. Se trataba de una felicidad hecha del instante. Construida con toda la inmensa fuerza del instante, el único tiempo en el que se está vivo.

Un poco como si no cupiesen en el mundo, que les resultaba estrecho a la medida de su deseo y de sus furtivos encuentros. Eran los dos adolescentes que quisieron amarse y que doce años antes se negaron a ser.

¿Será cierto que la felicidad se escribe siempre con tinta invisible sobre la página blanca? Lo cierto es que su universo estaba en expansión. O en la fase final del *big-bang*, si creemos que nuestro universo como el suyo no puede resistir su alargamiento explosivo. ¿Eso era? ¿Una explosión? Tal vez, pero no se manifestaba en súbitos sobresaltos. Al contrario, era una especie de moderada serenidad en la que cabía lo mismo el juego más banal que la más trascendente de las conversaciones. Las tardes los sorprendían abrazados, después del amor y la modorra de la siesta, solo para poner un nuevo leño en la chimenea o para servirse otro vaso de vino.

Hubo mucho vino y mucho queso en esos días.

A él se le olvidó quién era ella. A ella se le olvidó quién era él.

Se habían transformado en puro *deseo*, lo que no quiere decir que en puro cuerpo. Eran también dos conciencias en las que cabía todo menos la sangre, la genealogía, el estupor del pasado.

Una mañana, por ejemplo, ella le llevó el desayuno a la cama. Lo besó. Una y mil veces. Compartía así con él las fresas partidas a la mitad con yogurt que le había preparado. Él le acariciaba los pechos y se dejaba hacer. Extrema lasitud de quien sabe que lo tiene todo, al menos por unos segundos. Entonces ella, como poseída por un destello de luz le dijo:

Los únicos amores que perduran son los que nunca se realizan, esos son eternos.

Y él se rio y no le puso la menor atención. Le pasó una fresa por la mejilla y se la dio a morder mientras le acariciaba el cuello, ese cuello que lo invitaba a quedarse allí para siempre, como una gota furtiva de la ducha que la toalla no ha encontrado y que termina por evaporarse o por confundirse con la piel erizada por el frío de la mañana.

Ella siguió el juego, pero cambió el gesto. Y eso no podía pasar inadvertido para él. La miró y quiso distraerla con mentiras porque ella había dicho una verdad terrible. Livia sabía que solo lo que no se consuma y se consume permanece.

Y lo de ellos estaba destinado a morir.

Eso es lo terrible de ser conciencia y no alma, lo terrible de ser un humano sin fe. Es lo que él pensó otra tarde cuando se le apareció otro fantasma. Ahora un niño. Risueño también: todos los espectros de esa casa parecían de fiesta. Este bajaba corriendo las escaleras y se escapaba por la puerta cerrada.

Lo habrá hecho tres o cuatro veces seguidas. Él no pudo resistirlo. Fue a donde Livia terminaba de sellar unos frascos de compota.

—Los he visto, Livia, los he visto.

—¿A quiénes?

—A los fantasmas. Van dos. Esta casa es curiosa. Pasan días sin que nada ocurra y luego ellos llegan, me sonríen. ¿Tú no los has visto?

Livia niega con la cabeza.

—¿Y él? ¿Tu esposo no los vio nunca?

Livia niega nuevamente con la cabeza.

—Un viejo y un niño, al menos. Estoy seguro.

Entonces la deja en la cocina y regresa a su pequeño sillón, al que se ha encariñado. No reconoce a ninguno de los espectros, tienen que ser de la casa, no de sus pasados. La habitan. ¿Pero por qué presentársele a él, justamente a él que es un invitado, un advenedizo?

A partir de ese día vaga por el lugar, sin rumbo. Desconoce la línea que separa la ilusión de la realidad. Los busca. Pero no regresan. Nunca más.

Livia le pregunta, una o dos semanas después, si los ha visto de nuevo, si se le han *aparecido*, y hay cierta sorna en sus palabras. Es él quien niega ahora con la cabeza.

—Lo ves —le dice Livia—, todo era cosa tuya.

Cosa tuya, curiosa frase si las hay, se dice. Y de nadie más. Propia e incomunicable, como termina siendo todo en la vida. Le costó trabajo, es cierto, aceptar que lo que veía eran fantasmas, como si la incredulidad pudiese más que la imagen, nítida aunque plana que se presentaba a sus ojos. Pero tuvo que asumir que era real, que él no había inventado a esos dos que se le habían aparecido allí, en la casa de su hermana, para recordarle yo qué sé qué cosas.

La cualidad de lo ocurrido a partir de allí en esa casa es la de lo difuso, la de la niebla. Nada más cobra nitidez. Todo pierde sus contornos. Lo mismo los muebles que Livia, las tardes que el alimento, los sueños que el baño prolongado del amanecer. Esa mansa pero trémula incapacidad de la vida por hacerse del todo presente, como si el foco del proyector estuviese en sus últimos minutos de vida.

Desenfocado, en disolución: así su mundo.

Así los días y las horas.

El invierno, piensa él, con su nieve exagerada, clausura casi toda forma de vida. No hay aves, por ejemplo. Extraña escucharlas en la mañana despertarse con él, salir despavoridas de los árboles en una parafernalia cotidiana que aún ahora lo estremece. Las echa de menos por la tarde, cuando regresan, menos alborotadas pero aún alegres a dormir o a contarse los avatares del día.

Él es un hombre de amaneceres, no de crepúsculos.

Por eso siempre despierta temprano, se da el largo baño ya referido y aguarda con paciencia —o sin ella, da lo mismo— a que Livia regrese del sueño, actividad que le puede tomar toda la mañana. Ella es una mujer de crepúsculos, no de albas. No le interesa ver cómo sale sino de qué forma se pone el sol. Nocturna, lunar, cambiante.

Él ve espectros, pero no le dan miedo. No cree en la paranoia, nada ni nadie lo persigue. Huyó, pero esa es otra historia. Y fue libre. O quiso serlo. Ella está convencida de que alguien la mira siempre, que unos ojos inefables la acompañan, la atisban, la contemplan impávidos o sorprendidos pero no le quitan nunca de encima su luz que se convierte en oscuridad. Asalto a la intimidad, o como se le llame.

Sirve la sillita, enana, en la que él se sienta. Es buena para pensar, se dice con sorna. Porque tal vez la incomodidad es necesaria para pensar del todo.

Dos hermanos distintos en sus hábitos cotidianos, en su forma de encarar la diaria tarea de amueblar el mundo. Y hasta ahora se da cuenta: él ha asumido todos estos días, incluso los felices, los inocentes, los fugaces, el humor de Livia. Ha asumido que estar en *su* casa, en *su* invierno es estar también en *su* ánimo.

Acompañarla en esa forma de habitar el espacio que mucho tiene que ver con la melancolía. Livia saturnal, se dice, y yo alcióneo, solar.

Ahora entiende por qué se ha sentido asfixiado, por qué ha requerido asomarse siquiera a la ventana, salir a dar una vuelta, escapar del encierro. Ella no. Ella puede vivir —o al menos eso cree él— ensimismada. Todo se convierte en Livia. Se Livializa…

Luego ríe con la ocurrencia. Siente que falta demasiado tiempo para compartir el chiste con ella. Toma su libro. El libro de siempre. Lee.

Hoy las puertas han sido trasladadas hacia otro lugar.

¿Las puertas?, sí, lo que cierra. Lo que clausura. Lo que encierra. Y los puentes. Él es un hombre ávido de puentes: lo que abre, lo que une. Esa podría ser otra metáfora de los dos. Él un puente, ella una puerta.

Nada hay más distinto en el mundo.

Nada hay que sirva para propósitos más contrarios.

Ella amanece, casi por la tarde. Grita su nombre, no lo pronuncia. Y él sube a verla. ¿Qué pasa?

—He soñado.

—Siempre sueñas, Livia, ¿qué tiene de raro?

—Ahora estabas tú. Y desde que llegaste nunca habías estado en mis sueños. Es terrible. Estamos juntos y empiezas a aparecer de nuevo, ausente. ¿Es que quieres irte? Te vas a ir, ¿verdad?

—Tarde o temprano tengo que volver.

Él la abraza. Livia llora. En espasmos, como si la casa entera temblara con su llanto. Él no sabe consolar a una mujer, no tiene idea —ni a un hombre ni a un niño, si a esas vamos—, pero intenta con tocarle el cabello, acariciarla. La deja llorar.

¿El llanto sirve para volver o para terminar de irse?, se pregunta. Pero no se lo dice a Livia. Solo la abraza. Entonces prueba ¿me iba a algún lado en tu sueño?, le pregunta.

—No sé. No importa. Estabas allí. En el sueño, no en mi vida. Te había dejado de soñar desde que llegaste.

—No puedes darle tanta importancia a un sueño.

—O a tus fantasmas, si es lo mismo. Yo te veo en sueños y tú te imaginas espectros que habitan mi casa y que seguramente quieren decirte algo.

—No hablan, Livia. Los fantasmas seguramente se comunican en otro lenguaje, uno que desconocemos los mortales.

—Los fantasmas no existen.

—Los sueños no quieren decir nada, son simples mezclas incoherentes de recuerdos del día y viejas obsesiones. Nada más.

—Siempre tienes una explicación para todo. Con tu ciencia. ¿Te sirvió la ciencia y la teoría en Nueva Guinea?

—No. Estoy de acuerdo contigo. Nada de lo que había vivido me sirvió para entenderlos. Pero también nada se parece a un nómada o a un hombre que come ritualmente la carne de otro hombre. Cuando ves eso todo se pone en cuestión. La misma idea de humano que posees, los años de *civilización*, si es que se puede llamar así a este paulatino proceso de deterioro que nos tiene aquí.

—La teoría, de nuevo, trivializa Livia, irónica. ¿Lo ves?, algún día podrás desprenderte de ti mismo, del todo.

—No creo.

—¿Y para qué sirve el amor, entonces, si no para dejar de ser tú?

—A lo mejor para convertirte en ti mismo, más bien. Yo qué sé para qué sirve el amor, Livia.

El amor que igual nos destroza que nos hace pronunciar lo irrelevante, pero no se lo dice, teme que inicie otra polémica con ello.

—Voy a bañarme, pronuncia Livia, al fin y se deshace del abrazo.

Él baja a su preciado sillón e intenta leer de nuevo, pero no puede. Algo se ha roto del todo en esa conversación. O más bien esa conversación puso de manifiesto que algo estaba ya del todo destruido desde siempre, con los años, con la distancia.

O con la temeridad de haberse arrojado el uno al otro, como si esa no fuera la verdadera destrucción, el camino al aniquilamiento total. Habían suspendido la conciencia con tal fuerza en esos días que se les rompió toda relación con sus pasados. Cortaron un hilo finísimo que desconocían y que los fue destejiendo poco a poco hasta hacerlos desaparecer. Se les deshizo el traje, se desvistieron del todo.

Y estaban desnudos pero sin piel.

Y estaban sin piel y no tenían músculos, como si los hubiesen diseccionado para un extraño curso de anatomía.

Nada puede verse ni sentirse cuando eres solo esqueleto, huesos mal colocados.

O sí, se percató: estaban hechos de vacío.

Entonces lloró, lloró muchísimo, como no había llorado nunca. Y sin saber para qué sirve el llanto si para volver o para terminar de irse.

¿Y Livia?

A partir de ese día Livia entró en un territorio oscuro que era solo suyo, incompartible. Salía de él a ratos. Se amaban como perros en celo o como amantes que se reencuentran en un aeropuerto y se meten al baño, desesperados para tocarse y sentirse y para ser tocados y sentidos y recordar que esa mano, sí, esa, estuvo ya allí.

Porque aún esos momentos de delirio se viven en el recuerdo. Es el recuerdo el que les otorga sentido.

Lo demás es animalidad pura, y ¡qué demonios!, eso somos casi todo el tiempo: *animales*. Mamíferos destetados buscando sobrevivir, hubiese dicho él. Pero no estamos hablando de él, sino de Livia: la ausente, la casi autista Livia de esos días subsiguientes al sueño.

Dejaba de hablar toda una tarde y luego se encerraba en su cuarto, sin querer nada. A dormir.

A dormir el sueño de los pecadores.

Un sueño opaco, sin alusiones, crudo como la carne. Trémulo como la sangre que sale del cuerpo de un jabalí antes de cortarlo en trozos para asarlo en la montaña.

O podía haber sido su propia carne
desnuda
atada con un fino cordel
a punto de ser guisada sin especia alguna
en un horno.

¿Y Livia?

Sueña. Sueña todos los días. Ahora ya no con él, sino con sus días sin él.

Está en la casa de sus padres. Él duerme en la habitación de al lado. Puede oírlo roncar. Puede olerlo. Le fascina el olor de su hermano, mezcla de almizcle y cítricos. Como una madera macerada en mandarina, siempre lo ha sentido así. Lo imagina desnudo, algo nada difícil, porque lo ha visto desnudo.

Lo ha visto bañarse.

Lo ha visto con el miembro enorme masturbándose. Y él se supo mirado por ella y gritó más fuerte cuando eyaculó todo ese espeso semen blanco que ella imaginó desde entonces dentro de su cuerpo.

Pero ahora lo imagina desnudo.

Livia abre las piernas. Se toca. Está húmeda. Hay un lago de agua y de deseo en su pubis al que recién le ha salido vello. Es casi lampiño y sus labios rosas se abren y se deleitan.

Él la besa.

Ella imagina y ahora sueña que imagina que él la besa.

No tiene nada al alcance de sus manos y los dedos le son insuficientes. En la mesita de noche unas tijeras. Lo único. Ha cosido una pequeña almohadilla con cabellos de él que ha recogido de su peine.

Introduce las tijeras. Está oscuro, pero ella puede ver el brillo de la punta de las tijeras que entra en su sexo. Las empuña con fuerza.

Cierra los ojos.

Es él ahora quien está allí, encima de ella, todo el peso de su cuerpo contra el suyo. Le oprime los pechos. Lo escucha jadear.

Y tiene su primer orgasmo.

Ella tiembla. El mundo tiembla. Todo parece de pronto suspendido del suelo. Frágil.

Las tijeras tienen sangre, pero no se ha hecho daño. No hay ningún corte que ella pueda ver. Sabe bien de qué se trata. Su hermano la ha poseído. Ya no es virgen.

Es feliz.

En el sueño vuelve a ser feliz.

Aunque se pregunta si con un hombre dentro de ella todo resultará tan corto. ¿Será así el amor? ¿Dejará de existir tan pronto aparece?

A la mañana siguiente, muy temprano, lava sus sábanas. La madre la inquiere. Ha menstruado, le dice. Y no quería que los demás vieran las manchas.

Su sangre es solo suya. Es el tesoro de esa noche, única.

Voló. Estuvo en el aire.

A partir del aire solo queda la caída.

¿Y Livia?

Despierta. Siempre despertamos. Hasta la última noche despertamos. Lo busca. Está allí, en esa ridícula silla. Le cuenta el sueño. Le dice que no es en realidad un sueño, que es un recuerdo. Su recuerdo más preciado.

Y lo había olvidado, es increíble. Hasta ahora, gracias al sueño, le dice, he recuperado esa noche excepcional. La mejor de mis noches entonces. Es curioso, ¿sabes?, comenta Livia y lo besa, lo está besando por toda la cara mientras le habla, es curioso, repite, era suficiente. Durante muchos meses esa noche fue suficiente. Pero luego te fuiste y todo cambió. Eras ausencia. Me costaba trabajo imaginarte, necesitaba nuevas fotos. Por eso quizá la olvidé.

Lo sigue besando. Lo desviste. Ella se deshace del camisón.

Lo ama como no lo ha amado en todos esos días. Como no lo ha amado nunca. Lo muerde, lo araña. Se lo quiere comer. Caníbal, Livia, desearía quedarse con toda la carne del hombre, con toda su piel. Sudan. Sudan como orates. Son unos locos frenéticos que se horadan y se penetran y utilizan las lenguas y los dedos y le inventan nuevos orificios a sus cuerpos y se lamen y se huelen y terminan exhaustos, abrazados. Casi sin aliento. Ella aún sentada encima de él, en ese silloncito. Los brazos de él que la desaparecen de la imagen, la abarcan toda. El cabello de Livia como una cascada ocultando el rostro.

Si pudiésemos decirlo diríamos que eran puro placer. ¿Pero es que es puro el placer alguna vez?, hubiese pensado él. O seguramente lo pensó pero no tiene cabida aquí porque, he de decirlo nuevamente, estamos hablando de Livia.

Solo de ella.

¿Y Livia?

Le escribió una carta. Una carta que él vio mucho después. Volvió a estar ausente a ratos, a encerrarse en su cuarto. Salía con el cabello revuelto, los ojos sin mirada como los de una loca. Iba por un vaso de agua. Tomaba pastillas. No comía nunca. O al menos él no la veía comer. Estaba escribiendo. Seguramente se desgarraba por dentro mientras escribía esa carta inútil. Porque las palabras son inútiles, no pueden sustituir a las cosas, a los actos. No pueden explicarlos tampoco.

Allí están solos, los hechos. Incontrovertibles.

En la carta ella habla de las manos de él. Hay dos párrafos enteros sobre sus manos. Tus manos fuertes, le dice en la carta. Las describe minuciosamente. Habla de la voz de él, también. Es más breve esa parte. Le dice que su voz es *profunda*. Repite el adjetivo. La carta está llena de repeticiones. Es como una salmodia esa carta, como un canto, como un conjuro, no es una carta. Me hizo falta tu voz. Siempre me hizo falta tu voz, concluye allí. Habla de la ausencia. Toda la carta es un tratado sobre la ausencia. Vida y muerte son los polos de la ausencia. Quise morir escribe muchas veces en esas páginas, siempre lo dice cuando se refiere a su huida o incluso cuando recuerda —eran mucho más chicos— un verano que él no pasó en su casa y en el que ella se quedó sola. *Quise morir allí sin nadie en esa casa vacía,* escribe ella y sentencia: *supe lo que era la muerte. Era estar sin ti. Y no me gustó nada.* Luego hay un largo trecho que habla de su cuarto, del color de las paredes, incluso del césped. Un largo fragmento de la carta en la que la ausencia se convierte en descripción, detalle, minucia.

Quise complacerte, dice también muchas veces Livia en esa carta. Quería ser bella, quería ser delgada, quería ser inteligente, son los deseos que le refiere. Ser para él. *Pero todo era un torbellino.* Esa es otra frase que aparece por aquí y por allá en esa larga carta que escribió Livia encerrada. Y cuando no la repite habla de huracán, de tornado, de fuerzas de la naturaleza sobre las que no tiene control alguno.

Soy feliz y quiero seguirlo siendo, eso lo entenderás, termina la carta, *Esperé demasiado tiempo para ser feliz.*

¿Y Livia?

Livia emergió radiante de esos días de encierro. Se había bañado, llevaba el pelo recogido con una coleta que dejaba ver sus orejas. Unas orejas que él amaba. Se había perfumado, también. Olía a madera y a cítricos, o eso creyó él. La miró como se observa una aparición, como si lo que estaba viendo no le ocurriera a él. El numen, eso había contemplado al verla bajar la escalera, al acercarse a él con lentitud, con la calma de quien ha regresado del más allá. Lo besó, lo llevó al armario, le puso una chamarra, como si fuera su hijo. Y salieron al sol.

Empezaba el deshielo. Quería que lo vieras, es un espectáculo único, ver cómo se derrite la nieve, cómo regresa la vida. ¿Te gusta?

El sol bañaba los claros del bosque. Aquí y allá la tierra resurgía en todos los tonos café, verde, ocre. La nieve se derretía en algunas zonas y permanecía como recuerdo en aquellos lugares que el sol no había encontrado aún.

Llegaron al lago. El hielo se había derretido casi por completo y el azul del agua quemaba los ojos. Cegaba. Era imposible verlo. Se lo dijo. La belleza quema, respondió Livia que se había vuelto sabia y sentenciaba. Era delgada, era inteligente, era hermosa. Era todo lo que había deseado ser para él.

Caminaron abrazados, contemplando el espectáculo que la naturaleza les brindaba, pródiga.

Ven la primera ave que regresa, o regresó hace días o no tuvo fuerzas para salir y se escondió en un hueco de árbol. Pero ahora vuela encima de sus cabezas y grazna como loca y da vueltas y vueltas. Se baña en el sol la muy loca, le dice él. Y ella ríe. Estamos en la misma nave, le contesta.

Se sientan en un tronco y se quedan callados.

Puede haber sido un minuto o un siglo, no importa. Porque allí se lo dijeron todo. Lo supieron todo. Viví para conocerte, le dice al final del paseo Livia. Amar, sin embargo, es deshacerse de los cuerpos.

Nada más, ¿acaso es necesario algo más?

¿Y Livia?

Livia parecía obsesionada en poner en orden la casa. Limpiaba la cocina con inusual esmero después de las comidas. Alisaba la cama hasta que no quedaba arruga alguna. Quitaba el polvo de los muebles con un líquido especial y un trapo que hacía que la madera volviese a brillar como nueva.

Enderezaba un cuadro.

Se llevaba una taza de café que él tenía, aún sin terminar, y la lavaba a conciencia. Llamó a varios lugares que él no supo entonces. El banco, la lavandería, al marido que la abandonó. Quién sabe a qué otros más.

Esa noche durmió plácidamente, como duermen los bebés. No se movió del lugar en el que, fetalmente, se había colocado antes de alcanzar el sueño. Luego salió de la casa.

Él no volvió a verla.

¿Y Livia?

Encontraron su cuerpo estrellado contra una roca. El salto había sido audaz, por decir lo menos. Desde la carretera. Dejó el auto encendido y voló por los aires. Él la vio allí, en la roca contra la que su cuerpo vino a deshacerse.

Ya no era ella. No eran de ella esos huesos rotos, ni ese charco de sangre, ni ese amasijo descompuesto, como de goma, que los bomberos subieron a una ambulancia.

No fue ella la que quemaron. No era ella la ceniza depositada en esa urna que le dieron —a pesar de que él no quería incinerarla— y que arrojó en el mismo lugar desde el que ella saltó dos días antes.

Se olvidó de los fantasmas, cerró la puerta de esa casa y volvió a huir.

En el viaje recordó la historia de una virgen Vestal que entregó su cuerpo a un hombre. Los sacerdotes la arrojaron al precipicio y sobrevivió al impacto de la roca. Los dioses me han salvado, les dijo cuando quisieron volver a tirarla. Enseñaste tu cuerpo de virgen a un hombre y él te mostró el suyo. Luego yacieron. No puedes volver al templo, le dijeron los sacerdotes. Y la empujaron con furia. Esta vez pereció del todo.

Alcanzó alguna forma, aunque precaria, de descanso.

¿Y Livia?

¿Y Livia?

Exterminio

«En el fondo, el remordimiento no es más que el resultado de una determinada forma de mirarse en el espejo».

Italo Svevo

I

Corría el segundo año de esa larga guerra. Los víveres ya escaseaban y la gente andaba sucia y mal vestida, o al menos eso le parecía a él, que los contemplaba desde su ventana. La calle se poblaba por las madrugadas. Largas colas de gente con hambre esperando con sus tarjetas de racionamiento.

La guerra ocurría afuera, no en su habitación. Él había librado otra batalla, mucho más ardua, con su cuerpo durante ya cinco años y su salud lo obligaba a quedarse allí, quieto. Toda su aventura unos cuantos pasos entre su cama y el enorme sillón que había colocado frente al balcón. Esas horas de contemplación que iban desde la última hora de la noche hasta las primeras del día, cuando todos volvían con las manos casi sin nada a casa, eran preciosas para él.

Se decía que allí, oculto tras el vidrio, él podía estudiar la naturaleza humana, mejor que cualquier médico. Había logrado reconocer ya a tres o cuatro de los hombres y mujeres que miraba al despuntar el alba. Los estudiaba con ahínco, sin saber qué buscaba en ellos o en sus pasos inciertos por las húmedas calles después de los bombardeos nocturnos.

El estruendo nunca consiguió alterar su calma, aunque no dejaba de pensar que la manera en que los hombres se matan para arreglar sus diferencias era aún relativamente precaria.

II

La enfermedad que lo había postrado antes de la guerra no tenía nombre.

Su médico, un viejo doctor de la ciudad que había atendido a su abuelo y a su padre, al menos la desconocía. Pero la extrañeza no disminuía el dolor.

Solo sus horas de contemplación frente a la ventana hacían soportable su vida. Una enfermera ayudaba al ama de llaves en la ingrata tarea de limpiarlo, vestirlo y casi arrastrarlo al sillón que le servía de parapeto durante toda la mañana.

Por las tardes el doctor llegaba con la ansiada inyección de morfina.

Y con él arribaba la calma, el sopor, la lenta tarde.

Las noches eran aún más insoportables.

III

Esa mañana los vio. Ajenos al dolor y a la muerte.

Como si no estuviesen allí, sino en el paraíso antes de la caída. Eran jóvenes, y eran bellos. Él incluso más que ella. El color de la piel dorado como si hubiese vivido siempre en una playa o un balneario.

Ella apetecible entre los abrazos y los besos.

Hacían la cola como los otros, buscaban un mendrugo. El pan de aquel día. Pero no les inmutaba la espera. Se comían a besos, como los Dióscuros. Cuerpos como espejos en el abrazo que los ata y los libera.

Fértil comunión de dos seres que se aman.

Él los contempla como quien asiste a una ceremonia pagana, a un sacrificio antiguo.

La imagina entre sus brazos, incluso le pone un nombre.

Por la noche una erección lo despierta. Ha soñado con la mujer de la calle. Le quitaba el abrigo y la encontraba desnuda, luego la amaba como quien lucha con un tigre de bengala.

IV

Amanece sudando, jadea.

La morfina no lo tranquiliza del todo. Pide otra inyección, se niega a ser levantado. Busca quedarse en cama, llama al doctor a su lado. Grita, vocifera.

Se ha roto la tensa calma que lo mantenía postrado, estéril. Esperando.

No quiere aguardar más.

Desearía bajar a la calle, separar al hombre de la mujer deseada, hablarle al oído toda la noche.

Desea su calor bajo las frías sábanas.

Todo en vano. Esa noche tampoco duerme.

V

A la mañana siguiente es el doctor mismo quien lo coloca frente a la ventana, pese a sus negativas.

—La tranquilidad cauteriza —le dice el médico con paciencia de abuelo.

—Yo soy una herida —le grita.

Así pasan los días.

VI

Entonces empieza a dibujarla en su mente.

Todas las horas de los tercos días. Entre las bombas y el sonido de los aviones que pasan tan cerca que parecen estrellarse contra las azoteas.

Escucha las noticias en la radio. Se siente sitiado. Los enemigos avanzan. Toman hoy una ciudad, mañana otra. Vendrán por él, tarde o temprano, se dice. Él es uno de sus enemigos.

Su familia, su sangre, su piel es lo que ellos odian.

Vendrán por él y se lo llevarán en medio del dolor.

Se lo dice al médico, le suplica una muerte justa, antes de lo que presagia infinito, terrible.

El doctor le dice que es imposible. Que al menos él no puede hacerlo. Por la memoria de tu estirpe, le repite. Yo solo debo conservarte con vida.

VII

Una nueva mañana

Él los ve, nuevamente ajenos, siempre amantes.

Se besan, se tocan. Desaparecen como individuos, se vuelven siameses. Como si un solo abrigo los arropara.

Apenas reciben un pan ese día, después de una larga espera que él también sufre tras el cristal.

Entonces llama al ama y le pide que los haga subir, que prepare una suculenta comida. Que abra latas y saque de la alacena y el enfriador los embutidos. Son sus invitados.

Ellos acceden, parece que de inmediato. Desde la altura él contempla al ama señalando la ventana. Les hace un gesto invisible tras el vidrio. Y al fin suben. Amándose incluso frente a él, que los contempla.

Les pregunta sus nombres, que apunta en su memoria.

Ella posee uno antiguo, como de diosa, o madre o sacerdotisa. Él, en cambio, el de un apóstata.

Son ajenos a su religión y a sus costumbres. No le importa. Sirven las viandas que ellos devoran.

Él solo contempla a la mujer. La memoriza. Sus ojeras, las cejas pobladas, la nariz.

Los labios húmedos que forman su deseada boca.

Los ojos, siempre los ojos.

Luego se despiden, satisfechos.

Él no. Él nunca. Él la sueña,

O la padece.

VIII

Y entonces, de pronto, a los dos días se aparece ella en su departamento, sin avisar.

Sola.

Como si hubiese presentido que él la esperaba. Desde siempre. Desde un tiempo anterior a la guerra y a sus cuerpos. Un tiempo sin memoria, telúrico.

Él la llama por su nombre.

Ella se acerca, lo besa, lo toca.

Lo desnuda.

Lo ama.

Lo abandona, exangüe.

IX

El ama lo acusa con el médico. Le comenta de la visita nocturna, lo reprenden ambos.

Ella es la causa de otra fiebre, quisiera decirles a ambos, pero calla.

La espera. Se convierte en la víctima de la espera.

Y ni siquiera aparece por la calle.

Solo escucha las bombas, los obuses. La otra cara de la destrucción.

X

El médico le dice esa mañana que se ha terminado la morfina en la ciudad, que deberá soportar el dolor.

—Sabíamos que eso ocurriría, tarde o temprano.

Él no contesta, se desvanece presa de la ira y del terror de no soportar la herida que lo taladra, el miedo que lo ata a esa silla, a esa cama a esa alcoba.

Ella no vuelve, ni siquiera a la cola.

Una semana él se siente solo. Presa de la angustia y del dolor.

XI

Entonces es que ella regresa.

Le dice, entre lágrimas, que los soldados se han llevado a su amante. Que ha tenido que alistarse en el ejército.

—Morirá —sentencia ella.

Él le desabotona la blusa, contempla sus pechos. Los besa.

La tarde se vuelve noche.

Todo queda oscuro.

XII

Así por muchos días. La mujer viene a su cuarto. Come, lo ama, solloza.

El no puede ya moverse, ni siquiera sale de su cama.

El dolor es infinito, como la memoria.

XIII

Ella le dice que desea quedarse.

Él no la ahuyenta. La mujer regresa con un bolso de mano, algunas ropas.

Y se instala en su cama. En su cuerpo.

Su mente era ya ajena, le pertenecía a todas horas.

El doctor deja de venir una mañana. Él presiente lo peor. El ama, celosa, lo confirma:

—Se lo han llevado, también, sentencia.

Esa noche permanece con los ojos abiertos, como solo lo hacen los muertos.

XIV

Ahora es ella quien lo llama.

Es de madrugada. Los sonidos de las bombas son insoportables. Se rompen los cristales de la casa. Alguna pared. Un proyectil entra hasta la chimenea y la deshace. Toda la casa es humo.

Todo allí se desvanece.

XV

Pronto vienen por él. Lo intuía. Se lo llevan a empujones, entre los gritos del ama, que intenta detenerlos.

La golpean con sus rifles.

Ensangrentada los ve alejarse con el despojo de aquel hombre.

—No sobrevivirá a esta noche —sentencia el ama.

—Estamos solas —dice la mujer que duerme esa noche en la cama de él.

Sola. Fría. Húmeda.

Ambas sobrevivirán por muchos años. Habitarán aquel lugar que se poblará de fantasmas y de sueños. Un día acabará la guerra, se dicen.

Y ninguna de las dos lo cree del todo.

Sin embargo es cierto.

XVI

A la mañana siguiente lo suben en un tren, con muchos otros. El dolor lo secuestra. No le permite pasar esa noche.

Muere entre los brazos de un hombre que lo ha socorrido en ese vagón que olía a sudor y a mierda. Piensa en su balcón, recuerda la primera mañana en que la contempló abrazada a su amante. Piensa en su cuerpo y en sus goces. La recuerda, la toca en la memoria, se estremece.

Antes de expirar piensa en la mujer y en sus abrazos. Y se dice que aquella guerra ha valido la pena.

En medio de la nada, su encuentro.

En medio del dolor, su abrazo.

Discurso postrero

Soy uno, soy otro, soy el mismo. Cambio, permanezco, me transformo. Vivo, muero, perduro. Amanezco, duermo, resucito. Pienso, transito, medito. Siento, percibo, capto. Amo, odio, venero. Me rebelo, me someto, me amotino. Río, lloro, sollozo. Hiero, protejo, humillo. Engendro, asesino, desuello. Sobrevengo, sobrevivo, sobro. Soy uno, soy otro, soy el mismo.

Varia invención

Un hombre con suerte

I

Demasiado tiempo desde que no pensaba en volver a recibir noticias de Daniela. Para ser exactos hace dos años, cuatro meses, seis días y dos horas que no pensaba en recibir noticias de Daniela. Y es que nuestro tiempo juntos fue demasiado estampida de ornitorrincos y puertas cerrándose. Sobre todo la última. ¿Qué me había dejado, además, salvo una colección de *Cosmopolitan* y un costal de lechugas orejonas que terminaron por pudrirse en la cocina? Por eso cuando el fax empezó a hacer esos gorgojitos extraños y a vomitar páginas satinadas nunca pensé que se trataba de ella.

Fui al baño, oriné pausadamente y después me senté en la taza a discurrir sobre cómo sería un mundo sin faxes y tal vez sin otros seres humanos. No sé cuántos minutos después me acerqué a la máquina y retiré el Código de Hammurabi. Se trataba un mapa y de las indicaciones precisas para llegar a un pueblo, Sanctorum, cerca del desierto de Sonora. Desventajas de la tecnología que nos obliga a leer al revés los mensajes que viajan por fibra óptica. Cuando llegué a la primera página, que en este caso era la última, reconocí la firma histérica de Daniela.

Me pedía que me reuniera con ella en aquel lugar. No suplicaba. Exigía. Pensé en todo lo que tenía que llevar para sobrevivir a una travesía por el desierto y lo fui echando en una bolsa de lona. Me esperaba un volkswagen azul que en tiempos de Daniela estuvo completo y ahora, en un acto de castración por su partida, había sido cortado a la mitad para hacerlo descapotable. Algo de música para acompañarme en un viaje que calculé de dos días o dos días y medio, algunas latas de refresco. Y una gorra.

Arranqué rumbo a Sanctorum como si siempre hubiera esperado noticias de Daniela. Para ser exactos como si durante dos años, cuatro meses, seis días y como dos horas y media hubiera estado aguardando el momento de arrancar ese coche rumbo a sus brazos.

II

Nada más tomé la carretera recordé un proverbio de Lao Tse: «Gobernad el Imperio como si frierais un pajarito». Y me lo fui repitiendo unos kilómetros como si fuera una canción. Después mejor encendí el autoestéreo.

No tiene caso referir las horas iniciales ni los primeros pueblos que fui dejando atrás: aparecen en los mapas que suelo llevar en la guantera del coche. Solo he viajado seis veces y lo he hecho provisto de guías Michelin o Roji. Y ahora de un mapa escrito con una letra espantosa. Y con dibujos chuecos. Tampoco es necesario contar el primer motel: todos son iguales.

Día y medio después hice un alto en el camino para estirar las piernas y supe que estaba en el desierto al sacar una cubeta de arena de los asientos del auto. Cómo deseé tener una sandía.

Llegué a Sanctorum —o a lo que creía que era el pueblo— guiado por el croquis de Daniela y una minúscula linterna. Las indicaciones eran muy claras. En la calle principal habría un hotel, el Belvedere. Y tenía que pedir las llaves de un cuarto, el doscientos doce. ¡Qué nombre de hotel para un pueblo en la zona del silencio! Todo fue como indicaban las instrucciones. Un hombre somnoliento me tendió la llave.

—Lo estuvo esperando, pero ahora ya no está.

No pude sacarle más palabras e intuí algún viaje cercano. Estaba demasiado cansado como para pensar. Me tumbé en la cama y pronto me quedé dormido.

Tarareando: *Gobernad el Imperio como si frierais un pajarito.*

III

Soñé que nada era cierto, que estaba soñando. Tres golpes secos en la puerta me despertaron. Se identificaron dos inspectores. Estaban preocupados porque no había pasado la aduana antes de internarme en Sanctorum. Les expliqué que era mexicano y que no sabía que hubiera cruzado frontera alguna. No hubo más explicaciones, dejaron en una tarjeta la dirección de mi consulado.

—Vaya a arreglar su visado. Tiene permiso de un día para permanecer aquí sin papeles. Su coche ha sido confiscado.

Me vestí y fui a ver al cónsul. Me dieron otra dirección. Era una peluquería. Entré y le dije al barbero que necesitaba ver al cónsul.

—Sí —me dijo—, siéntese.

Y comenzó a afeitarme la barba. Bajó la silla, me untó con jabón y sacó una enorme navaja. No iba a decirle que llevaba luciendo esa barba dos años cuatro meses y casi ocho días. Y que era mi orgullo.

—No tiene el cutis liso, pero se lo dejamos como melón. No voy a cobrarle. El cónsul se ha accidentado. Lo atropelló un camión antes de entrar a la barbería. Puede encontrarlo en el Hospital General.

Quise soñar que estaba soñando.

IV

Parecía un hospital de campaña, me dije. Y después de una cruenta batalla, me acoté. Como pude, sin embargo, fui sorteando enfermos, lisiados, heridos. Una mujer llena de vendas, faraónica, me quiso tomar la mano y la retiré sin pensarlo. ¿En qué lugar de Sanctorum podrían estar ocurriendo estas tragedias que postraban a su población?, seguí pensando como si mis ideas fueran globitos de historieta. Y como en las historietas, alguien leyó mi pensamiento. Era un anciano que iba en una camilla, conectado a múltiples mangueras y a dos carritos: uno de suero y otro de oxígeno. Lo llevaban dos enfermeras diminutas que apenas alcanzaban la altura de la camilla y trasladaban con dificultad su peso:

—Al este, siempre al este —me dijo el hombre antes de caer en un sopor preoperatorio producto, imaginé, de excesivos sedantes y drogas. Iba a acercarme a preguntar en una central de enfermeras dónde se podía encontrar mi cónsul cuando oí que hablaban mi idioma. Hasta entonces no me había percatado que la lengua con la que se habían comunicado conmigo no era la propia. La de Sanctorum parecía estar compuesta solo de palabras de seis o doce sílabas. Fuera del cuarto, un necesario guarura.

—¿Viene a ver al cónsul?

—Sí. Sé lo inoportuno, pero tengo solo un día para renovar mi visado y poder quedarme en Sanctorum.

—Aquí están sus papeles, no se preocupe. El licenciado lo está esperando.

Me asombré de la eficiencia burocrática de un cónsul accidentado y me dije que en esas condiciones deberían estar todos los servidores públicos para realizar su labor. Empujé la puerta y me encontré con el funcionario.

Tenía, como en las películas, colgadas tres de sus cuatro extremidades, cubiertas de yeso y la cara era un solo coágulo. Donde debió estar su rostro se escuchó una voz.

—No se sienta perdido, Sanctorum no puede ser tan mal lugar.

—No lo he dicho, licenciado.

—Pero lo ha pensado. Páseme, por favor, ese líquido naranja. Y deténgame el popote.

Tardé años en encontrar las comisuras de su boca y encajarle el plástico. Aun así continuó hablando.

—Ahrsmk bioersetr rapidekrs.

No entendí nada hasta que le quité el viscoso alimento y volvió a decirme.

—Disculpe esta rápida bienvenida.

—No se preocupe, entiendo que tuvo un accidente.

—Que no me impide asegurarle protección en estos primeros días, por lo menos mientras consigue un empleo.

—No pienso quedarme más tiempo, licenciado. Venía buscando.

—A Daniela, lo sé. Pero no puede quedarse en Sanctorum sin un trabajo. Y ya pasó la muralla. Ahora lo difícil va a ser salir.

—¿La muralla?

—¿No la vio? Un descuido del centinela, seguramente. Sanctorum vive protegido de los bárbaros y mueve su muralla todas las noches un kilómetro, siempre al este, siempre al este. Usted ha de haber cruzado cuando se realizaba la maniobra.

—¿Y dónde puedo buscar trabajo?

—Domina extrañamente la lengua nativa, puede dar clases en la Facultad de Idiomas. Siempre hay alguien interesado en aprender español. Vaya a ver al director.

—Pero yo soy ingeniero de minas, licenciado.

—Nadie ha descubierto un yacimiento de nada en Sanctorum. Ahora hágame caso. Y déjeme descansar.

—Una última pregunta, ¿cómo puedo obtener mi coche de regreso?

—Tenga paciencia, ya llegará la hora.

—Hasta luego.

—¡Cuidado al salir, esto parece un hospital de campaña!

V

Regresé al Belvedere. Caminar por Sanctorum, con mis papeles arreglados, me proporcionaba una gran calma. Me topé con una tienda de antigüedades y empujé una puerta. Entre las cosas más polvosas que viejas hallé un bestiario medieval. Lo compré por una o dos monedas. Daniela me había dejado nuevas instrucciones, que ni siquiera había tenido tiempo de leer, y una bolsa con dinero. «Vas a tardar en entender el sistema cambiario del lugar. Con esto sobrevivirás mientras tanto», había escrito en un papel azul dentro del paquete. Con mi *Fisiólogo* de san Epifanio, un café comprado a un vendedor ambulante que lo cargaba en la espalda en un tanque y lo hacía parecer un buzo fuera de lugar, me senté en el parque. Me pareció curioso que en pleno desierto el clima de Sanctorum fuera tan benigno. O, más bien, que se modificara tanto con cada calle. Abrí el sobre con la nueva misiva de Daniela.

Las cosas que pueden ocurrir cuando se está sentado en la banca de un parque en Sanctorum. Iba leyendo el primer párrafo —*Te extrañará que te haya hecho venir y que ahora no esté. Tienes que seguir con precisión los siguientes pasos*— cuando una babosa color malva pasó contoneándose frente a mis pies. Tiré lo que restaba de café e introduje al animalito en el vaso. Caminé hacia una fuente cercana y le puse un poco de agua. No sé por qué pensé que a las babosas color malva les gusta el agua. Contemplaba mi animalito y consultaba simultáneamente el catálogo del libro que acababa de comprar. No aparecía por ningún lado la filiación fantástica o mágica de mi babosa color malva. Ella, sin embargo, me veía desde la superficie de su alberca con ojos enrojecidos por la emoción y el agradecimiento. Cuando comprendí que la babosa terminaría por soltar el llanto desvié la vista hacia la hoja con la letra menuda y apretada de la maniática de Daniela:

Lo más probable es que te encuentres en el Parque Saldívar para cuando leas esta carta, así eres de previsible. Regresa al hotel por la calle central. Te encontrarás en el camino una tienda de tapetes. Entra y pregunta por Emil.

Introduje unas hierbas en el mundo acuático de mi malva compañera y leí el final del recado: *Al amor se llega siempre o demasiado tarde o demasiado pronto, recuérdalo.*

Regresé al Belvedere.

VI

Pero antes, como se me había indicado, pasé por la tienda de alfombras. No estaba Emil. Una mujer vestida con un sari de seda morado me preguntó si era el amigo de Daniela. Me dijo que me habían estado esperando desde la madrugada y que pasara al salón del té.

¡Cuántas y qué complicadas pueden ser las costumbres de la ceremonia del té! Hube de limpiarme las manos con una toalla húmeda y apestosa a sándalo. Me hicieron quitarme los zapatos y me calzaron unas babuchas amarillas que hubieran matado de risa a mi madre. No les permití que se llevaran a mi babosa, ni mi libro. Me tendieron en unos doscientos cojines. Imaginé que sería fácil asfixiarme con el tres por ciento de ellos. La mujer trajo un instrumento que podría haber sido una guitarra o una flauta, pero era las dos cosas y sonaba desafinadísima. Me pidió que me sintiera cómodo, y comenzó a bailar para mí. La danza no era mejor que su música.

El té, en cambio, sí era decididamente bueno.

La mujer me preguntó qué llevaba en mi vaso. Le expliqué que había encontrado una babosa malva en el parque.

—Las babosas malvas no existen —me dijo—, son un invento de la escuela miniaturista persa, en el siglo III antes de Cristo.

—Pues ésta es real —respondí mirando en mi vaso. Las palabras de la embaucadora la habían desaparecido. Me levanté, colérico. Ella me calmó con un masaje en el arco del pie y me pidió que me volviera a mullir en sus cojines.

—Me pagan por hacerte feliz, shahib —volvió a la carga al tiempo que se despojaba del sari e iniciaba un rito primitivo y arcaico.

Pero siempre gratificante.

Anochecía cuando salí del lugar. Haciendo a un lado la elegancia que me caracteriza frente a la tragedia, le pregunté quién le había pagado.

—Emil, claro.

—Pero Emil ni siquiera me conoce.

—A Emil le paga Daniela.

Me cerró la puerta. Regresé al Belvedere.

VII

No me iba a quedar todo el tiempo esperando noticias de Daniela. Pero era muy tarde para buscar al director de la Facultad de Idiomas. Sonó el teléfono.

—Oiga, le habla el director de la Facultad de Idiomas. El cónsul me habló de usted.

—¿En qué puedo servirle?

—Tómese una copa conmigo en el lobby.

Bajé lo más pronto que pude. Me esperaba en una de las mesas de adelante. Vestía pantuflas y un piyama de seda. Qué cara habré puesto porque me explicó que vivía en el Belvedere desde hacía muchos años y ya no se ocupaba de ciertas minucias.

—Es como mi casa, muchacho.

Me cayó simpático a pesar de sus ciento y tantos kilos y una risa como accionada cada cinco minutos por la misma moneda. Empezaría en dos días mis clases. Eran principiantes en el español, todos de la facultad de Hotelería. El salario no me pareció del todo mal, a juzgar por lo que se me había cobrado hasta entonces por algunas cosas en Sanctorum.

A las dos copas me sentía muy amigo del director. Le pregunté si conocía a Daniela.

—¿La del doscientos doce?

—Sí.

—¿La mexicana?

—Sí.

—¿Una que mide como uno sesenta?

—Sí.

—No, fíjese, nunca la he visto.

No le respondí. Puse el dinero de mi consumo en la mesa y quedé de verlo en clases.

—No se olvide que en la facultad todos usamos corbata.

Podía haber entrado a mi cuarto, me hacía falta mucho sueño. Preferí salir, no me iba a quedar todo el tiempo esperando noticias de Daniela.

VIII

Afuera nevaba. No sé cómo pero caían grandes copos de nieve. No sabía por dónde empezar. La única indicación coherente que había recibido desde mi llegada era: al este, siempre al este. Saqué una brújula que guardo para casos tan abstractos y enfilé por la calle 58, la que marcaba esa dirección. Tres o cuatro cuadras adelante llovía a cántaros. Siempre con la brújula delante y después de seis o siete avenidas llenas de árboles caí rendido. Hacía un calor sofocante. Estaba bien ir al este, ¿pero y mi hotel? ¿Cómo iba a regresar ahora al Belvedere? Había perdido mi *Fisiólogo*, a mi babosa malva y toda posibilidad de orientación.

Se me ocurrió una idea: tomé un taxi. El conductor era una mujer. Usaba unas gafas moradas que la hacían parecer una caricatura. O tal vez lo simpático era su nariz. Le pedí que me llevara al hotel.

—¿Seguro quiere ir ahí?

Las taxistas suelen ser suspicaces.

—¿Por qué lo dice?

—Conozco un lugar muy divertido. Tal vez ahí halle lo que busca.

Las taxistas pueden ser muy convincentes.

—Lléveme, pues.

Tardamos dos horas y media según pude comprobar por mi reloj, porque el tiempo se pasó con la velocidad de una amena conversación. Me cobró siete monedas, lo que me pareció excesivo. Solo cuando bajé me di cuenta que estaba en el mismo lugar donde me había recogido. Las taxistas pueden ser estafadoras. Pero era cierto, estaba frente a un negocio que anunciaba bebidas gratis y hermosas mujeres.

Entré. O más bien dos tipos sobajaron mi cuerpo hasta la ignominia antes de introducirme a empujones a un minúsculo local donde habría más de cien personas. La luz morada impedía ver a las hermosas mujeres del anuncio y la música estaba puesta a tal volumen que tuve que salir. Nunca probé las bebidas gratis.

Después de mucho cavilar coloqué mi brújula y enfilé hacia el oeste. Era mejor dormir. Con ese plan nunca encontraría a Daniela.

Empezaba a amanecer cuando encontré el Belvedere. El mismo empleado somnoliento de la primera vez volvió a repetirme:

—Lo estuvo esperando, pero ya no está.

Igual que esa primera noche, estaba demasiado cansado para pensar. Y tenía mucho frío. Afuera nevaba.

IX

Una golpiza ocurrida cuando era demasiado joven me obliga a usar dentadura postiza. La deposité en un vaso con bicarbonato para que durmiera plácidamente y se limpiara. Me desnudé y me metí a la cama. Sentí un líquido viscoso cerca de la ingle. Era mi babosa malva.

—Se supone que no debías existir —le dije antes de aventarla. Milagro de la gravedad, cayó a dormir junto con mi dentadura. Solo deseé que no fuera alérgica al bicarbonato.

—Buenas noches —me despedí de ambos.

A la noche siguiente, decidido a encontrar a Daniela antes de empezar a trabajar, salí con un plan más estructurado. Había dormido todo el día y ahora eran las nueve de la noche. Me quedaban pocas horas, pero eran horas preciosas.

Antes de arrojarme a la aventura me senté en un escalón del Belvedere, cerca de uno de los leones de piedra que custodian la entrada e introduje la cabeza para sentir el miedo de los domadores. En su lugar apareció un nuevo papel azul, idéntico al de la bolsa de dinero. Y otra vez la caligrafía esquizofrénica de Daniela.

Me di cuenta que deseaba jugar al gato y al ratón. Otra de sus frases célebres: ¡Cuesta tanto!, y su firma. No pensaba quebrarme la cabeza con las preocupaciones de Daniela ante la carestía. Es más: a partir de ese momento decidí que no iba a buscarla. Me esperaba un largo día frente a interesados alumnos. Subí a mi cuarto a preparar la primera lección. La diferencia entre *ser* y *estar*. Como no había dejado mi llave pasé de largo por la recepción. Pero alcancé a oír el grito:

—Señor, le llegó un fax.

Con la pesadumbre de un paquidermo que lleva ya tiempo sin jugar canicas fui a recogerlo.

Pero no se trataba de ningún nuevo mensaje de Daniela. Eran seis hojas sin firma. Se trataba de mi primera lección en la Facultad de Idiomas. Alguien me había ahorrado la molestia de prepararla. Aun así subí a leerla. Necesitaba despejar algunas incógnitas. Yo mismo, ya arriba, tracé un mapa con los puntos que debía cubrir para encontrar a la mujer que me había hecho llegar a Sanctorum.

Me acerqué al vaso de agua en el que reposaba mi babosa malva. La encontré muerta, intoxicada por el bicarbonato y color violeta de genciana. La saqué y eché más agua al vaso. Una golpiza ocurrida demasiado joven me obliga a usar dentadura postiza. La deposité para que durmiera plácidamente y se limpiara.

X

A la mañana siguiente, muy temprano salí del hotel. Me dirigí a la Facultad de Idiomas. Un portero me indicó la oficina del director. Me esperaba con un largo puro. Me tendió un sobre con mi primer sueldo.

—En Sanctorum somos muy responsables con nuestros compromisos. Un paro nacional decretado por el Sindicato de Maestros nos obliga a interrumpir las labores durante quince días.

—Pero yo ni siquiera he…

No se preocupe, tómelo como unas vacaciones adelantadas. Ya le avisaré en el hotel cuándo reanudamos clases.

Salí sin darle las gracias. Ya en la calle me limpié los zapatos con las hojas del fax. Soplaba un viento inclemente que traía consigo granitos de arena del desierto. Y el viento hervía en la piel depositando granitos salados.

Me esperaban los dos inspectores que llegaron a mi cuarto el primer día. Uno, el que parecía ser el jefe, me tendió las llaves de mi coche y me dijo que no había irregularidades que perseguir.

—Sin embargo, le sugiero que vaya a la Dirección de Vialidad a hacerse un examen de manejo. Si alguien lo detiene sin la licencia oficial, le volverán a retener su unidad.

Me subí a mi volkswagen como si encontrara a mi madre a los ocho años en un supermercado después de haberme perdido entre los frijoles instantáneos y las sopas de pasta. Le habían robado el espejo retrovisor y mi estampita de san Cristóbal. No parecía haber más pérdidas.

El otro inspector, el chaparro que parecía ser el subordinado, me gritó que a la vuelta estaba la Dirección de Vialidad. Arranqué rumbo a mi examen. En el semáforo se me emparejó un motociclista: casco, guantes, botas, placa de la Dirección de Vialidad. Me pidió que me orillara y me solicitó mis papeles.

—Lo siento, tenemos que confiscarle el vehículo.

—Pero me lo acaban de devolver, voy rumbo a sus oficinas a obtener la licencia.

—Demasiado tarde. Pero le sugiero que me acompañe y obtenga su licencia para cuando vuelvan a devolverle su unidad.

—¿Cuándo ocurrirá eso?

—Tenga paciencia.

Le hice caso y realicé el examen. Pasé con sobresaliente algunas de las pruebas más difíciles. Por ejemplo, cuando me emborracharon y aun me obligaron a manejar en un simulador de curvas. Ni un rayón.

El mismo motociclista me llevó al hotel sentado tras de él, abrazándolo. Frente al Belvedere se encontraba mi automóvil.

—Ya ve, le dije que tuviera paciencia.

Otro policía me dio las llaves. Dormí a rienda suelta. A partir de mañana, nuevamente con dinero y con auto podría encontrar a Daniela.

A la mañana siguiente, muy temprano, salí del hotel.

XI

Había que ir al este, siempre al este. Esa recomendación sí no habría de echarla en saco roto. Me encaminé por una carretera angosta bordeada de cactus y nopales. A medida que avanzaba el calor se iba haciendo más denso. Estaba casi desierta. Divisé un camión verde olivo y muchos soldados a unos cien metros. Aminoré la marcha y fui detenido por un retén militar. Se me pidió que bajara.

—A partir de aquí solo pueden viajar quienes se sometan a una limpia.

Les contesté que estaba dispuesto y me introdujeron a una tienda de tela a la orilla de la carretera donde una curandera atizaba un anafre y le arrojaba copal. Sentí un mareo y la mujer me dijo:

—No tema, relájese. Está usted muy tenso.

Luego pasó un huevo haciendo la señal de la cruz por mi frente y mi nuca. Al llegar a la palma de la mano escupía y arrojaba simbólicamente lo que extraía de mí. Luego me golpeó inmisericordemente con unas ramas enormes que olían a perejil. El castigo me fue infligido tres o cuatro veces. Luego la mujer arrojó el huevo en un vaso con agua, donde flotó. La curandera se alarmó.

—A usted lo tienen bien trabajadito. Alguien no quiere que se separe de ella.

—Pues lo disimula bastante bien.

—¿Ha estado buscando a alguien?

—Sí, a Daniela, ¿la conoce?

—Por supuesto que no. Pero aquí, esta protuberancia del huevo —y me señaló a un verdadero tumor color azul que le había salido a la yema— significa que nunca la va a encontrar. Está muy lejos.

Me alejé del puesto perturbado pero en un estado de laxitud solo comparable a cuando se despierta de la siesta. El militar me preguntó que si ya me sentía mejor. Asentí y me fueron devueltas las llaves de mi coche.

—¿Quiere un consejo, amigo? —me preguntó y sin esperar mi respuesta—, siga unos treinta kilómetros al este. Encontrará un casino. Pregunte por Wanda.

Antes de retirarme puse unas monedas en una máquina que me devolvió un sabor de refresco que no había sido el seleccionado. Le di una patada al alejarme. Había que ir al este, siempre al este.

XII

Hallé el *Oasis*. Sí, así se llamaba el casino en medio del desierto. Un chofer me retiró el coche y me saludó como si hubiéramos sido condiscípulos en la primaria. Quién sabe. Solo por jugar pedí el cuarto doscientos doce. El recepcionista me tendió la llave.

—Lo estuvo esperando…

—Pero ya no está. Me sé la frase, no se preocupe.

Pero ya dije que había arribado al *Oasis*. Y no es una hipérbole. Hermosas mujeres bajaban en batas blancas de baño a la alberca, meseros otomanos sin espada servían bebidas gratis color púrpura por los pasillos. Tomé tres antes de abrir mi puerta.

—Hola, soy Emil.

—El que vende tapetes.

—El mismo que canta y baila. ¿Estás buscando a Daniela?

—No, fíjate. Ya me cansé. Ahora solo viajo por placer.

—Mejor. Me encargó que te diera esto.

Me tendió un paquete minúsculo y uno de sus ya clásicos papelitos azules. Este rezaba: *¡Ponte cómodo!* Con una caligrafía depresiva, ciclotímica. No bien se retiró Emil, le hice caso y me introduje en un jacuzzi con sales de baño de jazmín. Preferí vestirme cuando la espuma alcanzó los sesenta centímetros.

¿Qué otra cosa puede hacerse en un casino? Con la mitad que quedaba de mi sueldo —bastante, a decir verdad— compré fichas de todos colores y una hermosa caja de madera (solo prestada) y me fui a sentar a la ruleta. Empecé apostando fichas amarillas, inexistentes de tan minúsculas y en tres jugadas tripliqué la apuesta. Una alta mujer se sentó a mi lado. Tenía una quijada de proa de crucero. Y los dientes que le corresponden a tan descomunal metáfora. Sonreía nerviosamente, lo que era un escándalo, ante cada nueva apuesta y estrujaba el cuello de un pigmeo que la acompañaba. Cuando perdió su última ficha le tiró el bisoñé de una cachetada y se alejó taconeando. Yo ya había apostado con todos mis colores y un croupier me había hecho el favor de cambiarme dos veces la caja de madera (solo prestada). Estaba de suerte.

Entonces creí ver a Daniela. Llevaba un vestido negro entallado y el pelo le había crecido considerablemente en dos años, cuatro meses y como dos semanas. Cerré mi caja de fichas e intenté darle alcance. Antes cambié toda mi ganancia por un cheque que prometía cuatriplicar mi salario por no trabajar en Sanctorum.

Le pregunté a un gordo si había visto pasar a una mujer vestida de negro. Lo negó. Le pregunté a un botones si había visto pasar a una mujer vestida de negro. Lo negó. Le pregunté a una mujer vestida de negro si había visto pasar a una mujer vestida de negro. Lo negó tres veces. Luego cantó un gallo. Pero no era Daniela. La saludé efusivamente diciendo mi nombre. Ella dijo llamarse Wanda.

Me habían dado bien las señas. Le invité un trago.

—¡Qué bueno que nos presentamos, mi religión me prohíbe aceptar tragos a desconocidos! Rio de su pésima broma. Yo le sonreí. Fuimos a la playa y pedimos dos daiquirís de fresa. Nos trajeron unas enormes malteadas con ron. Y mucho hielo.

—Aquí, en el este, se acaba el desierto. Y desemboca en playa —me dijo Wanda—, ¿no te parece fantástico?

—Mejor que fantástico. ¡Salud!

Luego le conté lo que me había hecho venir a Sanctorum. Las dificultades iniciales, la imposibilidad de encontrar a Daniela.

—¿Y ya fuiste al Registro de Defunciones?

No hay nada peor que volver a la realidad. O sí, que una mujer hermosa te devuelva a la realidad. Apuré con un solo sorbo de popote lo que quedaba de mi daiquirí y me despedí de Wanda.

—¡Qué aguado, y ahora que habías hallado el *Oasis*!

XIII

Volví a la ciudad. Antes cambié por monedas mi cheque obtenido en el casino. Quizá sobornando empleados y guardias llegaría a obtener noticias de Daniela. Al llegar de nuevo al retén militar fui detenido.

—De aquí no pasa nadie si no recupera los miedos que perdió —me dijo el soldado señalando una tienda beduina del otro lado de la carretera.

Me introduje en el lugar. No había ninguna curandera, sino un judicial llenando formas y solicitando disparatadas informaciones a quienes llegaban. Cuando me tocó mi turno revisó mi expediente y le puso un sello: ¡Inútil a la patria!, y gritó:

—El que sigue.

No me importó la humillación. Volví a colocarle unas monedas a la máquina y me volvió a dar un refresco equivocado. A los dos kilómetros un anciano me pidió aventón. No podía negárselo, a pesar de los problemas que me costó sacarlo de la silla de ruedas y colocarlo en el asiento. Pensé que lo único que me faltaba en esta historia es que se convirtiera en una parábola moral. El buen samaritano que recoge a un anciano que resulta ser la encarnación de Dios y lo premia. En su lugar el viejo extrajo un largo *kriss* de hoja ondulada y me robó todo lo ganado en el casino. Me obligó a bajarlo en una choza de cartón, seis kilómetros adelante, y todavía me hizo un tajo en el brazo izquierdo.

—Para que olvides el camino.

Y lo olvidé. Volví a la ciudad.

XIV

Estaba decidido a averiguar cómo salir de Sanctorum, dejar por la paz a Daniela y regresar a mi vida. Pero tan pronto llegué al Belvedere me encontré con el director de la Facultad de Idiomas.

—Lo hemos estado buscando por todos lados, ¿dónde se había metido, hombre?

—Pues salí de la ciudad, aprovechando que no tenía clases.

—Bien, bien. Mañana vuelve usted a la Facultad, que reanudamos labores.

Se alejó contoneándose. Había hecho un viaje de un solo día al casino, y lo hice prácticamente después de hablar con el director y recibir mi primer sueldo. O se conjuró la huelga o no hubo tal, porque solo hubo, entonces, un día de suspensión. El director vestía una bata de seda color fucsia. Me gritó antes de entrar al ascensor:

—Nada es como parece, recuérdelo.

Antes de integrarme plenamente debía ir al Registro de Defunciones a preguntar por Daniela. Pedí la dirección en la recepción. Era muy cerca, decidí irme caminando. El león donde había introducido la cabeza me guiñó un ojo, desafiante. Probé, sin embargo, con el del lado contrario. No tenía ningún papel azul adentro, sino un teléfono celular que, en ese momento, comenzó a llamar. Dejé sonar el aparato tres veces antes de encenderlo:

—El número que usted marcó se encuentra fuera de servicio —se escuchó una grabación y luego se colgó. Le devolví el teléfono al animal y me fui caminando. Ahora no nevaba pero gruesas nubes negras ensombrecían el panorama.

Me introduje poco después en una tienda de discos y me coloqué un audífono para escuchar el que parecía el último éxito a juzgar por las colas comprándolo. Se trataba de música vernácula de Sanctorum, peor que la de la mujer del sari morado y su guitarra flauta.

—Esto está peor que mi música, ¿no crees, shahib?

Ahí estaba, ahora con un sari color helado de pistache sin chispas de chocolate. Me invitó a tomar un café. Le dije que tenía que ir al Registro de Defunciones. Se ofreció a acompañarme. Con la solicitud de las mujeres indias su forma de acompañamiento era bastante extraña, ya que consistía en ir tres pasos detrás de mí y quedarse fuera de las oficinas cuando al fin arribamos.

Una mujer escuálida anotaba nombres en un enorme libro que se dudaba pudiera sostener ella misma. Y era cierto. Un enano, debajo, le detenía el grueso volumen.

—¿Podemos servirle en algo?

—Sí, busco a una mujer. Se llama Daniela.

—Sí, trabajó aquí un tiempo, pero ya no está.

—Yo decía en el libro de defunciones.

Soltó una carcajada. Su compañero soltó dos carcajadas.

—No —me dijo—, no está muerta. De eso puede estar seguro. Todos los muertos nos son conocidos, ¿verdad, Ivo?

—Sí, señor. Hasta el último cadáver de Sanctorum pasa por nuestras manos.

—¿Y de casualidad alguno de ustedes sabe dónde puedo encontrar a Daniela? —usé mi estrategia y extendí varios billetes sobre el mostrador. La mujer no hizo caso y el enano se asomó en las puntas de sus pies. Me dijo:

—No, no sabemos nada de ella. Trabajó aquí un tiempo, pero ya no está.

Como hacen en las películas, saqué seis billetes más y los fui poniendo uno sobre otro en el mostrador. El enano, que continuaba asomado, me dijo:

—Espere, ahora le apuntamos la dirección.

Y después de recoger los billetes hizo que la mujer escribiera: *Calle Central 31, cuarto 212*. Tardé un poco en darme cuenta.

—Pero si eso es el Belvedere.

—Claro, ahí vive.

Salí del Registro buscando a mi acompañante. Ya no se encontraba. Empecé a desesperarme. Daría mi clase y punto. Estaba decidido en averiguar cómo salir de Sanctorum.

XV

El aire estaba viciado. Entré en la Facultad de Idiomas. El director me esperaba en la escalinata del edificio colonial. Vestía un jaque.

—Le invito a una boda.

—Pero no vengo propiamente vestido.

—Yo le avisé a tiempo que en la facultad siempre usamos corbata. Pero no se preocupe, siempre traigo una de repuesto en la guantera del coche. Vámonos, tenemos que darnos prisa si queremos llegar a tiempo.

Subimos a un pequeño coche deportivo que parecía un gato ronroneando, y del que el director de la facultad de idiomas se desbordaba. Tomamos una carretera sinuosa que avanzaba subiendo montañas. En medio de una curva una chica rubia nos pidió aventón.

—Pásate al asiento de atrás —me pidió el director y la enorme mujer se sentó, le dio un beso y comenzó a llorar.

—Se me casa, Horacio, se me casa.

Hasta ese momento supe el nombre del director. Lo interesante es que yo sentía los mismos deseos de llorar y que imaginaba que la boda me causaría los mismos estragos, que yo también diría *se me casa*, con las mismas lágrimas en los ojos. Pensé que era cruel haberme hecho pasar por todos estos ritos de iniciación de Sanctorum para presenciar su desposorio.

Llegamos y un valet nos tomó el coche. El director enseñó su invitación y dijo que éramos unos amigos. Luego me cuchicheó:

—No va a conocer a nadie, joven profesor, pero hay la oportunidad de que atisbe, escondida por ahí, a su Daniela.

—¿Y quién se casa, entonces?

Soltó una carcajada.

—Así que pensó que yo sería tan cruel como para traerlo a ver cómo se le iba de las manos la mujer que adora. No, no es mi estilo. Se casa un novio de Daniela, al que quiso mucho y que, como pudo notar en el coche, fue novio también de Ruth —entonces me señaló a la rubia que me tomó el brazo:

—Ay Dios —dio un gritito—, cómo necesito que me apoyen.

Nada disfruté tanto en ese momento como su brazo colgado del mío. Y su cabeza cuarenta y dos centímetros encima de la mía. Entramos a la iglesia que ya se encontraba repleta de invitados. Sonó la marcha nupcial. El aire estaba viciado.

XVI

Ya había sido suficiente. Dejé a la rubia sentada y salí a tomar un poco de oxígeno. La iglesia se encontraba en lo alto de una montaña y el coche del director había quedado cercano a un precipicio. No sé por qué impulso, tal vez el de salvarle su automóvil, me subí en él y arranqué. Algunos acomodadores me persiguieron sin éxito. Cuando volví en mí me encontraba de nuevo en Sanctorum, en un coche rojo que no me pertenecía. Ahora había terminado de complicar las cosas y mi único mecenas había sido traicionado con mi robo. No sabía qué hacer.

Entonces se me ocurrió marcar la línea de un hot-line dispuesto a resolver casos de suicidio que había visto en el directorio telefónico. Me contestó un reverendo. Le expliqué mi situación.

—No se preocupe —me dijo—, enviaremos alguien por el coche y lo dejaremos en el lugar de donde usted lo tomó. Su jefe ni se dará cuenta. ¿Tiene algún otro problema?

Le conté mi desesperación, los días aciagos buscando a Daniela, mi confusión, la hostilidad de Sanctorum. Creo que incluso lloré. Hay gente dispuesta a todo. El reverendo me escuchó estoico y me dio al final un único consejo.

—Pida trabajo en la Junta de la Muralla.

Colgué y me dirigí al hotel, a buscar la dirección del organismo. Al entrar, el mismo hombre de todas las veces cambió, al fin, su discurso:

—Lo buscó, venía llorando. Me dijo que estaba destrozada y le dejó esta nota.

La tomé sin agradecerle y subí corriendo a grandes zancadas las escaleras. Me tumbé en la cama. Desde ahí se podía contemplar el cadáver de mi babosa, los estragos de mi viaje, la bolsa de lona despanzurrada. Los restos de mi persona esparcidos por el suelo. Abrí el sobre. Lacónica, extraña, Daniela me increpaba: «Nunca has estado en el momento en que te necesito. Lo siento mucho. Adiós». Cómo decirle que yo lo sentía aún más, que la había buscado afanosamente, que no podía soportarlo. Marqué, como último recurso, el teléfono de la Junta de la Muralla. Ya había sido suficiente.

XVII

¡Qué iluso! Me respondió una contestadora automática con la voz de Daniela: «Por el momento no podemos atenderle. Deje el mensaje, su número telefónico, y nosotros nos comunicaremos más tarde». Busqué la dirección y salí corriendo rumbo a la oficina. Alguien tendría que darme al fin una explicación, la que fuera.

Había una neblina densa, que volvía invisible la ciudad y me obligaba a mantener las luces del coche encendidas. Me orienté como pude y de la misma forma encontré un lugar donde estacionarme pocos edificios antes del que correspondía a mi búsqueda. Inicié el trayecto caminando, no sin antes depositar unas monedas en un parquímetro. Poco antes de llegar, una nutrida muchedumbre apareció frente a mí y, literalmente, me trasladó en vilo frente a una puerta.

Un hombre de oscurísimas gafas me preguntó con voz chillona:

—¿Qué vende?

—No, nada.

—Y entonces qué hace ahí parado, deje avanzar la fila.

—Pero es que yo…

—¿Qué vende? —volvió a la carga. Busqué entre los bolsillos de mi chamarra y encontré un libro. Se trataba, vine a saberlo cuando se lo extendí al empleado, de mi ejemplar perdido, de mi añorado *Bestiario.*

El hombre puso cara de conocedor, sacó un lente de joyero y se quitó sus gafas. Estuvo revisando minuciosamente mi libro.

—Es un ejemplar único. Gracias a él usted obtendrá lo que quiere. —Pensé, con avaricia, y dije una cantidad. El hombre rio.

—Éste es un monte de piedad, la gente empeña. Hasta ahí vamos bien.

—¿Y entonces?

—Usted empeña algo muy preciado y muy curioso y obtiene el pasaporte para trabajar.

—Pero yo ya tengo trabajo.

—Sí, uno muy mal remunerado en la Facultad de Idiomas. Pero aquí, aquí todo cambia en su futuro.

Empezó a llenar un formulario, le puso muchísimos sellos, tantos que temí que no pudiera leerse en ese papel. Entonces me lo extendió:

—Ya puede presentarse en la Junta de la Muralla, ha sido usted nombrado inspector de sección.

—...

—No diga nada, el placer fue mío.

¡Qué iluso!

XVIII

Llevaba mucho tiempo sin recibir noticias de Daniela. Más de lo que nadie podía soportar. Así que me encaminé a la Junta y pedí que me dejaran hablar con el encargado. Resultó ser una encargada, nuevamente misteriosa que se rehusó a darme indicaciones acerca del paradero de Daniela.

—Una vez que son asignados, nadie sabe cuántas vueltas da la vida —me espetó—. Sin embargo usted ha tenido la suerte de conseguir un empleo en la muralla. Tal vez llegue a verla algún día.

—Tal vez —le dije ya sin esperanza.

Me extendió un sobre verde en el que estaban mis instrucciones y se despidió de mí:

—Menos mal que tiene automóvil. Va a serle difícil llegar hasta la región septentrional.

—¿Y cómo sé si ya han movido la muralla de las coordenadas que se me indican?

—Déjese guiar por su instinto, como hasta ahora.

Cómo decirle que ese instinto no me había dejado nada bueno en mis días en Sanctorum. Entonces reparé en la colección de gusanos y larvas, colocados diestramente en cuadros con sus nombres científicos.

—Son mi pasión —quiso explicarme la mujer—. Desde niña las he coleccionado y clasificado. Se conservan perfectamente si se les diseca de la manera correcta.

—¿Estaría usted interesada en una babosa malva?

—Es un ejemplar rarísimo. Nadie posee una, ni el Museo de Historia Natural.

Abrí mi bolsa de lona y le extendí el vaso de plástico que contenía sus restos. Ahora sí no me quedaba nada que me atara a la capital de Sanctorum, a sus noches y sus días de climas móviles y escurridizos, como sus gentes y sus calles.

Salí sin despedirme. Un guardia esperaba junto a mi coche.

—Se le ha acabado el tiempo, vamos a tener que llevarnos su unidad.

Le mostré mi nombramiento como inspector de zona de la muralla. El oficial se mostró dispuesto a encaminarme hacia la carretera.

Ya en el coche revisé mis pertenencias y encendí el radio. La estación local anunciaba un clima espléndido para ese día y, por supuesto, los mejores lugares para pasar la noche. Introduje una cinta que se encontraba en la guantera. Se trataba de un viejo disco de Emerson, Lake & Palmer que solía escuchar con Daniela.

Fui tarareando las canciones, siguiendo la línea de asfalto y encaminándome a mi puesto de trabajo. Ese era mi día, pensé. Algo premonitorio en el ambiente me hizo creer que ya había sido suficiente, que ahora sí. Al fin y al cabo nadie puede pasar tanto tiempo sin recibir noticias de Daniela.

Origen

¿Cómo supe que la hija de la chingada me engañaba? No, si eso lo recuerdo clarito, como si fuera ayer. Esa noche culera.

No era cosa, siquiera, de dejarme sorprender. Siempre había sido muy cauteloso con mis sentimientos, pero mientras veía gatear a mi hijo, me daba cuenta que las cosas que verdaderamente joden nuestras vidas están más allá de todo control racional, como el box. Lo cargo, lo veo sonreír y se me escaparon unas lágrimas, quién dice que los hombres no pueden llorar, carajo. Y es que nació con un chingo de pedos, bien enfermo. Los dos grandes no tuvieron bronca. Pienso, incluso, que es una suerte que Normita no me hubiera visto llorar mientras abrazaba al chamaco. Pronto mis sentimientos se confunden y me preocupa, más bien, lo indefenso de un niño. Recordé mi infancia con asco y fui a servirme un pinche tequila. La nana de Julio lo llevó a dormir mientras me encerraba en el gimnasio. Los otros dos se habían dormido antes. En esa pinche casota teníamos de todo, carajo, criadas, coches, alberca. Puta madre, qué lejos estoy de todo eso y qué mejor, es más sencillo vivir así como ahora, mientras es domingo y escribo en mi cuaderno estas pendejadas frente a mi casa. Bebí demasiado rápido y me sentí aturdido.

Estaba metido en la cama, leyendo el *Esto,* cuando al fin llega Normita. Los jueves iba siempre con sus amigas a jugar cartas y regresaba muy noche, medio peda y más pendeja. Me lanzó un beso desde la puerta mientras se quitaba, con agilidad, los zapatos de tacón y volvía a ser la misma pequeña y jodida Normita con la que me casé seis años atrás.

—¿Y el niño? —me preguntó, como si los otros dos no existieran.

—Se durmió hace horas —mentí.

Sin pensar la razón, me tapé la cara con la revista que estaba leyendo, para no mirar cómo mi vieja se encueraba; hacía tiempo que me molestaba lo pinche flaca que estaba, la piel de pollo de supermercado. Normita se acostó a mi lado, liviana como era, sin producir la menor alteración en el colchón o las sábanas. Seguí leyendo y supe que ella estaba dormida solo cuando empezó a roncar. Me costó dormirme: pensaba en Julio, en la próxima pelea, en los chingados ronquidos de Normita.

En el desayuno estuvo cariñosa y los huevos que preparó Martha estaban riquísimos y mi hijo el chiquito no lloró mientras le servían una papilla café verdosa que yo no hubiera comido nunca. Besé a Normita con un chingo de pasión al despedirme y les di la bendición a los tres escuincles y pensé que quizá a eso se referían los cantantes cuando hablaban de la felicidad. Después de un día duro, muy cansado, regresé a casa e invité a todos a la playa. Siempre que me iba bien salía a Acapulco por tres o cuatro días. Esta vez me lo merecía más que nunca.

Alquilé dos cuartos, uno para Martha y los niños y otro para nosotros. No bien llegamos —habrá sido el calor, o ese placer que causa algo totalmente nuevo—, cogimos como dos pinches degenerados. Casi le arranco el vestido y ella, en el momento del orgasmo, me clavó las uñas. Me sentía joven, distinto.

—De pronto fue como era antes —me dijo Normita.

—¿De pronto?

—Bueno, quise decir que me sentí como antes. Te amo.

Habrá sido cómo pronunció las palabras, o algo en el tono, pero me sentí inmediatamente desdichado, imaginé que el orgasmo de Sandra fue fingido, que, en fin, dos pinches seres humanos nunca sienten lo mismo, ni al mismo tiempo. El amor es una vil pendejada.

Si me hubieran preguntado cómo se sentía esa noche, después de cenar langosta, a la luz de las velas y en un restaurante cerca de un risco al que llegaban de vez en cuando las olas y algunos peces saltaban sobre ellas en frenéticas carreras, seguramente les habría dicho que la vida está hecha de momentos —aislados, pero momentos al fin— de pinche felicidad. Volví a sentirme como después del desayuno y los días siguientes jugué con mis hijos, nadé e hice el amor con mi faraona Nefris sintiéndose bien feliz. Se lo dije al fin, en el viaje de regreso.

—Me siento muy feliz contigo.

—Yo también —ella me tomó la mano y me la apretó con fuerza.

El jueves siguiente compré vino, le pedí a Martha que guisara una pasta con champiñones, como la que comía en Los Ángeles y esperé a que Normita regresara del juego. A las once sentí el ruido del coche y encendí las velas. Puse a Julio Jaramillo. Escuché la llave dar vuelta en la cerradura, vi abrirse la puerta y a Normita, que me pareció buenísima, ahí parada la muy puta, vestida de rojo.

—Estás chulísima, mi Nefris.

—Déjate de juegos, vengo muerta —se quitó los tacones, dejó caer la bolsa al suelo y subió la escalera. Estaba decidido a que mis planes no se echaran a perder y puse en una charola un candelabro y los dos platos de pasta junto con las copas de vino. Subí queriendo sorprenderla y escuché la jodida conversación en el teléfono. Oí palabras sueltas como gracias, fue maravilloso, te quiero. Te voy a extrañar, te veo el próximo jueves. Te amo. Esperé a que colgara.

Entré, no le dije nada y le puse la charola en las piernas. Ella no se inmutó, me agradeció la cena y brindamos. No nos dijimos nada, qué pinche aplomo, me cae.

Antes de apagar la luz escuché los malditos ronquidos de mi vieja. La sentí infeliz, me acordé de mis tres chamacos, del parto difícil de Julio, las primeras peleas. Cuando no teníamos dinero y estábamos jodidos.

Me dormí como si el cuerpo chiquito de la Normita fuera invisible, como si no hubiera pasado nada. Sentí que, después de todo, la pendeja nunca me había estorbado gran cosa.

Al día siguiente sí la mandé a la chingada y ella agarró sus cachivaches y los niños y se fue a Mexicali con el cabrón ese. Pinches viejas.

Me siento muy triste, carajo. Voy a empedarme.

Huaquechula

Tocas el timbre con cautela, o peor, con miedo. Como si temieras molestar aun sabiendo que tu presencia es una mosca en la sopa de los fines de semana de Adela. Abre y te da un beso helado, de compromiso, el beso de todos los sábados. Un beso tan frío que tu mejilla no desea pero aprueba como única forma de contacto. Las niñas ya están listas, arregladísimas, con el pelo estirado caprichosamente hasta la nuca. Huelen bien, lo que tampoco es novedad. Te gritan *papá* y corren a que las abraces. Las cargas como si no pesaran y las haces girar por los aires, como aviones. *Las vas a despeinar,* temes que diga Adela, pero no lo hace.

—Despídanse de su madre —les pides y ellas de mala gana se deshacen de tu abrazo y obedecen. Las tomas de la mano y bajas la escalera.

Antes de que suban al coche se abre una ventana en lo alto del edificio y la oyes gritar:

—No lleguen muy noche, a más tardar a las ocho, ¿me oíste?

Asientes, pero no respondes. Cuando arrancas el coche sientes que el humo del escape te libera, aunque tampoco sepas muy bien de qué.

—¿A dónde vamos a ir hoy? —pregunta tu hija menor, la que menos conoces. ¿De qué lado de la cama duerme, por ejemplo? La otra, Sara, la secunda:

—Sí, papá, ¿a dónde?

—Vamos al zoológico —dicen las dos.

No te imaginas otro sábado contemplando mandriles groseros enseñando sus nalgas rosadas y escupiendo a la reja. Te sientes mal de usar tu día con ellas para el trabajo, pero aun así les propones:

—¿Y si vamos a Huaquechula?

—¿Qué es eso? —dice Regina, la menor.

Les explicas y a ambas parece entusiasmarles la idea de ir a un pueblo y ver ofrendas de muertos, aunque no imaginen de qué se trata. Al llegar, sin embargo, se dan cuenta.

—¿Vas a tomar fotos? —te preguntan mientras acomodas la cámara, las lentes y los rollos en la maletita.

—Es lo único que sé hacer, niñas.

—¿Y nosotros?

—¿No les gustaría que las tomara junto a las ofrendas? Te dicen que *bueno* resignadas: te habían prohibido hacerles fotos a los animales, en los fines de semana de zoológico. De hecho te habían prohibido tomar cualquier foto, desesperadas por el tiempo que dedicas al encuadre, a afocar, a medir la luz, la película ideal con este clima y un sinnúmero de etcéteras.

También Isabel te lo había dicho, no sin sarcasmo, ¿recuerdas? *Ya no tomas fotos para National Geographic, Eduardo, para qué tanto lío para un pinche periódico de segunda que igual ni te paga.*

Tres meses, te repites, tres meses duró el romance con Isabel, noventa y dos días con sus noches. Y luego a la fregada. *Esto no funcionó, Eduardo, me estorba tu presencia. Odio cómo ocupas el espacio.* No era el deseo, no era la ternura. Eso tarde o temprano es parte de los años, no fue la soledad, ni la tristeza, te dices. Fuiste torpe, como un ebrio aferrándose al muro antes de caer irremediablemente al agua. No, no fue el silencio, ni el amor, te repites. Quizá ni su cara, ni su cuerpo, ni su compañía, ni sus palabras.

Terribles son las palabras de los amantes a la hora de la separación, aunque se tiñan de falsa seguridad o de alegría. Adiós. Dicen que no son tristes las despedidas, tarareas, dile al que te lo dijo, cielito lindo, que se despida.

Ni modo de ir a decirle a Adela que lo de Isabel se había acabado, que te hiciera de nuevo un hueco en su vida. O de perdida en tu departamento. No, ya te las arreglarías solo, pensaste. Pero de eso, ¿cuánto? Un año de ir por las niñas, tocar el maldito timbre, y luego aburrirte y aburrirlas todo el día para terminar en una cantina llorando invariablemente en una mesa del fondo.

—¿Entramos? —te pregunta Sara, y señala una de las primeras casas abiertas, esperando los visitantes. En Huaquechula todas las ofrendas son blancas, con torres de muchos pisos llenas de cromos con ángeles y querubines en colores suaves. Los techos de cada piso tienen espejos en los que se reflejan las fotos del difunto a quien se le dedica la ofrenda; el espejo sirve para que no se diluya la presencia del muerto, para que su espíritu se quede en la casa, con los suyos, durante los días santos. Pides permiso para fotografiar y te dicen que sí, con cortesía. Le preguntas a una anciana a quién está dedicada la ofrenda.

—Es mi difunto marido.

—¿Cuándo murió? —inquieres, imprudente.

—Hace un mes, por poco y no encuentro quién me haga la ofrenda, todos estaban rete ocupados.

Le dices que lo sientes, que ha de ser duro estar ahí, cuidando el regreso de su esposo.

—Era bien borracho, por eso le pusimos harto tequila y sus cigarritos. Está todo lo que le gustaba.

Mientras hablan vas tomando algunas fotos; te demoras en una, en especial, donde se ve el reflejo de la imagen que contiene la foto duplicado por el espejo del segundo piso. Siempre has pensado que en Huaquechula las ofrendas son como enormes pasteles blancos. La mujer te explica que solo se le ponen al muerto el primer año y que entonces es costumbre abrir la casa y darle de comer a todos los visitantes, aunque sean extraños, para que acompañen a la familia en la pena.

Las niñas ya están sentadas, comiendo tamales y atole y una mujer les habla con cariño. Te demoras en las instantáneas.

—¿De qué murió? —te atreves, metiche, de nuevo.

—Lo atropellaron, ¿cree usted? Después de haber aguantado ochenta y seis años y quién sabe cuántos problemas en la vida lo va machucando un camión. Iba bien borracho, como siempre. Me da harta muina, me dejó solita.

—Pero están sus hijos, sus nietos —intentas consolarla.

—No es lo mismo, joven. Estar sin marido es canijo, ¿quién la va a acariciar a una de noche?

Piensas en las sábanas frías, en los regresos a una casa que pensaste provisional y se ha vuelto solo un dormitorio, un lugar al que no deseas regresar cada noche. Tiene razón, te dices. Aceptas tomar algo y te sientas. La gente, en Huaquechula, saca todos sus ahorros para convidar a los demás en su duelo. Mientras más compañía, mejor.

Se despiden y la anciana les regala a las niñas unas calaveritas de azúcar a las que les escribe sus nombres, Sara, Regina, y les da un beso.

—Me marea ese olor, papá —te dice Regina.

—Sí, papá, ¿por qué hay tanto humo?

Se los explicas pero no las convences; además, a ti tampoco. Realmente el copal y el incienso marean, las decenas de velas encendidas, los rezos, la fe. Es bueno tener fe en algo, habría dicho Adela, sabiendo que tú nunca has podido creer en nada. ¿Por escéptico o por insensible?

Este año hay doce ofrendas, lo que quiere decir que murieron doce personas. Una por mes, te dices, mientras las fotografías todas. Una por una el mismo ritual, las mismas preguntas. En ninguna hay pena. Nadie llora. Quisieras tener la resignación de los otros, la capacidad para aceptar. Una es de un niño de dos años. A Sara le impresiona y se le salen las lágrimas.

—Pobrecito, ¿qué le habrá pasado? —te pregunta al salir. Alzas los hombros. No sabes y tampoco te interesa saberlo. ¿O sí? Para ellos la ofrenda es realmente eso, una forma de entregarle lo que son al muerto, para ti un pretexto visual. Mientras mejor queden las fotos más satisfecho estarás, escogerán un número mayor para ilustrar el periódico y tu nombre aparecerá al pie. ¿Y el dolor? Eso es en realidad lo que Sara te estaba preguntando, ¿dónde quedó el dolor? Pero es algo que no puedes responder, que tú mismo has luchado por silenciar a tal punto que has dejado de sentir. Todo esto te pasa por la cabeza en la última ofrenda, la número doce. Es de una mujer de cuarenta años que murió de cáncer, según dice el esposo, quien la vela mientras cuida su ofrenda. Contemplas la foto. Era bella. Te parece curioso, pero esta no tiene espejo. Te atreves a preguntar la causa, es tan extraño, le dices, que no le hayan puesto espejos.

—Para dejarla en paz. Le puse la ofrenda por mi mamá, que me lo pidió, pero me negué a ponerle su espejito. Yo no quiero que su espíritu ande vagando por acá, ya bastante lata le di en vida. Le digo, es para dejarla descansar.

Y te lo viene a decir ahora, justo hoy, cuando pensabas decirle a Adela que te perdonara, que ya lo de Isabel hacía mucho que había terminado. Déjame amarte de nuevo, habías planeado decirle, si no por ti por las niñas, seguía el chantaje. Tal vez tenga razón el hombre y no sea justo que ahora vengas a estropearle la vida.

Sales de allí aturdido, no por el incienso o la cera de tanta vela prendida. Has hecho, además, unas trescientas fotos. Pero todo el ambiente te ha desasosegado. Te pones a pensar en Isabel. ¿Cómo fue que te decidiste? Un día, sin más, hablaste con Adela. Ella ya lo sabía, te dijo, pero pensaba que no era algo importante, que se trataba solo de una aventura. *¡Qué estúpida, verdad, pensar que se te iba a pasar el encule!,* te dijo, antes de pedirte que te fueras cuanto antes, sin despedirte de las niñas, ya ella les explicaría. Y no te dejó verlas dos meses, hasta que empezaron a arreglar las cosas del divorcio y luego, un día, te puso sus condiciones. Era más humillante que te dijera *tienes derecho a ver a las niñas los sábados* que cuando no te las dejaba ver. Además eso realmente no te molestaba entonces, vivías con Isabel, lo que quiere decir que tú e Isabel cogían como animales por todo el departamento, dormían desnudos y se levantaban tardísimo para volver a olisquearse y recomenzar el rito de apareo.

Hasta que decidió terminar con lo que para ella, te dices, sí debió ser una aventura.

Recuerdas la escena perfectamente, no has hecho otra cosa que repetírtela estos meses:

—¿No me entiendes, verdad, Eduardo? Mi vida ha estado llena de gente que aprendió a amarme y que me dio miedo amar de la misma forma. Te amé intensamente un rato, mientras ese amor no me robó mucho —para algunos la idea de la media naranja que embona como pieza de rompecabezas da terror aunque de todas formas provoque codicia—, luego empezaste a estorbarme, a invadir mi espacio vital.

—Yo te di todo, Isabel.

—El problema es la palabra *todo*. No quise darlo todo, aunque a veces parezca que así era y hasta nos creímos la mentira un par de meses. Ni quise que me dieras todo, la responsabilidad de esa carga me resulta obscena.

—¿En qué la regué? —te oyes diciéndole a Isabel. Ahora que lo piensas te sientes ingenuo, el más imbécil, por esa frase.

—No, Eduardo, ni un reproche te tengo, pero ¿cómo vivir con una extremidad de más? No me cabe, no cuento con el lujo de ese espacio. Debí ser hombre. Seguro así me entenderías.

En todo eso piensas al salir de la ofrenda, hasta que Regina te dice que por ahí pasó el novio de Adela.

—¿Cómo que el novio de tu mamá?

—¿No te ha dicho? Es bien buena gente —dice Regina.

—Es un sangrón, lo que pasa es que te trae muchos regalos, pero lo odio —la contradice Sara y las dos se enfrascan en un pleito por un tipo que ni conoces y que las niñas creen haber visto pasar por Huaquechula.

—¿Y cómo se llama?

—Baraquiel.

No piensas en los arcángeles, no tienes cabeza para ingresarlo a la corte celestial a la que pertenece. Solo lo asocias, de inmediato, con Luzbel. Te parece ridículo pero lo piensas, *ángel caído*. Te da risa, pero igual te provoca coraje.

—¿Y a qué se dedica?

—Es novio de mi mamá —dice Regina

—Eso no es una profesión.

No tiene caso discutir. Suben al coche como si algo se hubiera roto. Están en silencio, las niñas saben que rompieron algo muy hondo dentro de ti, o lo intuyen, y no dicen nada. Quizá por eso el trayecto se hace largo. O el regreso, te hubiera gustado más pensar. Pero no hay regreso. Comen en un restaurante de truchas, al lado de una piscifactoría donde las niñas les dan a los pescados una comida que huele horrible, o que te parece que huele horrible. Una de esas truchas fue tu alimento, piensas, mientras las ves nadar a contracorriente y empieza a llover.

Corren al coche, las niñas riéndose, un poco mojadas. Piensas de inmediato en Adela, en lo que dirá cuando las vea llegar. Toda la carretera es un largo lamento del cielo, te dices, pero no te agrada la metáfora.

Tocas el timbre; esta vez las niñas lo aprietan de nuevo, golpean con sus nudillos la puerta, le dan pequeñas pataditas con sus tenis.

Cuando Adela abre, la arrollan y entran gritando.

—Es la hora de su programa favorito —te explica Adela y te sonríe. Por vez primera en un año te sonríe, ¿o es una mueca? Tal vez no puede ocultar la felicidad de estar de nuevo con un hombre, piensas.

—¿Te vas a casar? —le preguntas, a bocajarro.

—¿A qué viene eso?

—Solo contéstame, ¿te vas a casar?

—En primera no es un tema de tu incumbencia y, en segunda, qué te contaron estas.

—Nada, me dijeron que tenías novio, que les traía regalos, que era muy buena onda, quién sabe cuántas cosas.

—Pues sí, tal vez me case. Y ahora es mejor que te vayas, ¿no crees?

Te quedas callado. Es un largo silencio. Se ven a los ojos, como si fueran a atacarse, a librar el último combate, el definitivo. Dos bestias, eso piensas, somos dos bestias.

—¿O tienes algo que decirme?

Niegas con la cabeza y te vas, sin despedirte, mejor dejarla en paz, como dijo el hombre de la ofrenda. Lo demás esa noche pasa rápido, dos horas, tres quizá revelando e imprimiendo los contactos en el cuarto oscuro de tu departamento. Trabajo extenuante que te permite olvidar. Salpicado, por supuesto, con mucho tequila, como el que le ponen a todos los muertos para que regresen, aunque para ti ya no haya regreso posible.

Al fin de la jornada, molesto contigo mismo por tu meticulosidad, te acuestas, pero es como si una enorme roca cayera en el colchón. Apagas la luz, aguardas que tu próximo sueño —porque sueñas siempre— sea placentero, reparador. Cerraste también con meticulosidad el sobre con las fotos de Huaquechula para que las recoja el mensajero del periódico en la mañana, ni esta vez te das el lujo de quedar mal. No hay ningún espejo, tampoco esta vez, para que el espíritu —¿es que hay un espíritu?— pueda salirse del cuerpo, flotar e irse a donde le venga en gana. Antes de cerrar los ojos te asalta la preocupación, ¿qué demonios harás el próximo sábado con las niñas?

¿Y el próximo del próximo? ¿Hasta cuándo? Ojalá cumplieran pronto dieciocho, te dices, y ellas mismas te mandaran muy lejos, también, como su madre. ¿Te darán celos sus novios? Ves a Regina encima de una lápida haciendo el amor con un muchacho de chamarra de piel y te da asco. Tomas un vaso de agua, pero te cuesta tragar, como si un nudo muy fino e invisible te ahogara. Sin embargo no sientes dolor, ninguna pena.

Antes de quedarte totalmente dormido piensas por última vez en Adela, contemplas su rostro, nítidamente pero en blanco y negro, como si la vieras en una vieja fotografía. Te sonríe, Eduardo, por primera vez en un año te sonríe, ¿o es una mueca?

Los placeres del dolor

Creo que fue Montherlant quien dijo que la felicidad se escribe con tinta blanca: no resalta sobre la página. La carta con matasellos extranjero de buen tiempo, agradable comida y hospedaje confortable, resulta mucho menos agradable de leer o escribir que la carta que habla de casas inundadas, comida horrible y un tiempo de lo peor.

MARTIN AMIS, Campos de Londres

Estar unido a alguien en el amor es sufrimiento, estar separado del que se ama es sufrimiento, no lograr lo que se desea es también sufrimiento.

BUDA

El amor, esa palabra

> Estamos unidos a los seres y a las cosas por vínculos tan frágiles que a menudo se rompen a pesar nuestro.
>
> JABÉS

Hoy la vi por vez primera. Tendrá doce, trece a lo sumo. Su cuerpo —qué hay en un cuerpo— apenas se recobra con vergüenza de las súbitas transformaciones que ha sufrido. Lo sé por sus pechos violentando las formas de la tela, me lo dicen sus caderas leves pero ya perfectas, lo deletrea la turgencia de sus ojos, húmedos de un deseo aún desconocido que ya le oscurece el alma. La oí. Claro, primero fue su voz. Un manantial ronco, un río incontrolado. No hubiera alzado mi vista del periódico y esa tarde habría sido como las otras: un lento regresar intentando no llegar nunca, una sábana fría, mi cuerpo vociferando silencios. Pero el timbre, incluso podría decir la fragancia de su voz, desencadenó lo inevitable. Al mirarla comprobé que la fuente de donde salían esas palabras era mucho más bella de lo que anunciaba su sonido. Vi sus cabellos ondulados escondiendo unos hombros blanquísimos que imaginé suaves, apetecibles. Hablaba con una amiga mientras saboreaba una cereza al licor que ella le había pasado. Sus diálogos se oyeron entrecortados, llenos de risitas. Yo fingía leer el periódico; mis ojos la contemplaban, la desvestían.

Ellas no estaban sentadas y yo sí. Claro, podía haber cedido mi lugar, pero hubiera sido demasiado obvio y me habría prestado a la humillación del rechazo si ella temiese alejarse de su amiga. Además ya estaba muy cerca de la estación donde debía bajarme. Aunque he diseñado una estrategia para viajar en metro sin ser perturbado —consiste en la más completa abstracción frente a un periódico—, ahora no podía concentrarme en las letras y distraía miedoso la mirada sobre el cuerpo de mi deseo; extraviando con cuidado mis pupilas en un lunar de la mejilla, adivinando la textura de sus lóbulos, el exacto sabor de su saliva. De pronto sentí que me veía y se volteaba a reír con su amiga. Un calor enorme invadió mi cuerpo. Siempre he sido retraído, por eso no he tenido mucho éxito con las mujeres. ¿De qué se estaban burlando? Pasé revista a mis zapatos, el cabello bien peinado, el cierre del pantalón arriba —siempre que alguien se ríe frente a mí compruebo que esté subido— y me encontré normal. Tal vez era justamente por eso que reían. Doblé el periódico y salí del vagón de prisa. La niña dio un beso de despedida a su amiga y bajó conmigo, como siguiéndome. La estación estaba desierta y cuando el tren se alejó solo quedamos ella y yo. Y el vacío, por supuesto. Siempre he tenido esa sensación en el andén, frente a los rieles. Siempre, también, me quedo quieto en el último momento, antes de saltar. Seguimos caminando casi sin prestarnos atención. Así salimos y avanzamos varias calles. Los dos, creo, conscientes de ser perseguidos por el otro. Al doblar una esquina sacó un llavero y entró a su casa. Estaba tan ensimismado que no me di cuenta de que estaba enfrente del estacionamiento. Era mi vecina, o al menos vecina del lugar donde saco y meto coches toda la tarde. ¿Cómo no me había dado cuenta de su presencia, de su inquietante existir en los dos años que llevo trabajando aquí? Tal vez sea nueva en el barrio, recién llegada. Quién sabe. A menudo ocurre que nos hemos topado docenas de ocasiones con otra persona sin percatarnos de su figura, de que es la misma del otro y del otro día. Incluso podemos nunca reparar en ella. Por ejemplo: si yo no hubiera alzado la vista del periódico entonces. Desde mi caseta se aprecia bien la entrada de la casa. Ha llegado un señor que podría ser el padre y ha salido una mujer, probablemente la empleada. Nada más. Nada de ella.

Recompongo su rostro, me digo sus cejas, repito sus pantorrillas pero no consigo apresarla del todo. Se me pierde, se esfuma y solo viene en partes, como un modelo para armar. Cuando terminé mi turno —ya sin el overol gris—, me puse a fumar un cigarrillo frente a su casa esperando verla, que saliera. Ahora en mi departamento reconstruyo este día. Tengo cincuenta y un años, estoy solo y me he regado café en los pantalones. He vuelto a verla. Después de dos días en que no se materializó por el metro, ni salió de su casa a la hora en que yo podía verla —cuántas coincidencias se necesitan para encontrarse nuevamente con una persona—, a media tarde, cuando un señor me daba una propina y arrancaba su auto, ella atravesó la calle. Algo la hacía distinta. Se encontraba a sus anchas en el mundo —o así parecía. La seguridad con que cruzó la calle, sus ojos desviando la mirada. No sé. Sentí que venía hacia el estacionamiento y no pude evitar ruborizarme. La timidez se apoderó de mí. ¿Qué decirle? ¿A qué vendría? Y si me reclamaba la mirada, ese descaro con que la seguía viendo cuando ya había llegado a esta banqueta. Le gritaron desde su casa: ¡Elisa! Ella volteó para decir que ya volvería e hizo un gesto despectivo con la mano. En la esquina, a dos pasos de mi caseta, hay un teléfono público. Hacia ahí se dirigió Elisa, no hacia mí. Sabía su nombre, podría llamar de alguna forma a mi obsesión. Aunque ella tal vez ni siquiera me recordaba: no me saludó al pasar. Encendí un cigarrillo; recargado en un poste pude oír retazos de la conversación: Sí, un poco, ¿vienes?, solo chifla como siempre. A las nueve. Bai. No había que ser muy sagaz para entender de qué se hablaba. El tono coqueto, lejano y dulce de ella terminaba de delatarla. Sentí unos celos enormes, una rabia terrible. ¿Quién sería el de la llamada? ¿Cómo prevenirla del peligro si apenas tiene doce años? ¿Y yo? Pasó frente a mí, acomodándose el cabello. —Hola. —Hola Elisa —atiné a decirle mientras veía su cuerpo desvaneciéndose en la tarde. Tenía que estar ahí a las nueve. Saber todo acerca del tipo con el que habló por el teléfono. Conocerlo, ver si le conviene. Pero cómo va a convenirle si es una niña. Me quedé al otro turno, ayudándole a mi compañero de la noche. Un poco antes de la hora —agazapado, frágil y doblado a la mitad— atravesé la calle y me escondí tras un poste.

Llegó un muchacho de veinte años más o menos en una moto negra cuyo ruido hería la noche y su quietud. Silbó. Nada. Volvió a silbar más fuerte y Elisa se asomó a la ventana murmurándole que la esperara, que no hiciera ruido. Al rato salió, sigilosa y más bella que nunca. Llevaba una chamarra de piel y sus ojos brillaban buscando algo perdido en el absoluto. Subió a la moto abrazando al hombre y se perdieron entre el frío y el humo del escape. No me quedaba otra que esperar. Aguardar el regreso de Elisa; verla, mirar sus ojos y saber qué había hecho el tipo con ella. Eran las once y el aire se colaba por los agujeros de mi suéter. Llegaron. Él apagó la moto y le puso el pie.

Bajó, intentando abrazarla, pegarse a su cuerpo. —No, ya te dije que me dejes en paz —oí que le decía Elisa zafándose de sus brazos. Quise salir, defenderla; ella no estaba sola. Él intentó detenerla y yo avancé caminando despacio para que se notara mi presencia. Surtió efecto. Subió a la moto enfurecido, insultándola. Elisa me miró; el tipo se alejaba desafinando con tanto ruido la belleza de mi niña, que estaba radiante. El enojo había inyectado sus ojos con una fuerza refulgente, divina. —Todavía no te has ido —me dijo entrando a su casa con cautela. —No. Hoy no... Elisa. —Ella no oyó mis palabras. Estaba ya lejos de mí y yo no podía preguntarle qué le había pasado, aconsejarle que se cuidara. Regresé a casa entristecido y húmedo a causa de una lluvia ligera pero persistente como el deseo que hacía más difícil la lejanía, la ausencia de Elisa. Estoy solo, lo he estado siempre. Al menos desde que recuerdo. Antes trabajaba en una biblioteca; leía, veía gente. Incluso escribí. Vino el alcohol y un día me despidieron alegando incompetencia, amoralidad. Entonces llegó este trabajo de las tardes que es más cómodo, hace ya dos años. He visto muchos solos, he convivido con ellos en una ciudad que nos aísla, volviéndonos ermitaños. Los objetos en sus casas son un desastre. Todo está siempre fuera de lugar. Yo también estoy fuera de lugar y hace frío. Ya pasó una semana desde el incidente de la moto. A partir de ese día me propuse seguir a Elisa a todos lados, comprobar que está bien, que nada le ha pasado. Y lo he cumplido. Ella me reconoce. Saluda, se ríe al verme. O se reía —mejor—, porque desde el incidente del padre se me escapa, me gruñe. Incluso me ha insultado. Yo solo le conté al señor lo que había visto para que hablara con su hija.

Elisa no me hubiera hecho caso a mí, un desconocido. Eso la volvió huraña, se ha distanciado. Ayer esperé a que saliera del colegio y la fui siguiendo como siempre. Pudimos sentarnos juntos en el tren de regreso. Ella hubiera preferido no hacerlo pero se notaba cansada y era el único asiento vacío. La miré como se mira a alguien que conoces desde siempre. Como solo te miras a ti mismo. Estaba magnífica, bellísima. Algo de su ira en mi contra la hacía más deseable, más perfecta, más mujer. No podía hablarle. Así pasó un buen rato. De pronto me decidí: ¿Qué te pasa, Elisa? Nada. Eres un metiche. Un viejito fisgón. ¿Qué te importa lo que yo haga o deje de hacer? Es que. Elisa, mira. ¿No ves que corres peligro en esta ciudad llena de locos? Yo solo quiero protegerte. Pues déjame en paz, que nadie te lo pidió. Nadie, ¿oyes? Debería acusarte a la policía, decirles que me sigues todo el tiempo, que me molestas y me dices cosas bien provocativas. Pero Elisa. Yo nunca. Se te ve en los ojos. Te mueres de ganas, y por eso estás celoso. Tomó sus útiles y salió corriendo rumbo a su casa. Sin saber por qué, permanecí en el vagón, anclado en el asiento y sin rumbo fijo. Usé el metro dos veces, de cualquier forma era mi día libre. Bebí un poco, lo acepto. Y solo supe de mí, o de qué estaba haciendo, hasta estar acostado en mi cuarto, pensando en Elisa, imaginando sus pechos, sintiendo sus labios mojando los míos. Nunca iba a tenerla, nunca. Lo sabía y eso la hacía más bella. O al menos más Elisa y hasta más mía. En la mañana vinieron a buscarme dos policías. Ahora estoy encerrado en una delegación, esperando que se aclaren las cosas. Me pidieron que les contara desde cuándo te conocía y les contesté, Elisa. Me preguntaron por ti, por tus cosas, por tus costumbres y yo les dije todo. Me increpaban todo el tiempo con que a qué hora y cuándo te había visto por última vez y yo se los dije. Les expliqué todo, todo. Les hablé de mis miedos, les narré lo del tipo de la moto, les referí mi conversación con tu papá.

Les preguntaba qué había pasado, les pedía que me dijeran qué te habían hecho, pero ellos solo con que no estuviera jugando al loco, que no me hiciera el menso, y me golpeaban. Me golpean. Y vuelven a repetir las preguntas pensando que voy a cambiar la historia. No sé cuánto tiempo llevamos así: golpeando y preguntando, y yo solo volviendo a decir lo mismo, siempre lo mismo. No me creen, dicen que yo fui, que yo lo hice. Pero no es cierto, yo sé que no es cierto. Yo te amo, Elisa, y no puedo hacerte daño. Menos violarte, menos hundirte tantas veces como dicen el puñal en el cuerpo. Ves por qué te lo decía: necesitabas que alguien te cuidara, requerías de que te protegiera para que no te pasara nada, para que estuvieras bien. Pero ellos no me creen y siguen golpeando, pegan muy duro. Y yo sigo diciendo lo mismo, siempre lo mismo. ¿Cómo pudo pasarte eso? ¿Cómo puedes estar tan muerta?

Apocalipsis con gatos

A Dina me la presentó Oswaldo diciendo Mira, aquí está tu solución, pero solo pronunciando el consabido Julián ella es, y uno extiende la mano como única salida. Eso es lo peor cuando conoces a una nueva mujer —a otra, diría Oswaldo—, no estás preparado para ciertas cosas: el olor a almizcle del cabello, unos labios ahora demasiado carnosos, quizá un cuerpo menudo, rompible al tacto. Esa es Dina, retrato hablado de su femineidad apenas intuida debajo de la blusa escotada o del mucho gusto y ella también tiende la mano y acerca la mejilla que reclama un beso. Y bueno, depositas tus labios en su piel como si fuera lo más normal: rozar el durazno capilar de su epidermis, mojarla un poco, por qué no. Estaba en el Café Acrópolis, lo mismo que todas las tardes en que hay que matar el tiempo y leer el diario. Cuando no llega nadie, intentar el crucigrama, divertirse con el horóscopo que justo hoy «momento de cambio. No confíe en socios. Puede haber un encuentro amoroso, ¡cuidado!» y si antes la advertencia sonaba ridícula ahora es distinto con Oswaldo y Dina que arriman las sillas para sentarse. Él en silencio, ella musita Se puede, aunque sus ojos dicen que ella sabe que siempre se puede, que ya se pudo, que nadie va a negarle nada. Menos ahora que afuera llueve y se antoja un café turco golpeando sin discreción esa zona donde se encuentran las pocas neuronas que, con este frío, todavía funcionan. El mesero apunta el té negro de Oswaldo y, era de esperarse, el turco con doble golpe —negrísimo pues, en este lugar donde café es agua de calcetín— que pide Dina. Dina que ahora pregunta —como si las preguntas no fueran siempre hirientes intromisiones a esa soledad que uno ha cuidado por tantos años. Treinta y seis, Oswaldo contesta por mí. Dina contraataca ¿Qué haces? Pone sellos en la oficina de Hacienda, repite Oswaldo. Dina inclemente ¿Con esa cara de intelectual? Entonces sí me sale algo de voz —un remedo, qué más da— para que ella oiga Es cierto, pero así tengo tiempo para leer. Vieras qué biblioteca se carga —no necesito acotar que la voz es de Oswaldo— y entonces Dina que Quiero conocerla, que Cuándo me llevas, que Ya no hay nada nuevo que leer, que Ya se terminaron las novelas de la Biblioteca Pública —porque ella solo lee novela, precisa Dina voz metálica, algo de acento del norte, quién sabe—, que No seas malo, que De dónde los sacas. Oswaldo se adelanta Se los mandan: un primo, creo, y va de vez en cuando a la ciudad. Unos días y regresa cargado, como maestro rural. Oswaldo echándole limón al té negro se lleva la conversación a otro lado. Secretamente le agradezco, porque uno no sabe qué puede pasar con una mujer como Dina instalándose en La Casa de las Magnolias donde solo mamá y abuela, aunque de eso ya hace tanto tiempo. Ahora el olor de la naftalina en sus armarios, la oquedad enorme en sus camas puro silencio. De eso por lo menos diez años, cuando regresé y apenas me dio tiempo de verlas morir. Dina toma el café con elegancia: uñas rojas, rojo oscuro, largas, cuidadas, llevan la taza a otros labios igualmente rojos que sorben pequeños traguitos. ¿Está caliente? cuestiona Oswaldo que ha regresado de comentar asuntos políticos, aburridísimos problemas políticos. Parece no saber que no existe solución, que mientras más cambian las cosas, más iguales permanecen.

No la voz ondulante de Dina que me mira diciendo También me aburren los temas de Oswaldo y detiene unos ojos que antes creí verdes pero son grises, clavándose sin clemencia en mis pupilas, tras los cristales, pero en mis pupilas al fin que no le han hecho daño a Dina, que no pueden soportar el frío glacial de sus ojos y se desvían al cielo raso o la ventana, qué importa. Oswaldo ¿No quieres que Julián te lea el café? De inmediato un ¿Deveras lees el café? y siguen mis disculpas que Oswaldo desmiente Claro que sabe, si todo mundo aquí lo consulta. ¿Me lo lees? dicen los ojos grises de Dina que pronuncia un Ándale que aturde: voz ronca, carácter fuerte. Le pido Voltee la tacita hacia el plato después de revolver apenas los sedimentos. Y espero. Esperamos. ¿Qué hace uno sino esperar: años, flores, recuerdos, la muerte misma? Oswaldo al fin silencioso —qué hermoso se escucha su silencio—; Dina toda mirada gris debajo de esas cejas suaves tendidas al arco de los ojos. En el café lo de siempre. Una vida cómoda, no muchos problemas, la enfermedad ya hace años de un pariente cercano —Dina se sorprende de la revelación—, dice El cáncer de papá como si fuera su corbata o los anteojos, y yo Pérdida de dinero, hace años también. Dina impávida Sí, Sí. Y luego las tijeras, ahí colándose en el lado izquierdo, justo por encima de la tacita. Un escalofrío, pero me veo diciéndole Dina: un rompimiento: un amor muy grande: muchas lágrimas. Irreconciliable. Él la odia, ¿sabe?, no debería estar pensándole, cuando el tipo bien podría hacerle daño, nada le daría más gusto Dina. Y ella levantándose al tocador, a arreglarse un poco —nos dice—, Perdón —se le oye apenas se levanta. Ya la hiciste llorar Julián reclama Oswaldo que regresa del mutismo extremo. ¿Yo qué iba a saber? Y él habla de dolor, de venas cortadas, del pánico que asalta a Dina en las noches. Repite que está cansada, que él la amenaza si no vuelve, que ella —Ya ves cómo son las cosas Julián— todavía lo ama. Entonces la tarde es Dina regresando a la mesa —ojos grises falda a cuadros blusa con escote manos de uñas rojas. El mesero ya se ha llevado la taza pero Dina ¿Qué más viste? y yo no puedo sino decirle que todo se va a arreglar si ella no regresa con el hombre aquel, el de las tijeras. Le hablo de una playa, le cuento de la necesidad de la distancia. Digo Éxito, tranquilidad, dinero. Me oigo diciendo Éxito, tranquilidad, dinero. Y Oswaldo se disculpa, ha quedado con Mariana, ¿Saben?, ella se enoja por todo. Ya se me hizo tarde. Dina se queda, lo que equivale a decir que caminamos por las calles después de la lluvia, con riachuelos perdiéndose junto a las aceras y el frío que uno disipa como puede. ¿Quieres mi saco? y ella Cómo crees, pero deja a mis manos rodear los hombros redondos tal vez suaves, blancos: quizá con lunares. No necesita decir ¿Vamos a tu casa? para saber que ella espera ver los libros, llevarse prestado alguno. Me escucho Aquí es y abro entonces la verja blanca para que ella pase y cruce las magnolias y entre al rellano y diga Qué bonita casa. ¿Quieres ver la biblioteca? ¿Quieres un té, con este frío? ¿Quieres unas pastitas de mantequilla que hace doña Nati, aquí nomás al lado? Y ella Sí Sí Sí instalándose junto a los libros: hojea, saca, vuelve a meter sin fijarse dónde: sin alinearlos siquiera. Pero así pasa cuando uno deja que alguien penetre entre los muros de La Casa de las Magnolias. Así era con abuela y mamá, aunque de eso ya hace tantos años y ahora solo quede la colección de porcelana o la imagen de la Virgen Dolorosa en la recámara a la que hay que prenderle su veladora no vaya a ser que. En la biblioteca hay un sillón grande de pana, ahí Dina, ahí mis novelas rodeándola como una muralla, y ella ¿De dónde sacas estos tesoros Julián? Solo deposito la bandeja y ¿Una o dos de azúcar? porque así puede uno defenderse de los ojos grises o las blusas blancas y mirar a otro lado donde no haya imanes ni caiga uno sin más al precipicio. ¿Cómo es que no hay nada de polvo? pregunta Dina extrañada de que un hombre, y yo le explico de la señora Morales y su ojo tuerto y le digo que los miércoles y viernes. Lo demás lo hago yo, al fin hay tiempo. Aquí lo que sobra es tiempo. Y es lo que pasa entre libros y conversaciones, mientras le sirvo el segundo té y ya se han terminado las pastitas de doña Nati y ha vuelto a llover afuera, con una inclemencia que da miedo, embravecida por alguien o algo, qué más da. Me acerco a Dina y ella oye maullar a los ¿Tienes gatos? y otros maullidos le contestan. Ha escogido dos novelas Te prometo la próxima semana te las devuelvo, ya parece no acordarse, instantáneamente enternecida por los gatos. Allá arriba, en el cuarto de mamá. ¿Vive? y yo veo los ojos azules de mamá que ya no están y le digo No, ahora solo los gatos. Y subimos como quien escala el último peldaño del infierno, pienso yo, como quien llega al paraíso, piensa ella. En realidad odio los gatos; eran de mamá y yo no quise deshacerme, de alguna manera llenaban su cuarto. Pero con lo que se multiplican. Y de lo de mamá ya quién sabe cuánto tiempo. Habrá unos treinta le digo y abro la puerta. Ella enciende esa luz que yo nunca, quiere verlos a todos. Se sienta en la cama de mamá donde yo tampoco, sólo entro a cambiar la naftalina del ropero, a poner la veladora y a llevarles algo de comida. La señora Morales se encarga de la limpieza. ¿Por qué no me habrá dicho que la colcha bordada es ya un haz de harapos, porqué no me contó que la alfombra huele mal, que las cortinas son jirones? Ella toma un gato gris como sus ojos, lo sienta en su regazo y **ronrronea** mientras lo acaricia. Las uñas rojas que lo rascan y entonces los gatos suben a la cama y se acercan a Dina, se le restriegan por la blusa escotada, se estiran sobre su falda escocesa. Son diez veinte o treinta, qué importa. ¿Te molesta que me lleve un par? No, escógelos. Sé que mamá no quería regalar sus gatos Quién sabe cómo los vayan a tratar en otra casa Julián. Salimos de la recámara. Ella con sus animales y yo pensando en sacarlos de ahí, en arreglar la colcha, coser las cortinas, cambiar la alfombra, qué va a decir mamá de todo esto. ¿En qué pensabas Julián? increpa Dina y ya estamos en la sala, los gatos jugando con los lomos de los libros, las uñas en el sillón, regando la tierra de la Aralia. ¿Estaba ahí esa planta cuando me fui o la compraron después abuela y mamá? No ha escampado. Dina Se hace tarde, me voy yendo. ¿No quieres quedarte un rato? me escucho aunque no lo he pensado. Hay otra recámara, puedes dormir ahí, llueve todavía mucho. ¿O te espera alguien? No, no. Es Dina la que me pide que la guíe a su cuarto, se lleva a sus gatos. ¿No te molesta que duerman conmigo verdad? No, pronuncio mi más corta negación, que ahora es un asentimiento. Puede subir los gatos, subirse *La montaña mágica,* caminar despacio por el rellano y pedirme un vaso de leche. Y yo sé que La Casa de las Magnolias nunca va a ser la misma, aún así le llevo un vaso de leche y un camisón de mamá que Ojalá no huela mucho a naftalina, tiene años encerrado pero es de franela y con este frío. Sí, con este frío, me dice Dina ojos grises que pronuncia un apenas audible Buenas noches. Me oigo contestándole Buenas noches y yo también mi vaso de leche y siento, como alguien dijo, que me duele una mujer en todo el cuerpo Dina en su cuarto con la puerta cerrada y afuera que llueve sin recato. Me desnudo con prisa y entro en una cama como siempre fría, húmeda, como siempre sola. Y la culpa es mía por dejarla entrar a casa y de Oswaldo que me puso frente a sus ojos grises. Enciendo la luz de la mesa de noche para leer un poco, inmediatamente se apaga y oigo el trueno casi cayendo encima. Va para largo, así es siempre. Y justo hoy que no compré veladoras. Pienso en la del cuarto de mamá y voy por ella, pero mejor se la llevo a Dina. Toco. Ella contesta. Ella y sus gatos contestan. ¿Se puede? Pasa. Se sube la cobija para que no vea el camisón cubriendo los senos. Seguro pequeños, suaves sus pechos. Te traigo una veladora, para que puedas leer. Gracias Dina voz metálica uñas rojas ahora labios rosas despintados pero igual carnosos. Gracias Julián, Dina que se acomoda en la cama y Siéntate. Los gatos grises como sus ojos que la rodean o la protegen. Quién sabe. Buenas noches y le doy un beso en la frente. Entonces ella Quédate y abre el embozo, descubre la cama blanca, caliente. Linda esa sábana con encaje. Pero a Dina no le importan los años de esa sábana, ni que sea de Bruselas y la haya traído abuela cuando se vino a vivir aquí. De un soplido apaga la veladora de mamá y Abrázame y yo la abrazo. La culpa no es mía sino de Oswaldo. O de la lluvia. Ya ni modo, como si yo no supiera que La Casa de las Magnolias ya nunca será la misma. Una mujer es siempre una mujer. Dina aparta a los gatos que caen al suelo. Luego sus labios humedísimos y su abrazo. Luego la lluvia, la noche: qué otra cosa se puede hacer con este frío. Ahora será el olor a almizcle, un cuerpo menudo, rompible al tacto. Y dos, solo dos gatos grises como sus ojos. Ya la señora Morales sabrá deshacerse de los otros.

Arte poética

Le habían dicho bien: en Barcelona aún puedes encontrar los libros que deseas. Buscó durante años la edición anotada del *Ars poetica* de Horacio. Solo existen dos copias fechadas en Frankfurt en 1675. El Barrio Gótico lo embrujó de inmediato, y cuando ya habían pasado dos horas de haber franqueado una de las callejuelas que lo separan de las Ramblas seguía admirando la arquitectura, con el cuello doblado hacia atrás y sin preocuparse por la dirección que le dieron. Una nube veloz lo distrajo de su aérea contemplación y vino a encontrarse con el nombre que era su única referencia: «De Bosch, Librero». El número coincidía también con el apuntado en su libreta de flores: 42. La casa donde se alojaba la librería era, como todo el barrio, alta, gris y espigada, y sus remates puntiagudos hablaban con Dios.

Un farol que se antojaba inservible pendía junto a la puerta de madera. Antes de tocar quiso asomarse por el poco espacio que dejaba el visillo viejo, pero la oscuridad interior no le permitía ver nada. Apretó el timbre y esperó. Un hombre que espera no es solo un hombre que espera, pero él había aguardado tanto tiempo que no se impacientó. Alguien tendría que abrir tarde o temprano. Al cabo de diez minutos una luz en el interior iluminó el húmedo callejón.

Al abrirse la puerta —al fin— un hombre diminuto —«No mide más de uno veinte», pensó— y viejo se presentó permitiéndole pasar: —De Bosch, ¿en qué puedo serle útil? —y extendió una mano huesuda y pálida, ultratúmbica.

Explicó el propósito de su viaje y quién le había referido, en Madrid, la dirección de la librería.

—Sí, conozco a Adolfo hace tiempo. Pasemos arriba.

Mientras subía la también diminuta escalera de caracol pudo observar —la poca luz en la habitación lo hacía casi imposible— las altas estanterías de madera repletas de volúmenes antiguos. Le hubiera gustado enormemente detenerse con su linterna —siempre la llevaba a mano— y escrutar esos lomos por los que salivaba más aprisa. Siguió a De Bosch, que parecía adivinarle el pensamiento:

—No se preocupe por los libros de abajo. Son solo volúmenes, formas geométricas. Aquí está el verdadero arsenal. Je —su risa aguda retumbó en el techo bajísimo, apenas a la medida del librero. Abrió una puerta también pequeña y se sentaron en un sofá raído apartando algunos papeles revueltos. Le ofreció un café que le calentó por un momento el cuerpo. El cuarto no era estrecho, pero nada cabía. Los libros habían invadido todo el espacio.

—Puede verlos, aunque no están en venta —le dijo, señalándolos.

Deambuló contemplando maravillas que hacía años no despertaban su maniática envidia de coleccionista. Los buenos libreros están ya casi extintos. En su piso de Madrid tenía algunas joyas, nunca más de cien. Aquí había miles. Escogió tres: una edición príncipe de la *Philosophia reformata* de Johan Daniel Mylius, un *Atlas* incunable con miniaturas y mapas producidos por copistas excelsos y una *Historia de la peste de Atenas* de Tucídides editada en Ratisbona. El escritorio estaba vacío y ahí pudo hojearlos con calma. Los tocaba con severidad pero dulcemente, como si sus páginas fueran las piernas frágiles de una bailarina. Dijo un precio:

—No. No vendo nada de este cuarto, son mis reliquias. Es un sagrario.

En realidad solo se moría por el libro de Mylius y repitió el precio pero solo por ese volumen. De Bosch aceptó, ofreciéndole otra taza de café. Un buen librero deja ver, se pone a distancia y tiene el suficiente ojo para encontrar el talón de Aquiles de cada coleccionista. Supo que De Bosch no tenía el Horacio y le preguntó por él, resignado:

—Lo tuve. No quería olvidarlo, perderlo, deshacerme de él. Era bellísimo. Cuando lo puse en mis manos lloré manchando la primera hoja. Pero un librero sabe que todo tiene precio.

—¿Dónde está? ¿Quién lo tiene?

—Ella nunca soltará ese libro.

—¿Ella?

—Jerónima Viladevall.

De Bosch le dio un número cuando se despedían. Es ahí mismo —señaló. A solo tres calles.

Cuando se alejaba le gritó algo desde la ventana: inaudible.

No supo si lo oyó reír. Era noche y la humedad lo calaba; llevaba el libro de Mylius como un bebé entre los brazos. Cuando al fin dio con la casa eran las once. No le importó la hora. Tocó dos veces seguidas, desesperado. Jerónima Viladevall le abrió asombrada por la visita.

Volvió a explicar la historia y le habló de De Bosch. Le iba a cerrar la puerta en las narices cuando vio el bulto en los brazos. Nada aguijonea tanto a un coleccionista como una forma envuelta, el misterio oculto de otro coleccionista.

No sin recelo lo dejó pasar advirtiéndole que no conseguiría el libro. Jerónima era más bien fea, hosca y hombruna. Pero él se dio cuenta de que si quería obtener su Horacio la única salida sería enamorarla. Hablaron de libros —lo único que tenían en común— y se despidieron unas horas después, quedándose de ver al día siguiente. Ella le enseñaría el *Ars poetica.*

—No te olvides de traer el Mylius —se despidió ella desde la puerta. La ciudad, aún más fría, no se apiadaba de él.

Antes de ir a su encuentro con Jerónima compró flores y volvió a envolver su *Philosophia reformata.* Le quedaba media hora para verla, la media hora más larga de su vida. Ella estaba vestida de seda roja —su única provocación visible— y sin tacones. Le dio las flores percatándose de que no llevaba brasier. Sirvió dos vasos de whisky; le tendió el suyo sentándose a su lado. Estuvieron viendo el Mylius. Él aventuraba uno que otro roce furtivo que comenzaba a excitarlo. Estaba dispuesto a todo con tal de conseguir su ansiado ejemplar. Matar, hacer el amor, cualquier cosa. Ella se mostraba codiciosa también: un sudor helado cubría sus axilas excitadas de coleccionista. Él no lo notaba; estaba preocupado por otras cosas. Quería su libro. Iba a conseguirlo. Se atrevió a pedirle que se lo enseñara. Ella fue a la caja fuerte y la abrió con la precisión del experto. Cuando lo tuvo entre las manos sintió un escalofrío recorriéndolo, un placer enorme: quizá el más grande de su vida.

Tenía que darse prisa. Lo puso a un lado, hojeándolo apenas para ver la mancha de la lágrima de De Bosch. Se acercó a Jerónima sintiendo la navaja en el bolsillo. Era capaz, por qué no. Luego regresaría a Madrid. Sería difícil saber de su paso por la casa de la Viladevall. Ella se dejó abrazar, tocar, sentir. Fue desvistiéndola mientras se desnudaba. No se quitó el pantalón. Sentía aún el frío del acero en el bolsillo. Ella respondía a sus besos, lo acariciaba, gemía. Dieron vuelta, abrazados, en el sofá. Ella quedó debajo, aplastando su libro. Reunía coraje para el momento decisivo, final.

Estaba besándola cuando sintió el filo del metal hundiéndose en su piel como en mantequilla. Apenas un segundo. No pudo ver la mano de Jerónima empuñando el abrecartas. Ella lo apartó, hastiada, y fue a guardar los libros en la caja fuerte. Se vistió sin prisa, pensando qué iba a hacer con el cadáver.

Susurros y silencios

Todas las noches es igual. Por eso los odio: tener que oírlos. Si tuviera un poco de dinero me compraba una casa grande en medio de un jardín amplio, verde, hermoso. Quizá pondría corcho en las paredes. Pero aquí no sirve de nada. No hay forma de aislar el ruido. Hace unos meses leí en una revista de decoración —yo no la compré, qué locura andar gastando en esas estupideces; estaba en el consultorio de un doctor que me ve las várices— que las cajas de huevo —los cartones, se entiende— protegen del ruido. En vano tapicé mi cuarto: cada noche seguía escuchándolos.

Por eso detesto vivir en estos multifamiliares. De un lado los niños molestando todo el día; del otro, ellos, siempre ellos. A las seis de la mañana, por ejemplo, los niños tienen que salir rumbo a la escuela y empieza el agua de la regadera, la señora lavándose los dientes, todos gritando. Ellos —los del otro lado— no hacen escándalo aún. Están dormidos, plácida y satisfactoriamente dormidos.

A los niños los soporto. Con un esfuerzo lo consigo. Aunque a veces, como el día en que me rompieron la ventana, he estado a punto de golpearlos. A ellos —los del otro lado— me gustaría hacerles algo peor. Salen a la calle tomados de la mano, regresan con sus compras dándose uno que otro beso, suben la escalera abrazados. Son, en suma, una pareja perfecta. Él nunca llega tarde; a las ocho en punto oigo su llave en la cerradura y poco después la puerta se cierra, el primer beso… Lo demás lo he escuchado tantas veces. Estoy cansado de su monotonía, de cómo destilan miel —y miel de la peor. Si tan solo pelearan, si algún día él la golpeara estrellándola contra el suelo o ella —por qué no, es muy hermosa— tuviera un amante: otra voz que oír. Todas las noches contemplo con mis oídos la misma sinfonía del amor compartido, el mismo desafinado concierto de la felicidad eterna. ¿Puede haber algo más terrible?

En vano he luchado por encontrar una grieta, una pequeña fisura en sus relaciones. Sé que los martes a las diez ella sale con sus bolsas rumbo al mercado sobre ruedas. Me he hecho tonto junto a su puerta pocos minutos antes fingiendo subir la escalera. La saludo. Invariablemente sonríe, me sostiene la mirada con sus ojos brillantes y saltones —llenos de vida— y me da los buenos días. En algunas ocasiones he ofrecido acompañarla para que no cargue. No gracias. No me necesita. Es autosuficiente.

Entonces siempre entro a mi departamento, caliento un poco de agua para café y prendo el televisor. Un jubilado ya no puede esperar mucho de la vida, lo sé. Un viudo no puede pretender aventuras maravillosas —sobre todo después de los setenta—: lo comprendo. ¿Pero acaso no merezco al menos estar tranquilo?

He imaginado que a la casa de los Robles —con ese apellido, de veras— le cae una bomba encima, se incendia o desaparece y ya. He pensado lo que sería de Dulce —así se llama, previsible, debido a su carácter— si se quedara esperando a su esposo hasta muy noche, digamos las dos de la mañana. En su lugar dos policías pidiéndole que los acompañe a reconocer el cadáver. Son cosas que se me ocurren nomás, sin ninguna esperanza, como un pasatiempo. Nada sucede, nada modifica las costumbres. Son poco más de las nueve, y hoy —igual que hace mil quinientas treinta y dos noches que he contado con paciencia— su cama rechina, Dulce gime un poco y los oigo —¡qué asco!— haciendo el amor.

Me atrevería a matarlos, no tengo nada que perder. Prenderles fuego, dejarles abierta la llave del gas, cualquier cosa que ponga fin a su existencia sin sabor, sin altibajos, sosa, que ya no tolero. Podría idear un plan terrible en el que yo, como vecino caritativo, pusiera sobre aviso al esposo de las relaciones que Dulce mantiene con cualquiera, ya se me ocurriría el nombre. Tengo derecho de testigo presencial, visa permanente de sus ruidos. Ellos lo saben, a mí también me han oído hasta jalar la cadena. Podría vender este departamento, irme a un asilo, olvidarme de Dulce y su amarga vida con sabor a lo mismo. Podría incluso cambiar mi cama a la sala, yo nunca recibo a nadie. Y con la cabecera dando al pasillo, olvidarme de su existencia. Los niños del otro lado se duermen temprano.

Podría. Claro que podría. Pero ahora que esta mañana Dulce me ha dicho que se muda, que a su marido lo han cambiado de ciudad en su trabajo, yo le digo que la voy a extrañar y sin despedirme, sin saber por qué, entro corriendo a mi casa, me cambio y me acuesto. Son cuarto para las ocho. En un momento todo se repetirá. Es la última noche que oiré a Dulce. Después de todo, los niños son tan aburridos.

Primero y tercer movimientos

Para Jaime Wolfson, nuevamente

La melancolía es una manera,
por tanto, de tener; es la manera de
tener no teniendo, de poseer las cosas
por el palpitar del tiempo, por su
envoltura temporal. Algo así como una
posesión de su esencia, puesto que
tenemos de ellas lo que nos falta, o sea
lo que ellas son estrictamente.

María Zambrano

Usted, Reyes, lo supo siempre. Era lógico dejarse ir. Abandonar el día como cualquier otro y esperar las flores en el camerino, alguna tarjeta de felicitación; después el hotel nuevamente distinto y siempre el mismo: un cuarto pequeño, la cama pidiendo permiso para quedarse ahí, en el minúsculo espacio. Tal vez tapiz de flores y una lámpara en la mesa de noche. Cumplir con el rito cotidiano, terminar lavándose los dientes y escupiendo el agua apenas con fuerza suficiente para que escurra por el lavabo. La impersonalidad de los hoteles de pueblo es también un signo de lo uniforme. Entonces Usted pensó, ¿no es cierto, Reyes?, que era como si un solo arquitecto los hubiera planeado todos, o mejor, como si una asociación secreta creada para la defensa de la integridad de los hoteles pequeños hubiera dispuesto en un breve reglamento cuáles debían ser sus características insustituibles. Esa noche, en Manzanillo, empezó todo, a pesar de la sensación de haber estado ahí antes, o siempre. Después del concierto —y Usted, Reyes, se encargó de divulgarlo—, decidió perderse por las calles de la ciudad: tomar la primera y caprichosamente ir dando vueltas a izquierda o derecha guiado tan solo por los sonidos o las luces, dos formas de la casualidad. Es cierto: nada anormal había sucedido antes: una sala inmensa apenas salpicada de espectadores que por aquí o allá ocultaban el terciopelo rojo de las butacas. Un presentador igualmente anónimo diciendo que gloria nacional, que el pianista vivo más importante de la república, que un honor, que para qué más palabras. Empezó —usted recuerda ese programa casi *tour de force*— con Bach: una fuga, y el piano exhalando sonidos que no son suyos, saltando al infinito como un alcatraz que apenas se abre. Usted, Reyes, no lo niegue, intentaba encontrar unos ojos en los que apoyarse; la infalible técnica de sentir que las notas eran para alguien, una forma de mitigar la enorme soledad del escenario. El viejo recurso desde que el presentador decía Joven el más prometedor pianista de la república, alumno de los más enormes maestros. Algunas ocasiones esos ojos siempre femeninos habían llegado hasta el camerino después del concierto y unos pocos habían conocido la intimidad de su cuerpo, nunca de sus sueños. ¿Cuántos años de este repetido desasosiego?, se preguntó Usted, Reyes. La contestación vino de la sexta fila. Eran cafés, era una mujer sola justo en aquel acorde. Las luces no permitían encontrar los rasgos que definen el rostro, pero la imaginaba bella, absorta. Una vez que esa comunicación de miradas quedaba abierta las notas salían del piano interrumpiendo el silencio y despertando embravecidas tormentas marítimas. Prokofievs excelsos, brillantes polonesas cabalgando por las teclas como en las nevadas praderas de Varsovia y Usted, Reyes, desconocía ya la distancia, olvidaba el tiempo, los aplausos y hasta el programa, ya solo existían los ojos de la sexta fila, el ancho mar de los sargazos entre el piano y la butaca que solo la música acortaba, puente de infinitos al amparo de Schumann. Y empezó todo en ese puerto donde el frac se pegaba a la piel y los programas de mano servían de abanicos. Schubert desafinaba en medio de tanto calor. ¡Cómo un *impromptu*! Es cierto que Usted, Reyes, esperó más tiempo del acostumbrado a la llegada de los ojos cafés y que al fin hirieron la negrura de la noche. Ella ahí, una mujer delgada, baja, con algo de topo o comadreja en el rostro. Ella diciendo Le molestaría acompañarme a cenar, ha estado fantástico esta noche y Usted, Reyes, acostumbrado al pronto halago dice Gracias, con mucho gusto, y tiende el brazo del que Genoveva —el nombre lo supo después, en el transcurso de la cena— se sostiene como de un mástil. Apenas un poco de brisa que refresca mientras caminan por el malecón y llegan al fin a la casa, un palacete de principios de siglo con vista al mar, cerca de la playa. No podía ignorar que ahí estaba gestándose algo. Y no porque Genoveva fuera fea —lo importante habían sido sus ojos cafés sosteniendo los acordes más difíciles de Liszt—, estaba acostumbrado a que todo tipo de mujeres se le acercaran. Un autógrafo, Qué bien estuvo hoy, Espero poder verle pronto. Era la proximidad que Genoveva había establecido —como si se conocieran desde siempre—, era algo en la langosta que comieron en la terraza, con una luna que solo se parecía a aquella luna. Era la noche, la infinita soledad de tantos teatros medio vacíos, las tantas horas viajando por el país. Usted lo sabía, Reyes, y se dejó llevar por el vértigo como quien dice Al fin ya qué importa. Esa noche, entonces, fue una cama con mosquitero y un desayuno proverbial a la mañana siguiente en que Genoveva dijo Te espero abajo en media hora y Usted, Reyes, se bañó pausadamente y se dirigió al comedor venciendo apenas la modorra. Un anciano —hoy tal vez no le parecería tan viejo, con todos los años que se le han venido encima, Reyes— estaba comiendo, sentado en una silla de ruedas. Siéntese, usted debe ser el pianista.

Se acercó a la mesa, Reyes, para enterarse de que era el padre de Genoveva. Y luego ella, y las despedidas formales y el Escríbeme en la puerta de la casa y Usted, Reyes, diciendo Claro para alejarse por el malecón y llegar con tiempo suficiente para empacar y salir rumbo a la estación de trenes y tomar el que habría de llevarlo de regreso a la capital, al sosiego de la casa y los estudios para planear la nueva gira y quizá, por qué no, uno que otro concierto mientras tanto. Pero fue ese día, en ese preciso momento, que se esfumó todo lo que había conseguido con tanto trabajo y paciencia; los meses de amoldarse a la rutina de las giras, alguna que otra presentación esporádica en el extranjero donde todo era igual de anodino pero marcado por la pátina del idioma extraño, enigmático. ¿Qué pasó en Manzanillo? Primero, ya lo dijimos, Reyes, la voluntad de perderse en callejones inhóspitos y descubrir la verdadera cara de la ciudad, pero con la súbita aparición de Genoveva —esos ojos cafés que por fin osaban decir su nombre— lo normal voló, el anónimo y fugaz desencuentro con la vida. Es inútil aclarar que Usted, Reyes, nunca le escribió y que las giras no volvieron a apuntar el nombre del puerto. Que Usted mismo no violentó nada para que así fuera y que un día se acumuló junto a otro y otro más y fueron años desdibujando las teclas. Porque después empezaron las pesadillas, las alucinaciones, el sudor frío en medio de las notas. Las teclas abriéndose como fauces heridas dispuestas a morder los cuidados dedos que lo eran todo, el piano de cola cerrándose de pronto y Usted, Reyes, levantándose a abrirlo de nuevo para comprobar, con la estupefacción del público que no entendía por qué había interrumpido así nomás a Brahms, que el piano nunca se había cerrado. Juraría que lo escuché caer con estrépito, diría después a la prensa. Y la joven promesa dejó de serlo y los conciertos en el extranjero empezaron a espaciarse hasta ser inexistentes. Usted comenzó a llamarle cansancio, a retirarse y no querer más giras, más conciertos inocuos que a nadie interesaban. Pero en el periódico alguien lo definió mejor. Dijo Melancolía, un extraño desapego de Reyes frente a su piano, como si estuviera a varios kilómetros de distancia, como si no quisiera disponerse a tocarlo. Y Usted, Reyes, se dio cuenta de que esa era la mejor definición de lo que estaba ocurriendo, que una extraña apatía se colaba incluso en las seis horas de práctica diaria y aunque no dejaba de golpear las teclas, el ambiente era extraño y Usted se sentía ciertamente a una gran distancia del instrumento antes inspirador de miedo, terrorífico. Volvieron los viajes, regresó el ritmo frenético de la preparación de un programa para la gira, los aplausos solicitando el *encore* al final del concierto, preparar las más difíciles piezas para que siempre le pidieran la Polonesa o el primer movimiento de la Patética y Dvórak cediera su lugar pocas horas antes de la función. Usted, Reyes, ensayaba en realidad para tocar esas piezas que la exigencia del público impedía. No era probar el piano, desentumecer los dedos, acostumbrarse al roce del nuevo marfil. No, se trataba de imaginarse el concierto imposible, el que en realidad Usted, Reyes, quería dar en la noche. Y no había nadie en quién apoyarse, porque no había espectadores, pero Usted llegó a imaginarse los ojos cafés de Genoveva y como las luces pocas veces estaban prendidas, tenía que darle el cuerpo y el rostro de Genoveva a esos ojos que escuchaban las sonatas de Beethoven y que nunca aplaudían. Era la única manera de seguir ganando algo de dinero sin tener que dedicar el poco tiempo a clases particulares con alumnos a los que ni siquiera les interesa el piano e imaginan que andan en bicicleta mientras destrozan partituras elementales. Y la costumbre, además, porque Usted, Reyes, no podrá negarlo, es la única cosa que ha hecho en la vida después del Conservatorio Nacional: prepararse para viajar, perder ciudades mientras el laberinto va desencadenando el hilo de Ariadna o, como Usted gustaba llamarlo en esos días, el hilo de Genoveva; la imposibilidad de su rostro de reptil en el que solo sobresalían los ojos cafés del recuerdo. Nada memorable de la noche aquella sino algún lugar de su cuerpo que Usted exploró con la maniática obsesión de un entomólogo clasificando; nada sino el mosquitero y también un ventilador con la lentitud de un pulpo en el cine. Después de tantos años de retiro empiezan a hablar de Usted, Reyes, dicen Homenaje Nacional y el empresario pronuncia los nombres de los lugares que trasnochará, y Usted oye Manzanillo y súbitamente aplaza, dice que necesita tiempo, que preparará el programa para verse dos meses después saliendo rumbo al puerto. El concierto imposible, la serie de las piezas que Usted, Reyes, más ha amado en los treinta años de pianista que lo separan de aquella visita, de los ojos cafés de Genoveva. Estará Bártok, por supuesto. Y Rachmaninoff. Una sonata de Saint-Saëns, aunque el público aplauda después del primer movimiento y Usted, Reyes, no les dé tiempo, continúe como si nada, criticando la ignorancia. Debería haber algo de Scarlatti. Y en la mesita del asiento de enfrente, Usted, Reyes, improvisa un piano ante la mirada incrédula de la señora de junto. Vibra con los acordes, piensa en ella. Ahora el viaje ha sido en avión y un coche oficial lo lleva al hotel. Otro hotel, más nuevo, más limpio, más grande pero igualmente anodino, inocuo. Recuerda con precisión esa tarde antes del concierto, Usted ensayando sin atreverse a ir a la casa de Genoveva pero imaginando sus ojos en la fugaz penumbra del teatro; contemplando el concierto del siglo, la presentación para la que Usted, Reyes, ha esperado tanto tiempo. Como si todos los años de aplazamiento hubieran sido para *esto*, para este día en que sus manos serán unas con las teclas y saltarán rabiosas golpeando sin clemencia, y el silencio irá a posarse en cada uno de sus movimientos pausados, estudiados. Dirán nuevamente Virtuoso, que es la palabra que tienen en la prensa para describir siglos de dedicación, el arte de la técnica que solo se aprende con los años. Porque Usted lo sabe, Reyes, no es una cuestión solo de interpretar, de estar lejos de las cosas, de melancólicamente aplazar el acorde hasta que llega por sí solo al impulso de los dedos. No. Es algo mucho más profundo, que tiene que ver con la capacidad de decirlo todo en una frase y de estar esperando toda la vida para llegar a ese momento en el que acaso por fracciones de segundo Usted tocará como los ángeles, y será divino. Y Usted no podía dejar de saberlo, Reyes, esa noche era la añorada, la siempre postergada. Por eso Manzanillo había sido tácitamente eludido de los viajes. Por eso, tal vez, Usted nunca pudo escribirle a Genoveva, decirle de sus ojos, la media noche de su pelo o el instante aquel en que sus caderas eran el acantilado con el que choca la marea. Por eso Usted no ensayó gran cosa antes del concierto, las notas vendrían por sí solas: los sonidos y silencios emergiendo del piano mientras Usted, Reyes, fuera solo el intermediario de ese mensaje. Por eso el frac nuevo, el pelo engominado, la loción de hace ya tantos años. Por eso la espera en el camerino, aquellos cinco minutos que fueron horas y luego Usted, Reyes, encorvándose apenas frente al público, sentándose ante el piano, y Grieg inundándolo todo con su aroma de murciélagos y tardes líquidas. Usted, Reyes, empieza a buscar los ojos cafés de Genoveva, la mirada que lo ha seguido en todos estos años de ensayos, de melodías inaudibles, frente a la nada y el polvo de los teatros vacíos. Cree descubrirla en aquel mismo lugar de la sexta fila, pero no logra saber si es ella y ya ha pasado más de medio concierto y el público ahora sí numeroso aplaude la nítida interpretación de Schubert, y Usted, Reyes, agradece, se fija bien, se da cuenta de que no es Genoveva, que esa cara no puede ser Genoveva porque han pasado treinta años y ya no es lo mismo. Eso es lo que más le entristece, cuando está dispuesto a cerrar con su estudio preferido de Liszt y sabe que este concierto no ha sido como cualquier otro, como ninguno, pero también que el público aplaude sin darse cuenta, porque los ojos de Genoveva, los imposibles ojos de Genoveva eran los únicos que podían haber notado la diferencia entre un concierto y concierto magnífico, entre lo que pasó hoy y lo que sucede todos los días cuando alguien se sienta al piano y solo repite que toca y solo cree que interpreta. Usted lo sabía, Reyes, no puede engañarse. Por eso el público sigue aplaudiendo y Usted no sale, no va a regresar a agradecer, no habrá pieza extra, no habrá *encore* y por Usted, Reyes, no importa que los espectadores se desgañiten ni que les ardan las manos y no se sacien jamás, porque Usted no va a regresar. No va a regresar, no habrá gratitudes ni figuras de cera porque ya no estarán nunca los fulminantes ojos de Genoveva. Líbranos Señor, dice Usted, Reyes, del deseo, y sus manos que han resistido todo, la mentira y el tedio, la artritis y el aburrimiento, ahora golpean sin pausa el muro del camerino. Usted lo sabía, Reyes, ya para qué seguir contándolo.

Las guerras pánicas

Fue la última noche que nos vimos. Había sido lo más parecido al amor. Aún ahora lo creo. Pero las cosas que duran, acaban por hartar a quien las vive. Ese es el destino de los solos, retirarse como los grandes cantantes en la cúspide, salvándonos, antes de que el amor empiece —con paciencia de beisbolista— a convertirse en odio, en desprecio. Nos conocimos una tarde —al salir del cine— y ella tenía en los ojos la señal infalible de los solitarios: su vista, un poco cegada por el sol de las seis, parecía no detenerse en nada. No sé cómo me reconoció —después no hablamos de ello y hoy sería imposible preguntárselo. Lo único cierto es que a los pocos minutos, mientras las nubes se desvanecían de cúmulos a estratocúmulos, seguras deslizándose hacia el ocaso, caminamos por el parque y fuimos a sentarnos —sin decir nada, como si una extraña voluntad nos animara, un hilo invisible guiándonos— a una banca vieja y descolorida.

Hablamos poco, como suelen hacerlo dos solitarios a los que el destino junta: ambos saben que el desencuentro prevalecerá a las caricias. Algo, sin embargo, nos decía que el mejor camino era la espera, dejarse llevar. Tal vez la lluvia que empezó mojando mustiamente el camino de piedra y terminó por empaparnos. Quizá el deseo, colándose por los huecos tristes del cuerpo. A lo mejor la noche: una lechosa constelación de estrellas agazapándose. Probablemente la botella de ron que ella tenía —dijo— guardada en su casa para una ocasión como esta. No sé. Tal vez porque.

Su departamento quedaba lejos, en una de las colonias nuevas que han aparecido a medida que la ciudad crece engulléndose los pueblos cercanos. Tomamos un taxi igual de anónimo y mojado que nosotros. Los taxistas son también seres solitarios que recorren el mismo consabido camino conversando trivialidades con desconocidos; oyen música tristísima. La radio tocaba a Lucha Reyes y los limpiabrisas aleteando contra las gotas nos hacían sentir también «lacios, lacios, la». La noche: una cacofonía de claxons. El camino era largo y nuestras manos, sabiéndolo, se entrelazaron silenciosas, tibias, sin esperanza. Por un buen rato no hablamos de nada. Fue ella —las mujeres solas son, al menos, más decididas que los hombres— la que empezó. Ahora recuerdo que no nos preguntamos nuestros nombres. Es casi seguro que no escuchara en verdad lo que decía, que le contestara lo primero que me venía a la mente. A las manos las siguieron los labios. Los taxistas son seres misteriosos y huraños que contemplan besarse a las parejas y con el mismo desacato usan el espejo retrovisor para rehacer sus sueños de viajantes incómodos, simbads del asfalto. Ella besaba bien, mordiéndome de vez en cuando con más vehemencia que pudor.

Un solitario mantiene una especie de registro de lo fugaz. Su vida es la ingobernada búsqueda del instante. Por eso sus recuerdos están compuestos no de personas ni de totalidades; solo de intensos fragmentos de felicidad: la sonrisa de un color anaranjado en abril, un cabello que se depositó entre las páginas amarillas de un ilegible cuaderno escolar, los sonidos de un cuerpo bajo la regadera en la mañana, los olores de cada sexo y el sabor de los líquidos. Fue mi primer problema. Lo único que hubiera cambiado en ella era ese amargo gusto de su saliva. Aún ahora siento cómo me perturba, cómo penetra mis sentidos, aturdiéndolos.

Al fin su departamento —después de ocho pisos de interminables escaleras fatigosas—: una minúscula muestra de juguetería. Otra vez —las casas son espejos del alma— las señales inefables de la soledad, marcas indelebles del desamparo: una flor de plástico en un florero igualmente horrible. Los trastes sucios de dos o tres días apilándose con la agilidad de un gato. Una hilera de botellas alineadas en la ventana: cortinas de cristal.

No puedo recordar mucho porque pronto la luz estuvo apagada y la noche se hizo más noche. La seguí a una recámara hecha a su tamaño: casa de muñecas. Lo demás era previsible y pronto estuvimos desnudos.

Veo un cuerpo pequeño, suave al tacto. Pienso en sus pechos minúsculos saltando. Imagino huecos, sudores, y vuelve infatigable el terrible olor de su saliva. Respondía poco a sus repetidos intentos de besarme y guardaba toda mi energía para el último momento, esa suerte de pacto fugaz con la alegría que tenemos los desesperados.

Pronto la penetré y quizá no fue la parte más memorable. Después sacó la botella de ron —una cosecha antillana dulce y golpeadora— y bebimos dos o tres vasos. Ron solo, con hielo: sin disfrazar la bebida, como marcan los cánones. El sabor por un momento desvaneció el recuerdo de su saliva salitrosa, definitivamente amarga. El primer trago fue el que me dio fuerza: su calor protector deslizándose por mi garganta. Los restos de deseo, el frío, su cuerpo desnudo, nos obligaron a entregarnos de nuevo.

En el momento de su orgasmo, mis pupilas se encontraron con las suyas —su cuerpo moreno ondulando la superficie blanquísima de las sábanas— y supe que no tenía otra alternativa. Era horrible ver la esperanza, sentir la dolorosa petición de permanencia en sus ojos. Nunca he podido aceptarlo. Mis manos adquirieron una fuerza extraordinaria. Ya todo fue incontrolable, cuestión de segundos. Al principio pude percibir el miedo en sus ojos, la necesidad de defenderse. Su cuello blando, casi maleable ante la presión de mis dedos. Pero no duró mucho. Pronto se entregaba a mis ansias mientras yo apretaba más y más fuerte. Me miró con ternura, agradecida. Luego no pudo más y expiró con un sonido último de placer, de tranquilidad.

Me vestí con rapidez y salí dejando detrás el último beatífico gesto de su rostro salvado, de su vida redimida. Al llegar a casa coloqué su rosa plástica en un florero y me bañé lenta, pausadamente.

El aprendiz de novelista

Estaba en casa de su amigo Enrique. Mientras él se había ido a preparar el café, Sebastián hojeaba los libros de la mesa de centro. De pronto —con la misma casualidad con la que aparecen y se esfuman los grandes amores— se topó con uno pequeño, diminuto: apenas del tamaño de una caja de cerillos: *The literary cat.* Era una colección de citas sobre los gatos. Empezó a revisarlo, más por su volumen que por su asunto. Sebastián odiaba a los gatos desde que un alergólogo le diagnosticó asma a causa de haber vivido con ellos. Es una suerte que no tenga usted toxoplasmosis, concluyó el médico proporcionándole más odio que consuelo. Desde aquel entonces, cada vez que un gato se topa en su camino empieza a toser compulsivamente y le salen unas erupciones terribles en la piel. Pero Sebastián no pensaba en eso, sino en sus ganas de convertirse en un novelista, en bucear por las profundidades del alma humana y escribir sobre ellas. Por eso estaba con Enrique, quien le prestaba libros y lo ayudaba en sus incipientes cuentos e historias. Dio la vuelta a la página en el momento en que Enrique regresaba con el café, para leer, entusiasmado con el pánico instantáneo de la felicidad, una cita de Aldous Huxley:

«Si quieres ser un novelista psicológico y escribir acerca de los seres humanos, lo mejor que puedes hacer es tener un par de gatos». Tomó la frase literal, cruelmente. Emily, la gata de Enrique, recientemente había parido una nueva camada y le pidió dos gatos, una hembra y un macho. Enrique, que siempre había tenido que encerrar a su gata cuando llegaba Sebastián, intentó prevenirlo, pero la resolución de escribir su novela sobre una pareja que se ha separado era más fuerte que cualquier consejo, y ahora, con la frase de Huxley, quedaba claro que lo único que le faltaba era un par de felinos para contemplar en ellos como en un espejo la incertidumbre de las relaciones humanas. Salió rumbo a su casa con los gatos y antes de llegar compró un litro de leche y una canasta. Ya les acomodaría unos cojines para que durmieran.

Esa noche, aún consciente del peligro, Sebastián se sentó frente a la máquina y escribió el primer capítulo. Ya todo estaba en mi mente, pensó. Solo hacía falta algo para comenzar a crear. Se durmió sintiendo apenas las molestias de la alergia: una pequeña comezón y la idea de que la garganta se le estaba cerrando. No importaba. Seguro que con una semana tendría el primer borrador y luego podría mandar a volar los gatos: matarlos o regalarlos, daba igual. Tuvo la precaución de hacerlos dormir en un cuarto separado del suyo. Durmió bien, seguro de que su obra maestra saldría del horno en pocos días. A la mañana siguiente se sirvió un vaso de leche y volvió a colocarles un poco a los gatos en su platito. Los había llamado Bouvard y Pecuchét. Los animales daban vueltas por el estudio, afilándose las uñas en los lomos de los libros, trepando por los sillones, orinándose en la alfombra. Sebastián los contempló un rato y siguió escribiendo. Solo hace falta que me siente a escribir para que la historia fluya como una cascada, le dijo a Enrique por teléfono. No agregó nada acerca de la garganta y se cuidó de no toser. Una vez que hubo colgado, le dio un ataque breve pero fuertísimo y tuvo que ir al cuarto de baño a lavarse la cara. El espejo le entregó una mueca más que un rostro: lleno de granos y erupciones. Aun así regresó a contemplar a Bouvard y Pecuchét y a escribir.

Estaba redactando una parte difícil del tercer capítulo (ella decide dejarlo y él se queda sentado en un sillón, sin hacer nada) cuando vino el segundo ataque. Ahora fue más fuerte, como a las diez u once de la noche, y Sebastián no había comido. Ocho o nueve horas de escritura. Llevaba más de cien páginas cuando empezó a sentirse mareado y con fiebre. El termómetro le devolvió el pánico: cuarenta grados. Fue a servirse un whisky y a seguir trabajando. Era tarde cuando guardó lo que llevaba escrito y fue a acostarse. Los gatos estaban dormidos desde hacía mucho rato. La noche fue una pesadilla apenas interrumpida por despertares continuos, sudor frío, dolores amargos en todo el cuerpo. El whisky había ayudado a bajarle la presión, y la falta de comida lo tenía postrado en un estado casi catatónico: lleno de sobresaltos agudos y espasmódicos como el amor. Viendo dormir a Bouvard y Pecuchét se le ocurrió la escena final: los amantes, que han regresado por una extraña fuerza de atracción (que igual los había repelido antes), están dormidos; él apoyando la cabeza en su nuca: ambos entrando al sueño eterno después de la botella de barbitúricos. Despertó a las seis de la mañana para seguir escribiendo y llegar a esa escena final. Les puso a los gatos lo que sobraba de leche y comió unos panes sin nada: no tenía fuerza para guisarse y quizá tampoco para comer. Estaba terminando el capítulo quinto cuando vino el tercer ataque. Sebastián no creyó recuperarse. Le dolían todas las articulaciones y apenas podía respirar. Los gatos ronroneaban y se le acercaron mientras estaba tirado en el suelo. Logró acercarse la máquina a la alfombra y siguió escribiendo ahogado, con respiraciones cada vez más seguidas y más cortas: como una plancha de vapor a la que se le está acabando el agua. No tuvo siquiera ánimo de apartar a los gatos al poner el punto final. Los gatos seguían jugando con las mangas de su camisa, sin percatarse de su muerte. Cuando Enrique logró abrir la puerta, Bouvard y Pecuchét habían destrozado la ropa y partes de la piel de su amigo y estaban afilándose las uñas con lo que quedaba del pantalón.

La frágil molécula del deseo

Un gran amor lleva luto por el amor

JABÉS

¿Por qué estar aquí? Estamos para no estar, para fugarnos. Esa es nuestra terrible condición. Todo eso piensa Eduardo sentado en la butaca, disponiéndose a ver una —otra— película que amueble su soledad. Cada vez le cuesta más trabajo ir al cine; representa un gran gasto de energía sostener la mirada del taquillero, entrar entre tantas parejas y grupos, saberse irremediablemente solo para luego ir a colocarse, sin ser notado, en un asiento lejano de todos esos acompañados, esos felices. Esta vez le tocó atrás, en una de las últimas filas donde no parecía haber nadie. O así lo dejaba sentir al menos la casi completa oscuridad de la sala mientras pasaba el noticiario.

Ingenuo, al saberse inadvertido, sacó su copa de helado y la empezó a saborear mientras algunos comerciales le dejaban su lugar —al fin— a la cinta. Ver a Depardieu y a su adorada Andie McDowell era ya una garantía. El narigón nunca lo había defraudado. Eduardo estaba consciente —como lo estarnos de las peores desgracias que van a ocurrirnos— de que algo no funcionaba del todo bien. Un olor, una presencia inquietante se dejaba sentir mientras él asistía a la boda de los dos protagonistas. En una de esas pausas que el director usa para mostrar la ciudad, Eduardo volteó a su izquierda y pudo observar a una mujer que saboreaba también una copa imperial. Sus ojos brillantes descompusieron la sobriedad del momento. No se trataba de uno de esos grupos de escandalosos que interrumpen la contemplación de los films, ni una pareja besándose con desacato, no. Para acabar de destrozarle el día, se hallaba una sola, una indefensa que como él se ocultaba en la última fila de un cine igualmente húmedo y anónimo. ¿Para qué estaba ahí esa mujer? Todo eso piensa Eduardo mientras ve a la dama —así se refiere a ella, aunque por conveniencia la llamemos Mónica— e imagina la textura de sus labios. Porque esa es una de las cosas que no puede evitar ante la contemplación de una mujer, actúa como un pintor ante su modelo: la piensa, la saborea y la transforma.

Regresemos a la película. Eduardo se ha dado cuenta de que Andie —su Andie— se ha casado con Depardieu solo para conseguir la renta de un departamento con un invernadero maravilloso. Y Gerard lo ha hecho para obtener su permiso de residencia en el país. La mujer de la copa imperial lo observa, se levanta de su asiento y se coloca en una butaca más cercana, no sin distraerse mordiendo nueces y pasando por sus labios restos de helado de vainilla. Eduardo lo nota y contempla turbado las piernas de la rubia. Es rubia para colmo —piensa—, esas son las más parlanchinas, las que no pueden quedarse calladas. Demonios, por qué no me cambio de lugar aunque sería muy notorio. Qué querrá, espero que solo se haya cambiado para ver mejor la película. Pero no. Me mira con mucha insistencia. Ninguno de los dos contempla la cinta, ambos están en otro lado creyendo que en realidad están aquí. ¡Bah!, nunca sucede de esa forma.

La rubia —Mónica, ya quedamos— deja de mirarlo y Eduardo regresa al otro lado, al de celuloide. Depardieu y Andie tienen que vivir unos días juntos porque migración irá a verlos y va a hacerles miles de preguntas. Él anota en su libretita las marcas de perfume, de crema, de shampoo. Ella le cuenta su vida, ambos empiezan a compartir sus historias como lo hacen con el espacio del departamento, con las noches y cada vez más con sus sueños. Eduardo podría quedarse en su casa, viendo películas en su videocasetera y sin preocuparse de entrar en contacto con los otros. Pero nunca le ha gustado; requiere de la oscuridad, de la pantalla enorme, del sonido fuertísimo para sentirse dentro del cine, para que exista magia. Estos sinsabores, sin embargo, estropean la sensación de vacío, de aislamiento. Además está el intermedio —que llega ahora— y las lámparas encendiéndose y todos esos seres humanos corriendo hacia la dulcería. El pretexto ideal para levantarse, para ir a otro lado. Antes de que decida pararse ya está Mónica —así podría llamarse, dijimos— frente a él, haciéndose pequeña y murmurando «con permiso».

Encoge las piernas y mira las de la rubia, decididamente hermosas. Eduardo desiste de cambiarse de lugar; es probable que la dama no regrese al mismo sitio y él pueda mirar la segunda parte de la película a gusto, solo. Las luces comienzan a apagarse. Se reanuda la magia. Depardieu ya se ha enamorado de Andie, pero ella aún sale con un tipo presumido, soso como revista en la sala de espera de algún doctor. Sin embargo —es lógico, piensa Eduardo— se aburre un poco, sin darse cuenta todavía por qué.

Eso sucede allá, del otro lado. Pero al final de la sala Eduardo vuelve a oír la voz de Mónica —le suena bien el nombre, ¿no?— diciendo «con permiso» y él encoge de nueva cuenta las piernas aunque ahora no puede ver las de ella. Mónica se sienta a su lado —francamente ya no me gusta, piensa Eduardo— y le extiende sus palomitas murmurando un casi inaudible «¿no quiere?». Él no puede rehusarse, teme verse descortés: mete la mano en la bolsa —que hace un ruido horrible— para sacar un puñado de palomitas que introduce en su boca mustiamente. Mónica —tenía que llamarse así— sigue sacando y metiendo su mano en la bolsa. Ruido, más ruido. Eduardo se desespera, ahora sí está a punto de cambiarse de lugar. Ella cruza las piernas y él —es obvio, piensa— las mira decidiendo quedarse. Depardieu despide al novio de Andie diciéndole que él es su esposo legítimo. Al planchadito se le quita hasta la borrachera y termina por irse de una vez. Andie corre a Gerard, regresa a su cama, llora. Se ve tan bien cuando llora.

«¿Por qué están viviendo juntos?», le pregunta Mónica, que se ha perdido esa parte. Él se escucha respondiéndole aunque inexplicablemente pone una mano sobre la de ella mientras gesticula y luego calla, esperando no verse interrumpido de nuevo.

No puede concentrarse en la reconciliación de los dos actores, se distrae contemplando las piernas de Mónica y empieza a imaginar —porque eso es lo malo de los solos: cuando les da por una idea se creen que todo va a suceder como ellos quieren— que ambos salen del cine y con la confianza de esas palabras y las palomitas y la película, él tendrá valor para invitarle un café. Luego su apartamento, por qué no, hoy justo es el día que va la señora de la limpieza, unas copas, música —boleros, por supuesto— y el deseo extinguiéndose en la noche como agua hirviendo. Pero me he visto demasiado frío —piensa. Aventura un avance: «¿Puedo tomar otras palomitas?» Mónica arruga la bolsa y su mueca desvanece toda posibilidad: «Ya se acabaron», como si se hubieran autoconsumido. «Ni modo», dice él y vuelve a colocar su mano sobre la de ella. Es un gesto, no ha podido evitarlo. Se concentra en la película: ahora vienen los interrogatorios de los tipos de migración y Gerard —era previsible, siempre es un distraído, piensa Eduardo— se equivoca al último momento. La rubia hace un gesto de desaprobación y dice «chin», como si se le escapara un quejido.

Ojalá quiera —piensa Eduardo, insistente, obsesivo, maniatado por el deseo—, y este frío se desvanezca por un rato. Selva de los solos, la ciudad nos depreda, nos horada, nos arrincona. Ahora salen los dos del interrogatorio; Depardieu se aleja, desconsolado, sabiendo que ha perdido irremediablemente a Andie, aunque ella ignore aún que lo ama y desconozca que él ha fallado en el interrogatorio. Mónica saca de su bolsa —las bolsas de las mujeres son los lugares más sorprendentes, archivos de lo innecesario, museos del horror cotidiano, de la pesadumbre de existir— unas pastillas de menta. Haciendo ruido rompe el paquete y muestra una, ofreciéndosela a Eduardo. Él agradece y se percata de que el ruido de la dama —para él sigue siendo la dama— ya no lo molesta tanto. Ella, entretanto, ha guardado la pastilla y saca un lápiz labial. No exactamente: un tubito de vaselina para los labios resecos. Para la boca y se unta. Eduardo la ve, la desea aún más y extiende la mano, pidiéndole el tubo. Ella se lo da. Eduardo se unta vaselina y contempla del otro lado, donde ha fingido estar durante hora y media, cómo Andie se da cuenta —por fin— de que ama a Gerard y sale a buscarlo. Por supuesto, al café donde arreglaron su matrimonio: «Africaú». Él está ahí, esperando a los de migración: solitario y triste como una flauta en una cerrajería. Ella lo ve por el vidrio y Depardieu la mira. Salen, se besan, se abrazan. Los de migración los apartan, llevándose a Depardieu. Ella lo besa, se despide. Fin.

Mónica está llorando. No son solo lágrimas, también quejidos, aullidos casi. Para todo hace ruido, piensa Eduardo sin que le importe y extiende un pañuelo. Ella lo toma, seca las lágrimas y se suena. También, claro, con un gran estruendo. Dobla cuidadosamente el pañuelo y se lo regresa. «Gracias», le dice ella y se levanta, sin esperar a que enciendan las luces. Eduardo odia salirse antes, le encanta esperar hasta el último de los créditos, oír la música, saborear el final. Pero ahora no le importa eso, sale precipitadamente buscando a Mónica —se llamó así, aunque durara tan poco— por todos lados.

Pero nada. Se desvaneció como un atardecer mustio y callado. Se imagina a Andie caminando sin Gerard: triste y olvidada como él. La calle, solitaria, lo recibe sin cariño y ya todo vuelve a ser selva. Abiertamente jungla, seres y más seres que estorban.

Sin dolor

No hay nada peor que la compasión, lamentarse de la desdicha y dejar de gozar la vida. La casa es perfecta, está en lo alto de una colina a la que antes se podía llegar por un viejo camino de terracería. Digo se podía porque en él he sembrado zarzas, moras, haciendo imposible su uso. De manera que estoy solo, totalmente solo. Cualquier otro podría dolerse de esta extraña condición, pero yo no; he buscado este momento durante muchos años. Mi única compañía son los gusanos y las lagartijas. Detesto a los animales domésticos; los perros, por un lado, son estúpidos y su fidelidad me molesta; los gatos son demasiado independientes para acompañar a nadie. Ustedes me odian: se han pasado la vida así. Desde mi encierro no hay nadie más inofensivo que yo. Vivo feliz, cultivando lechugas, jitomates y zanahorias y compartiéndolas con los gusanos. Cuando tengo ganas de carne, cazo alguna ave que pasa por encima, pero esto es esporádico; normalmente me conformo con mis vegetales, algunos huevos. Hay suficiente agua en el pozo y si me apetece algo de vino, fermento moras en grandes tinajas. Todo resuelto. Ni siquiera bajo al pueblo para conseguir algo de ropa; con lo que tengo me basta en esta colina. Una vez a la semana subo al bosque y traigo leña para guisar y para mantener la temperatura de la casa. Como ustedes comprenderán, tengo ocupada buena parte de la mañana —casi toda— y después de comer duermo una larga siesta. A las seis o siete me reintegro a la vida, o a un tipo determinado de vida: la lectura. Prendo unas velas que yo mismo fabrico con cera de mis abejas y leo hasta muy entrada la noche Tuve el cuidado de traerme a mi refugio una buena biblioteca. Ya se sabe: con los clásicos, aun releyéndolos, tiene uno para toda la vida. Cuando lo decidí, la sangre era todavía una obsesión. La última mujer —sí, esa cantinera que ustedes recuerdan perfectamente— me costó mucho. Ya había algo en mí, una especie de repugnancia. Estaba dormida. Bien dormida. La luna entraba por la ventana de su cuarto iluminándole el hermoso cabello negro. Su rostro sereno me detenía. ¿Cómo romper ese encanto, esa belleza? Ya lo había intentado una noche antes, pero llegué a su ventana demasiado temprano y la encontré despierta. Totalmente desnuda, cepillándose la cabellera que le caía sobre los hombros blancos. Inmediatamente su espalda, la terminación perfecta de sus caderas y la voluptuosidad de sus nalgas inspiraron mi amor más grande. Nunca había estado enamorado. Me limitaba a hacer lo mío y al terminar, con una mueca de satisfacción, me retiraba complacido. Muchas mujeres murieron por esa causa, llenándome de vida. ¿Cómo hacer ahora —con esta mujer hermosa, maravillosamente hermosa—, lo que era un rito, un instinto? Su mirada tierna en el espejo me hizo huir a toda prisa. Ahí empezó en verdad mi enfermedad. Vagué sin consuelo toda la noche, insatisfecho y lleno de urgencia. El frío hacía todo aún más insoportable. Odio a los seres humanos, su necesidad de compañía, sus deseos insatisfechos y sus cuerpos turgentes llenos de horribles erupciones. Odio esa vanidad.

En ese entonces todavía no estaba seguro de nada; era un espíritu errante sin consuelo. Temía por mi vida, pero no me atrevía a cumplir con mi cometido. Era un manojo de crueles dudas y sospechas. Erré entre el frío y la noche por largas horas hasta que resolví lo que haría. La noche siguiente, armado de valor pero aún indeciso, hice lo que debía. Intenté esquivar la mirada de ese rostro durmiendo, intenté no pensar. Terminé pronto, satisfecho y revitalizado. Los periódicos me informaron de su muerte —como antes— y me sentí monstruoso, aberrante; terriblemente desdichado. Compré esta casa y decidí cambiar totalmente mi vida. Lo he dicho ya: la castidad es una costumbre. Si todos ustedes, llenos también de deseos y terribles impulsos, pudieran hacer otro tanto, verían la paz, contemplarían la felicidad del espíritu, el reposo del alma. El cambio de costumbres alimenticias, además, fue muy importante. Dejé de dormir toda la mañana y los rayos del sol eran una dicha para mi metabolismo cambiante y peligrosamente nuevo.

No les voy a decir que fue fácil. Años de reflexión y paciencia necesité para olvidarme de la cantinera, para olvidarme de los hechos que me impusiera esta rígida vida. Pero el tiempo todo lo cura, y llegué a olvidar. Vivo un eterno presente compuesto de mañanas llenas de trabajo físico y noches de fuerte contemplación intelectual. Tengo un pequeño telescopio y puedo admirar la maravillosa amplitud de las nebulosas, la cruel incertidumbre de las galaxias lejanas. Otra cabellera me seduce: la de Berenice, cuajada de luces intermitentes. Uno o dos vasos de licor de mora me ayudan a conciliar finalmente el sueño cada noche.

Para ustedes es fácil odiar, es fácil juzgarme. No los necesito más. Durante siglos me llenó su sangre, afilé mis blancos colmillos en cuellos jóvenes, me alimenté de sus entrañas.

Ahora, como ya dije, comparto mis lechugas con los gusanos, leo, corto leña y vivo lejano a toda vacuidad, a toda vanidad. Se ha hecho de noche mientras escribo. Yo, un vampiro retirado, un nosferatu curado, se los digo: el estoicismo total es también la máxima felicidad. Aunque siempre nos bañemos en el mismo río, los ojos que lo ven pueden ser otros. No quiero de ustedes ni compasión ni lástima, solo quiero morir tranquilo. El costo de mi armonía ha sido perder la inmortalidad. No importa ya: es el precio de la paz.

La increíble pero siempre intentada reconstrucción de la historia de Fabián, la bella y el tercero A de la escuela Preparatoria México (narrada por uno de sus condiscípulos que prefirió quedar en el anonimato)

Bien a bien ninguno de nosotros conoció a Fabián. Era raro: barba lacia y larga, lentes de arillo, una arracada en la oreja izquierda, camisas arrugadas como rodillas de elefantes, mirada perdida. Andaba siempre en otro lado. Le preguntabas algo y regresaba del pasado inmemorial quitándose los audífonos de su walkman sin saber qué habías dicho. Afirmaban, vaya usted a saber, que nunca oía nada, que su aparato ni siquiera tenía pilas. Pero luego inventan tantas mentiras. Un loco, un desgreñado, un romántico, un bohemio, un poeta. Cada quien tenía una distinta imagen de Fabián. Fuera de la escuela, como para haber podido platicar, lo vi solo cuatro veces. Es mi único recuerdo, lo poco que sabría contestar. Lo demás, aunque vaya saliendo, puede ser solo chismes.

La primera ocurrió en casa de Gerardo Díaz, casi al inicio del curso. Ninguno de nosotros conocía a Fabián, y su presencia enigmática ya enmarcaba la reunión, cualquier posible reunión donde él estuviera. Su pasado —si es que hombres como él pueden tener algún pasado—, necesariamente incomprensible e inútil, salió a retazos y si quisiéramos reconstruirlo bastarían unos cuantos datos lacónicos: su presencia en la ciudad gracias a una beca de estudios, su familia lejana y olvidada —para suerte de Fabián— en algún oscuro rincón de la sierra, una pasión desmedida por la literatura (¿hay alguna forma de la pasión que no sea desmedida?), que había empezado al llegar él a la ciudad, a otra escuela, en primero de secundaria. Un afán, entonces, por literaturizar la vida, y por supuesto un amor platónico, imposible. Pero su imposibilidad radicaba —aquí lo más cómico— en que se trataba de La Bella. ¿No le han contado? ¡Qué bueno! Porque estoy convencido de que la vida de Fabián —y la de todos nosotros— giró alrededor de su presencia. Todos, absolutamente todos los alumnos del tercero A estábamos enamorados perdidamente y sin esperanza de la mujer más hermosa de la Tierra. Ya nadie le llamaba por su nombre, que se había perdido tras la fuerza de su increíble belleza. Y, es preciso anotarlo, no se trataba de ninguna hipérbole. ¿Usted se imagina, en alguien como Fabián, lo pernicioso de ese contacto? Porque, es claro, no todos los hombres tienen la posibilidad de entrar en contacto, siquiera una vez en la vida, con alguna representación de lo perfecto. Nosotros sí. Desde el instante en que la vio —el primer día de clases— Fabián se igualó en algo a sus veinticinco condiscípulos: se enamoró a primera vista de La Bella.

Una mujer así, se entiende, es consciente de su fuerza; sabe —y le parece lo más natural— que todos, sin excepción, voltearán a verla cuando entre en algún lugar. Había empezado la primera clase —el profesor exponía su método para enseñarnos etimologías griegas y latinas; Fabián, por supuesto estaba absorto, emocionado, pensando en Homero— cuando La Bella abrió la puerta musitando un Se puede y fue a sentarse en el único lugar vacío del salón: en la última fila, junto a Fabián. Toda la clase sintió la más verde y terrible de las envidias y regresó la mirada al diminuto profesor de raíces que parecía —como las lenguas que enseñaba— haber muerto muchos siglos antes. Fabián no. Tímido, retraído, débil. Sí, pero también sensible. Lo que en nosotros fue un enamoramiento que terminó —en algunos casos— en serenatas borrachas frente a su casa o proposiciones más o menos veladas que siempre eran rechazadas, en el caso de Fabián se convirtió en una pasión desbordada, enfermiza, total. Ese día redactó, según cuentan, trescientos veinticuatro sonetos, dos odas y un acróstico. A la mañana siguiente, ojeroso por el arrebato poético que lo tornó insomne, fue sorprendido por Eulogio Quintero, uno de los líderes de la clase. Este le arrebató la libreta con desdén y, para mostrar su virilidad ante La Bella, le tendió los poemas —toda una catarata de versos— burlándose de Fabián. No preciso hablarle de los colores que tiñeron la piel del poeta; salió disparado y no volvió al colegio sino una semana después con un justificante médico tan falso como su modestia. En esos días —dicen que dijo— había reflexionado sobre el acto y agradecía a Eulogio el servicio: él nunca se hubiera atrevido a mostrarle sus creaciones a La Bella. Sin embargo, por parte de su diosa no hubo ninguna respuesta, ni siquiera una mirada de reconocimiento. De todo ese incontenible fárrago de metáforas solo se salvó un poema que fue publicado en el periódico escolar y cuyo título sirvió para el apodo que sustituiría para siempre el nombre de su musa: *A una bella.*

Pero yo le estaba hablando, claro, de la fiesta en casa de Gerardo Díaz. Poco después de las nueve, ya todos reunidos, hizo su aparición —como siempre, misteriosamente— La Bella. Un silencio de inicio de concierto llenó el departamento. Volteamos a mirarla. Si con el uniforme se veía mágica, con una minifalda de mezclilla y una blusa casi transparente parecía simplemente divina. Se escuchó un «Hola» colectivo y unísono. La Bella, acomodando la ya descrita y proverbial melena ondulada, caminó, como solo podía hacerlo ella, adonde se encontraba Fabián. No a causa de su presencia, sino porque estaba en la mesa que hacía las veces de bar. La Bella le pidió (era la primera vez que oíamos una frase larga salida de sus maravillosos labios):

—Prepárame una cuba, poeta.

Una larga carcajada enmarcó sus palabras. Fabián se bajó los audífonos de su walkman y pronunció un apenas audible «Sí» y se dio a la tarea de complacer a La Bella. Puso los hielos, sonaron los hielos en el fondo del vaso. Sirvió el ron, sonó el ron golpeando contra los hielos como un grifo abierto. Sirvió la coca, sonó la coca burbujeando como plancha de vapor. Todos en silencio viéndolo preparar la cuba de La Bella. Temblando alargó el vaso. Su musa lo tomó con fuerza, Fabián por descuido no lo soltó y claro, la cuba empapó la prácticamente inexistente blusa de nuestra diva. Sonora carcajada mientras Fabián solo atinaba a disculparse y pasaba una servilleta intentando secarla. Ella le arrebató el papel para limpiarse por sí misma y le gritó enfurecida:

—¡Pendejo!

Estruendosa carcajada del grupo. Fabián, olvidando su suéter de grecas, salió a la calle, llorando. La ciudad, supongo, lo recibió sin compasión. Se perdió la fiesta, y no pudo bailar, como nosotros, ni siquiera una pieza con La Bella. No alcanzó a ver tampoco cómo la blusa mojada se le untaba en el cuerpo como una túnica invisible.

La segunda escena ocurrió en la final del futbol interprepas. Jugábamos contra el Colegio Inglés: un clásico. Fabián, por supuesto, no jugaba: era el porrista oficial. Perdimos. Siempre perdíamos frente a los del Inglés. En las gradas, junto a Fabián, La Bella. Dicen los que estuvieron cerca —yo era el portero— que él quiso conversar, sin éxito. Poco antes de que terminara el juego se soltó un aguacero terrible, como si las nubes lloraran también nuestra derrota. Todos subieron a los coches menos Fabián, que se había quedado cobijado en una parada de autobús. Estaba empapado, espantoso. La Bella pasó en su Renol negro —la cueva de La Bella, por supuesto— y le dio aventón a Fabián. Fue increíble cuando lo vimos subirse al coche. Nuestra envidia alcanzó proporciones de derrame biliar cuando arrancaron. A la mañana siguiente, antes de que llegara La Bella, todos fuimos a preguntarle a Fabián a dónde habían ido.

—A ningún lado, a mi casa.

—Pero tú vives solo —replicó Eulogio Quintero, enfadado.

—Sí.

—¿Y ella pasó a tu departamento? ¿Entró?

—Sí, le invité un café con ron, para la empapada.

—¿Qué más sucedió?

—Nada, deveras.

—¿Me vas a decir que le leíste tus poemas, cabrón? —le dijo Quintero.

—No. Me hubiera dado pena. Solo se tomó su café, platicamos y ya. Caray, te lo juro.

—Te digo de una vez que La Bella es solo mía, ¿entiendes o te lo explico, pendejo?

—Pero si no pasó nada, Quintero. ¡Qué más quisiera!

Esa última frase por poco y se convierte en su epitafio. Quintero, desbordado por los celos, se fue contra Fabián. En el suelo, ensangrentado, escupiendo, lo encontró el profesor de etimologías. Quintero fue expulsado por dos meses, como escarmiento, y Fabián quedó con un ojo morado con el que no podía ver y al que, dicen, le ponía un bistec todas las noches para que se desinflamara. Cuando La Bella entró al salón y vio a Fabián, nos ignoró a todos y colocó en su mejilla un beso íntimo, que imaginamos cálido.

—¿Qué te pasó, Fabián, qué te hicieron?

—Quintero lo golpeó por tu culpa —contestó Morales, un diminuto de lentes, con una voz chillona como carro de camotes.

—¡Cómo pudo ser! ¡Cómo te pudieron lastimar así! —repetía La Bella entre sollozos acariciándole la cara. El profesor de raíces calló a todos y empezamos a declinar. La cantaleta *rosa, rosae, rosam* llenó la atmósfera y todos nos olvidamos de Fabián. Él, todavía de cuando en cuando, pasaba por sus labios rotos un pañuelo que le dio La Bella. No para quitarse la sangre, que horas antes había parado la hemorragia, sino para olerlo e imaginarse los labios de su amada. Los imposibles labios de La Bella.

La tercera ocasión que lo traté fuera de la escuela fue en una kermesse del Instituto Esparza, un colegio de monjas. Todos íbamos, no motivados por ayudar a las madres en su caritativo devenir, sino para ver a las muchachas del colegio que ese día —con permiso interesado de las religiosas— podían usar minifalda. En el puesto de una gitana a la que habían contratado para leer la suerte, entramos Fabián y yo. La gorda tomó la mano de Fabián y le dijo: «Hay una mujer en tu vida. Aléjate de ella, te puede traer la muerte». Salimos asustados y Fabián tuvo cara de sonámbulo por seis días con sus noches. En la escuela, ya casi al término del año seguía absorto, pensando en las palabras de la corpulenta adivinadora.

La cuarta vez que lo vi fuera de la escuela —y la última— ocurrió hace dos días, en una cena de exalumnos. Nuestras respectivas historias fluyeron: Quintero había ingresado al cuerpo diplomático y era embajador en un país exótico donde, nos imaginamos, golpeaba a su primer secretario enamorado de la agregada cultural. Díaz se casó y era gerente de una fábrica textil. Morales se había convertido en un reputado físico y daba clases en la universidad. Yo, pues ya me ve, sigo aquí en este periódico, redactando reportajes que nadie lee. Y Fabián. ¿Qué había sido de Fabián?, nos preguntamos al verlo entrar. Nos lo contó con breves palabras: participó en varios movimientos sindicales, organizó cooperativas en el sureste y se mantenía de alguno que otro artículo en revistas o de dar clases de literatura cuando ya la necesidad lo obligaba a un sueldo fijo. Era el mismo. Sin walkman, pero idéntico. Después de su historia todos nos vimos con la misma expresión y casi sin pronunciarlo preguntamos:

—¿Alguien sabe algo de La Bella?

Cada quien una parte, lejana, poco comprobable. Que se había casado con un político, según unos, que había salido su foto en una revista de modas, según Morales, que había estado implicada en el escándalo de hace años, el del robo de pinturas, según los menos creíbles. Fabián esperó tímidamente lo que todos sabían, para afirmar:

—Nada de eso es cierto. O es parcialmente cierto. Yo la vi tres veces después de la prepa. Una en una exposición de su primo, en la Casa de la Cultura. Le pregunté qué había hecho de su vida y me lo resumió con brevedad: una mierda, dijo. Se casó, tuvo dos hijos, se divorció.

—¿La consolaste? —pregunté.

—¿Le preguntaste quién había sido su esposo? —terció Morales.

—No. Le ofrecí matrimonio. Le dije que la había estado esperando todos esos años y que, incluso, le dediqué mi primer libro. Me dijo que ella lo tenía, que se lo había enviado su primo.

—¿Y aceptó casarse contigo?

—No. Por supuesto. Me dijo que no creía en el amor y que solo me haría sufrir. Las cosas que te dicen las mujeres cuando no quieren nada.

—¿Y luego?

—La vi poco después en una obra de teatro. Comentamos algunas cosas. Nada de trascendencia. Estaba más hermosa que nunca. Los años le habían dado, no sé, una distancia frente a las cosas. Aplomo. Sí. El aplomo que da el desapego. Pero la noté terriblemente deprimida, ausente.

—¿Y la tercera?

—Ayer, en la escuela.

—¿Comprando boletos para la cena?

—Sí.

En ese momento, como si hubiéramos estado conjurándola, entró La Bella. Era cierto lo que Fabián había dicho: estaba más hermosa que la mujer más hermosa del planeta. Sí habían pasado los años por ella, pero sin demacrarla. Tenía ese aire enigmático de siempre, muy profundo. Todos nos levantamos a besarla, a saludarla, a enseñarle nuestra vejez. Besos, abrazos, apretones de manos. Al fin, saludó a Fabián con un beso en la boca. Nos quedamos atónitos. Morales se atrevió a reclamarle:

—¿No que solo la habías visto tres veces? —era increíble, pero después de tantos años seguíamos sintiendo celos de Fabián. La Bella era nuestra (de cada uno y de nadie, como todas las mujeres hermosas).

—Ayer —explicó La Bella— Fabián y yo volvimos a encontrarnos. O mejor: por fin nos encontramos. Aunque un poco viejos ya, podemos intentarlo, ¿no crees, Morales?

—Bueno, es que.

—Amparo y yo pensamos casarnos —dijo Fabián. Ya nadie recordaba el nombre de La Bella, y al principio pensamos que se trataba de otra persona—: ustedes serán los primeros invitados a la boda.

Esa noche bebimos, intentamos olvidarnos de nuestros respectivos fracasos frente a Fabián, nuestro héroe. El único que había cumplido sus sueños. No supe más hasta hoy, en que usted llega a preguntarme sobre su vida. Usted dice que ha sido una gran pérdida para las letras del país y me explica —si es que acaso alguien puede justificar lo imposible— sobre el accidente de Fabián y La Bella. Me dice que fue al salir de la cena, que fue en el coche de él. Y yo no puedo creerlo. No es posible. Se trata también, señor, de una gran pérdida para nosotros. Desapareció, con Fabián, la mujer más hermosa de la Tierra y eso, usted podrá comprenderlo, no puede aceptarse fácilmente.

Un pequeño mundo cerrado

No sé por qué voy a contarles esta historia; desconozco las causas que me impelen a escribirla; ignoro cómo se me han entretejido los recuerdos; no logro comprender qué tiene que ver la botella de lavanda que encontré en el clóset con la historia de Lucie. La conocía hace tiempo, cuando empezó a vivir con Jorge en su departamento de la Avenida Reforma. ¿Tendrá quince, dieciséis años de todo esto? La memoria hace que uno olvide lo que no desea retener: los recuerdos languidecen y se escurren por el hueco de la puerta, y olvidamos: «olvidé». Porque no volví a ver a Jorge después de los hechos, porque el rostro hermoso y angustiado de Lucie se fue desvaneciendo de mi vista, porque yo también tuve mis pequeñas tragedias —ínfimas comparadas con la de ellos, claro—; porque el olvido te permite seguir viviendo. No sé, solo que hoy esta lavanda me trajo de golpe los ojos de Lucie, el cabello de Lucie, las lágrimas de Lucie aquella tarde en que acompañaron a una lluvia tenaz como el dolor, persistente como la nostalgia.

Y ahora, de golpe, inevitablemente, voy a escribir esa historia, voy a contar lo que pasó para decírmelo a mí, para explicar mi relación en todo esto. Jorge y yo trabajábamos en un pueblo cercano a la ciudad; habíamos instalado una compañía de perforación de pozos profundos y por esa época, afortunadamente, un contrato con el gobierno mantendría a flote el negocio y nos permitiría vivir cómodos por un tiempo. Nos conocíamos desde la universidad; estudiamos la misma carrera, hicimos la tesis juntos y, sin decírnoslo, sabíamos que el destino final era trabajar en un mismo sitio. No puedo decir que éramos amigos íntimos, no. Jorge siempre fue demasiado reservado y me costó casi dos años saber un poco de su familia, entender que su soledad no era buscada y que de no ser por la beca no podría estar estudiando en la universidad. En una palabra, que sus padres no vivían y que no tuvo hermanos. No había nada más que contar y Jorge volvió a su habitual mutismo. No salía, no le conocí novias hasta Lucie, no invitaba a nadie a su pequeño cuarto. Después de la licenciatura no lo vi por un tiempo, y un día el teléfono sorpresivamente me lo regresó. Reconocí la voz, la parquedad de las frases. Había trabajado duro esos años —dijo— y quería proponerme un negocio. Juntamos algo de dinero y así nació nuestra compañía de perforación de pozos. Jorge compró un departamento grande y yo un coche pequeño. Le ayudé a amueblarlo y, poco a poco, empecé a pasar grandes temporadas con él. Ni esa aparente intimidad nos hizo más comunicativos; me dirigía la palabra solo para cuestiones prácticas relacionadas con el negocio. En verano fuimos a la playa y ahí conoció a Lucie. Un buen día, mientras estaba durmiendo la siesta, me despertó por el teléfono diciéndome que le prestara el coche para regresarse a la ciudad; había conocido a una mujer que se iba a vivir con él. Cuando subió por las llaves se veía feliz, irreconocible. Es francesa, me dijo, se llama Lucie.

Me quedé por unos días en el hotel, disfrutando de la playa y descansando. Al regresar a casa telefoneé a Jorge.

Me contestaron en un español deficiente, supuse que Lucie. Pudimos entendernos algo y quedé de ir a cenar esa noche con ellos. No me podía imaginar a Jorge acompañado, haciendo pareja, compartiendo sus días con alguien. Me vestí elegante y me puse una loción de lavanda —ahora empiezo a ver la relación—. Conocer a Lucie fue algo inolvidable; Jorge seguramente diría lo mismo. Era una muchacha dulce, con algo de conejo asustado. No era pequeña ni alta, más bien como recortada, hecha en un molde, perfecta. La playa la había bronceado y se veía más hermosa. Jorge seguía contentísimo, mágicamente cambiado. Pensar que luego hubo un comentario, traducido parcialmente por Jorge, que me hizo ver que no podía durar el asunto. Lucie era una muchacha conflictiva, había estado dos veces internada —por su propio pie— en un manicomio y ahora, por este periodo, se sentía curada y quería empezar una nueva vida. Se amaban, eso era indudable. No he conocido una mujer que ame tanto a un hombre como Lucie a Jorge. Por la lógica del trabajo nos veíamos frecuentemente, aunque no tanto como yo hubiera querido: platicar con Lucie se hizo una necesidad. Como Jorge se pasaba todo el día con ella y no iba a la oficina, era yo quien se tenía que echar todas las horas de trabajo. Fueron meses así en los que Jorge se presentaba a cobrar y punto. Lo veía los fines de semana cuando comía con ellos. Un día —una comida informal, algún restaurante francés— los tres discutimos sobre el amor. Lucie fue la más contundente —quizá por ser la más enamorada— y al hablar de los celos dijo que mataría sin piedad a cualquier mujer que quisiera estar con Jorge. Reímos, pero no era una broma. No había, sin embargo, nada que pudiera hacerle ver a un observador, ajeno como yo, que las cosas estaban cada vez peor. A la semana siguiente, Jorge llegó con dos heridas enormes en la frente. No quise preguntarle qué había sucedido. Él —se había tornado comunicativo desde el inicio de su relación— me lo explicó: un cenicero, Lucie enfurecida porque llegó muy tarde a casa. Para este momento, vale la pena apuntarlo, el español de Lucie era casi perfecto y se había adaptado maravillosamente a la nueva vida. La casa estaba abarrotada de libros en francés y en alemán que había mandado pedir. Esa tarde, sin que Jorge lo supiera, fui a verla. Lucie me recibió afectuosa, dándome un beso cariñoso, humedísimo. Su cordialidad me desarmó y no pude hablarle de lo que en realidad venía a comentar: el incidente del cenicero. La mesa estaba llena de notas, libros, hojas sueltas y una máquina de escribir decididamente nueva en el ambiente (Jorge era casi ágrafo y en nuestros años yo tuve que escribir todo). Le pregunté a Lucie por esas cosas. Me explicó que estaba escribiendo un libro en francés. ¿Una novela? No, un ensayo sobre la muerte. Lucie sonrió y vino a sentarse a mi lado. Entonces llegaron dos confesiones: estaba segura de que Jorge la engañaba y tenía miedo de su propia reacción si comprobaba que era verdad. Intenté persuadirla; después de todo yo conocía a Jorge mejor que nadie. No sirvió de nada. Salí triste del departamento. Un aire premonitorio y pesado había terminado por deprimirme.

Por varios días no quise tocar el tema con Jorge y me cuidaba de que no se me escapara nada que lo anunciara. Pero no pude más. Se rio. ¿Cómo era posible que yo, su mejor amigo, fuera a creer esas estupideces? No, no andaba con nadie, demonios. Dejé de ir por un tiempo a su casa. Me consternaba la destrucción de ese ambiente que había sido tan propicio para Jorge, y quería lo suficiente a Lucie como para temer cualquier consecuencia violenta. Porque Lucie, ahora que lo pienso, era una mujer frágil. Y eso es lo peor: no poderse sostener, ser insegura como veleta. Una llamada de Lucie me hizo desistir y acudí como quien va, ya, a un funeral. Me explicó que desde hacía tiempo Jorge no comía con ella, llegaba tarde. Incluso dejó de ir a casa dos días seguidos sin avisar. Inventé que tuvo que salir a firmar un contrato a la sierra, que no había manera de comunicárselo en esos pueblitos alejados. No me creyó, porque eso también sucede con las mujeres frágiles: sus inseguridades sostienen sus precarias certezas de cartón. Me dio pena Lucie. Le pregunté por su libro. Hasta eso me sale mal, dijo, está parado. No puedo seguir mientras no resuelva este problema con Jorge —pronunciaba su nombre tiernamente— y tenga al fin algo de paz. Quince o veinte días después Jorge llegó alarmado, angustiadísimo. Quería que internáramos a Lucie en un sanatorio, me aseguraba que estaba mal, que podría cometer cualquier locura, que no respondía de sus actos. Los celos la han enloquecido, dormimos separados, me avienta todo lo que encuentra a su alcance, dice que soy un egoísta, un idiota, un cobarde. Yo no podía secundar sus ideas, no me imaginaba a Lucie torturada en los muros de una celda de castigo, encerrada. No. Le propuse que se fueran de vacaciones a la playa, al lugar donde se habían conocido. Pensé que eso podría dar resultado. Cuando Jorge se lo comentó, Lucie aceptó de buena gana. No volví a verla.

Tres días después tuve que presentarme ante el Ministerio Público. Tenían a Jorge en la cárcel. Al parecer había asesinado a Lucie. Estallé, me dio asco; empecé a llorar amargamente, sin poder creerlo del todo. Pero era cierto: estaba atada de piernas y manos y tenía una bolsa de plástico cubriéndole la cara. Cuando me lo contaron, con la frialdad de los reportes policiales, tuve que vomitar. Me puse muy mal. No podía creerlo, no era posible. Jorge alegaba a su favor —asegurando que su esposa se había suicidado— una nota. Decía: «Mira tu obra: esto es lo que has hecho con tu infidelidad, con tu egoísmo, con tu vanidad». La policía pensaba que el propio Jorge la había escrito.

Yo lo conocía bien, por eso me preguntaron tantas cosas. Pero por su propia reserva, nada de lo que yo decía era una prueba contundente de su inocencia. Casi al terminar la entrevista recordé el libro de Lucie y les conté lo que sabía. Eso fue lo que salvó a Jorge. Encontraron en el departamento las hojas de los primeros capítulos del ensayo de Lucie. Una vez traducidas, Jorge fue declarado inocente. El libro de Lucie sobre la muerte era en realidad un tratado sobre el suicidio o, más bien, un manual de las técnicas más eficaces para suicidarse, según el carácter del necesitado. En las últimas hojas del borrador describía minuciosamente las operaciones que habrían de seguirse para tener una muerte como la de ella, para suicidarse así. Las manos amarradas colocaban la bolsa de polietileno y luego se las pasaba hacia atrás de la nuca, inmovilizándolas. Si el suicida decidía no morir o si no le era posible resistir los dolores de la asfixia, de cualquier forma no tendría manera de quitarse la bolsa. Convencidos de la ingenuidad de Jorge, lo dejaron suelto. Estaba deshecho; poco habría importado que hubiera seguido preso. Recogió algunas cosas, me pidió que le diera el coche y un poco de dinero como su parte en la compañía y desapareció.

No había vuelto a pensar en esto. El dolor se fue mitigando por el tiempo y un buen día me di cuenta de que estaba olvidado, o sepultado. Pero la lavanda me lo trajo de nuevo a la memoria. Y ahora que lo pienso nunca me había desentendido del todo de la historia de Lucie. Había soñado, incluso, las escenas de su muerte con una obsesión enferma, las había reflexionado, imaginado, pensado, y siempre, siempre —igual que en estos momentos en que lo escribo— no puedo dejar de ver a Jorge amarrándola, no puedo sino verlo así. Tal vez hasta diciéndole que ella se lo había buscado. Recuerdo los ojos de Lucie y no me es posible dejar de sentir las manos toscas de Jorge asfixiándola antes de salir a solicitar la cuenta.

Amores enormes

Para Indira, por lo que queda por decir
Y para Nuria, por lo que le queda por hacer

Me amarán, pues yo amo más allá de todo orden.
Para todo estoy listo, por la suerte de todos.
Y no conozco nada de nada del futuro,
pero amo por amar y moriré de amor.

Paul Eluard

Si acaso me contradigo
en este confuso error,
aquel que tuviere amor
entenderá lo que digo.

Sor Juana

Apólogo con elefante

Para Fidel y Valentina
Sierrita de Sto. Domingo, Managua

Esa tarde fue la primera vez que vimos pasar al elefante. Susana me lo describió a gritos desde la ventana. En su emoción no había reconocido de quién se trataba: yo pude hacerlo. No sé si todos los elefantes sean tan extremadamente parecidos que pueda diferenciárseles. David tenía unas arrugas más marcadas debajo de los ojos, y su mirada ancestral, como los volcanes, siempre estaba perdida en el pasado remoto de sus abuelos cuaternarios. Lo vimos moverse con calma, como apenado de llevar todos esos kilos encima y entonces fue que le dije a Susana de quién se trataba.

Un mes antes de ese día llegó al pueblo un circo pequeño y viejo, y papá nos había llevado a Susana y a mí. Recuerdo que las dos cosas que más me impresionaron fueron la mirada tierna y lejana de David y la sonrisa macabra de Chispita, un payasito enano, cuya dentadura dejaba ver —así soñaba yo— el fondo oscuro de su alma. Susana, que siempre fue más ingenua que yo, salió feliz y papá le compró un algodón de azúcar.

La tarde que vimos pasar al elefante estuvimos atentos a cualquier cambio o noticia que nos explicara esa extraña y pesada aparición. El mundo de los adultos a la edad de

Susana y mía era incomprensible —lo sigue siendo ahora que somos viejos— y misterioso, pero de cualquier modo era en ese universo de gritos y fiestas de donde obteníamos nuestra información más valiosa sobre la vida. En la noche, ya con las lamparitas apagadas, pude reconstruirle a Susana la historia:

El dueño del circo era Zorak, el domador, y se mantenía de las escasas ganancias de pueblo en pueblo. La trapecista y el enano —hoy que lo recuerdo me parece ridículo— eran amantes, y asesinaron a Zorak para quedarse con el negocio y estar a gusto. Después habían desaparecido.

Dejaron a su paso por el pueblo dos o tres tardes divertidas, el cadáver de un domador y, con sus prisas, las tiernas toneladas de David.

Hubo muchas discusiones en el pueblo —según supimos más tarde— sobre qué hacer con el elefante. Desde los regidores del partido conservador que pensaban que lo mejor era sacrificarlo y adornar así la sala de juntas del palacio municipal con un trofeo de caza urbana; hasta los liberales que tenían mayoría en el Concejo, y cuya moción de libertad triunfó. Como consecuencia de esta decisión política el pueblo tuvo que acostumbrarse a David, y Susana y yo a verle pasar frente a casa todas las tardes y echar abajo su cuerpo con un estrépito que pasó del temor a la costumbre para comerse unos plátanos que Susana le cortaba y beberse con sonoro agradecimiento una cubeta de agua.

Así lo exótico se volvió habitual. Despertar a las cinco de la mañana con las pisadas lentas de David; ir los domingos al parque para que nos salpicara de agua moviendo su trompa; y caminar con su protección y sombra por las calles del pueblo. Dicen que ya para ese entonces se habían escrito gloriosos versos en su honor, y por un bando del presidente municipal David había sido nombrado monumento de la nación, y estaba prohibido, so pena de muerte, molestarlo o subirse en él.

Nos acostumbramos a la presencia de lo gigante en este pueblo reducido. Las copas de excelentes dimensiones de los laureles eran pequeños arbustos, y las casas dejaron de extenderse en una planta para crecer hacia arriba, hasta los cuatro o cinco pisos. Nadie pensó que David modificaría tanto nuestras vidas.

Ahora, aun cuando han pasado tantos años, nuestros recuerdos siempre habitan el camino del elefante, de nuestro David; quizá marcó de tal manera nuestra vida que ningún hecho, por más asombroso o mágico, nos parecía siquiera digno de tomarse en cuenta frente al único suceso hermoso de nuestra vida: la presencia, cortada de tajo, de pronto, por el mismo azar que nos la puso en la vida.

David y yo nos fuimos haciendo amigos, grandes amigos que se veían una vez al día. Recuerdo con mucho cariño aquel día que los tres fuimos al campo. Pasamos horas junto al río, comiendo cacahuates y bebiendo agua de horchata. Al regresar, el pueblo estaba preocupado: la policía buscaba a David, los políticos temían verse removidos de sus cargos, y si no hubiéramos sido apenas unos niños la cárcel hubiera sido nuestra casa por unos buenos días.

El pueblo empezó a inventarse los recuerdos. La historia comenzó a contarse con límites cronológicos precisos: antes y después del elefante. Pero lo que ninguno pensaba ni contaba era el amor. Un día sin más David amaneció enamorado de Susana. Ella lo quería, por supuesto, y le dejaba que la acariciara con su trompa proverbial. No sé cuánto tiempo duró el cortejo, pero recuerdo las tardes en que a la sombra de los árboles Susana y David contemplaban la profundidad de sus almas. Un día, de nuevo sin más, David amaneció en brama y con la incontenible pasión de sus tres mil kilos tiró palmeras, destruyó uno a uno los coches que se interpusieron entre él y Susana. La ciudad estaba devastada cuando llegó a la casa y subió la escalinata de la entrada, tirando la magnolia que tanto gustaba a mamá. Un estrépito desvió nuestro habitual juego de damas, pero cuando quisimos detenerlo era demasiado tarde: había acabado con la sala, y el trastero, lleno de vajillas de porcelana, cayó al suelo haciendo añicos los sueños de todos nuestros antepasados. Qué iba a poder hacer el jueguito de té frente a las uñas gigantescas de David.

Susana, como en esas historias de unicornios, fue la doncella que aplacó a la bestia. Nos miramos con tierna complicidad, sabiendo que lo único que nos quedaba era lo que no queríamos hacer. Susana se llevó a David afuera del pueblo, destruido por la pasión, hasta la orilla de un pantano cuyas aguas prohibidas siempre hablan sido escenario de nuestros juegos. Y ahí (subida en una balsa que construimos el verano anterior), llorando, nerviosa, hizo entrar a David al agua fangosa donde se hundió rápida, triste y desconsoladamente.

Esa fue la última tarde que vimos al elefante, pero aún ahora seguimos oyendo —¿verdad Susana?— sus alaridos de amor, cuando ya moribundo sepultaba su pasión en el lodo que lo desapareció.

La inutilidad del amor

Unsex me here
and fill me from the crown to the toe top
full of the direst cruelty.

Lady Macbeth
(SHAKESPEARE, *Macbeth*)

Para Rosalina

Había una vez un hipopótamo filósofo. Adquirió su doctorado en la Universidad de Pretoria, aprovechando las confusiones raciales en Sudáfrica. Pero, como todo filósofo, no consiguió trabajo. Se retiró nuevamente a la selva. Su «apartheid voluntario», como él lo llamaba, consistía en un repertorio de gestos filosóficos considerados útiles: pensar, como decía su maestro Pascal, era un tic, y él vivía de forma permanente con esa inquietud: la inmovilidad es sinónimo de la muerte.

Habremos de tener en cuenta que por sus características físicas el hipopótamo no es, precisamente, un ser móvil. Transportar esas rugosas y húmedas toneladas significa un gasto grande de energía. Sin embargo Armando combinaba su obsesión, pensar, con un pasatiempo peligroso: la espeleología. Internándose en lo más profundo de cuevas y grutas encontraba otro sentido a su vida. Y ahí, enfrentado a la oscuridad —nuestra primera madre— regresaba a la infeliz infancia de la humanidad, conociendo los más intrincados secretos del alma.

En ese entonces —desviando un poco las reflexiones sobre filosofía del lenguaje que le permitieron doctorarse con su tesis: *El juego: esa otra lengua*— leyó un opúsculo extraño de su maestro francés: el amor en nuestras vidas es la fuerza de los actos. Así, decidió relajar su corazón —ese músculo absurdo— y esperar lo inevitable. Como el amor no se piensa —se siente, según Pascal—, un día Armando encontró la belleza y la perfección absolutas en una hipopótama del pantano. Los primeros días estuvo más seguro que nunca de que Pascal estaba en lo cierto: amar sin decirlo produce sufrimientos, pero también un placer enorme: ser para otro, sin que el otro lo sepa.

Seis semanas después el asunto ya estaba declarado y en la coincidencia astral de ese mes —era luna llena— las aguas densas y fangosas del pantano se estremecieron con la pasión incontenible de los dos amantes. Probablemente quien lea esto nunca haya pensado cómo hacen el amor dos hipopótamos: ruido, violencia, lentitud; lentitud, ruido, violencia; violencia, lentitud, ruido. Ocho horas duró el cortejo, cuatrocientos ochenta minutos de éxtasis. Pascal no se equivocaba, soñó Armando en la mañana, reponiéndose del esfuerzo nocturno: el amor es la felicidad de la vida.

Pasó algo de tiempo. Su actitud contemplativa, que lo había hecho famoso en sus épocas de estudiante, lo hacía caminar por la selva, viendo cómo las hipopótamas llevan a sus crías en la espalda; sentir el calor en su piel, como una canción pegajosa. La vida era amar, pensar y dormir.

No todo es eterno, sin embargo. Un día, en que paseaba solitario reflexionando sobre el *Ensayo sobre la libertad de la voluntad* de Schopenhauer, sintió una punzada en la rodilla y solo pudo alcanzar a ver las plumas artificiales del dardo adormecedor. La vida —su vida— dio un brinco gigantesco. En medio del salto hubo un gran paréntesis, llenado solo con narcóticos. Diez días dormido mientras lo trasladaban al zoológico de Chapultepec, donde escribiría lo más citado de su producción filosófica.

El amor se desvaneció —y normalmente es muy difícil que un hipopótamo pierda de vista a su amada— y el optimismo que caracterizó sus primeros escritos giró en redondo hacia su otro autor preferido. Reflexionando sobre la muerte, gracias a Montaigne, se sumió en un profundo nihilismo. No le fue fácil adaptarse al charco que tenía por pantano, ni a ver pasar frente a él —con un barandal verde de por medio— a cantidades infinitas de curiosos. Un filósofo siempre es un ser tímido. Armando no resistía las miradas de los niños, ni los gritos. Tuvo que dejar, forzado por las circunstancias, la espeleología y terminó por no pensar.

Se imaginan: un día decidió que el único gesto filosófico que se permitiría era el de escupir agua por sus fosas nasales cada número determinado de segundos. Había escrito seis libros; publicado una edición anotada de el *Ensayo sobre el entendimiento humano,* de Locke; pero también decidido no escribir más. Otro Rimbaud, se dijo de sí mismo. Hoy lo recordamos precisamente por haber iniciado la escuela posmoderna de pensamiento conocida como *Filosofía de la inutilidad.* Los libros de estos autores fueron muy vendidos, ya que eran baratos de editar: unas cuantas hojas en blanco. Sin embargo la gente dejó de leerlos por repetitivos, y hoy a Armando se le recuerda solo por ese gesto filosófico máximo: ffhhhhrrrrr, hacía el chorro de agua al deslizarse por sus fosas nasales: precipitándose al vacío, la nada, la imposibilidad.

Leyendo a Moby Dick

Para Guillermo

Soy una ballena gris. Cada invierno llego a Baja California. Se dice fácil, ¿no?, pero para lograrlo tengo —tenemos los cientos de gigantes peregrinos que hacemos la travesía— que atravesar diez mil kilómetros, partiendo desde el Océano Ártico, cerca de lo que llaman el Estrecho de Bering.

No, eso no sirve. Tengo que ser más preciso: soy una ballena gris que acude en este invierno a un rito. Los científicos lo llaman celo, y a sus inevitables consecuencias: reproducción.

Tampoco va directamente al grano. De hecho les he estado mintiendo. No soy una ballena gris, sino un ballenato. La precisión es útil porque la historia de este viaje forzoso está condicionada por mi vulgar aspecto de adolescente. Llego a la parte más difícil de aceptar, pero tengo que ser sincero: vine a cuidar a mamá.

Sé que no es sencillo aceptarlo. Tantas lecturas sobre ballenas han transtornado la imaginación humana. Ni Pinocho o Jonás nos han hecho tanto daño, sin embargo, como los barcos balleneros: aceite, uso de nuestras vesículas biliares para curaciones, bigotes para limpiar —en China— pipas de opio, e incluso nuestros órganos sexuales, utilizados como afrodisiacos. No puedo soportar la idea de que mi bisabuelo haya muerto para ser convertido en tanta vanidad.

Como se habrán dado cuenta, me he ido —de plano— por la tangente. No es de problemas ecológicos, aunque estén de moda, de lo que quiero hablar. Capto rápidamente la relación: mi libro favorito, como ya ustedes habrán supuesto, es *Moby Dick.* La guerra contra una ballena, y su defensa final —su estoicismo— es en realidad un pretexto para mi empresa.

En esta otra guerra mamá no sabe —y no quiere— defenderse. Alguien, entonces, tiene que tomar la iniciativa, «agarrar a la morsa por los colmillos», como se dice. Debo ser más claro para no poner en peligro mi heroicidad: soy un ballenato que lucha por que su madre no tenga relaciones sexuales. Disculpen la brusquedad con que lo digo, pero no tengo otra manera de expresarlo. Sí, sí, ya lo sé: van a salirme con el rollo de Freud: soy un ballenato edípico, y todas las enfermedades sicológicas se curan. El método —según me han dicho— no es tan difícil. Uno se acuesta en un diván —en lugar de hacerlo en la barra de un bar— y empieza a hablar de sí mismo, como lo haría un borracho. La enfermedad es vencida cuando el paciente acepta su complejo. Ese es precisamente mi problema: yo sé que estoy enamorado de mamá, y me repugna que el gordo idiota que la corteja vaya a salirse con la suya.

Mi abuelo me contó que en la Segunda Guerra mundial nuestra participación fue decisiva. Durante, y unos días antes del bombardeo a Pearl Harbor, los norteamericanos captaron cientos de señales submarinas y se sintieron sitiados por la rasgada armada japonesa, cuando en realidad se trataba de nuestro canto. No soy como otros animales que carecen de voz. Yo sí puedo ir con ese tipo y «cantarle claro» que no voy a aceptarlo como amante de mamá. Aunque eso no serviría de nada: él ya estaría pensando en Ensenada, el calor, la playa, y su respuesta sería solo una sinfonía amorosa —desafinada, claro— dedicada a mamá.

Las ballenas —voy a contarles una intimidad— somos irremediablemente miopes, así que son esos sonidos rebotando los que nos permiten comunicarnos. Al llegar a la laguna Ojo de Liebre empezarán los cantos amorosos y yo tendré que participar en un acto que me repugna. Desde que el sida amenaza a las especies, nuestro papel es más difícil. Me explico. Para los hombres hacer el amor es sencillo: lo hacen y ya. Las ballenas requieren de tres ingredientes: paciencia, experiencia y ¡un ayudante que, sumergido en el agua, los ayude a salir a flote cada determinado tiempo! En este caso se supone que mamá se tenderá de lado, el tipo hará otro tanto, y yo pasaré por la peor humillación de mi vida. Ya estamos en San Diego para cuando anoto esto, así que en tres días tendré que tomar una decisión. Dos opciones me restan: matar al amante o quedar en el papel de tercero, de estúpido.

Vale una reflexión pequeña: una ballena no se separa de su madre en siete meses y se alimenta con ciento cincuenta litros diarios de leche de sus mamas. Después, es lógico que se enamore de su madre.

Todas las parejas, se entiende, viajan acompañadas de algún ballenato, o alguna ballena vieja que los ayude, aunque las ancianas encallan después y mueren. Todos sabemos qué es lo que nos toca hacer, cuándo y dónde: lo hemos ensayado en el Polo hasta el cansancio y ahora tenemos que cumplir con nuestro deber solidario para la especie. El viaje no es solitario. En algunos momentos los ballenatos nos separamos y platicamos entre nosotros acerca de la travesía. No pocos perecen, de cualquier forma.

Ayer dejé mis reflexiones por un asombro. A otra pareja de ballenas la acompaña una ballenata hermosísima. No pude menos que extraviarme en la contemplación de sus incipientes curvas y declararle mi amor.

Claro que hay que esperar: los ballenatos no pueden hacer otra cosa que besarse, y por cierto Myrna lo hace maravillosamente. No cabe duda de que un clavo saca a otro clavo. Que mamá se quede con su regordete. No me importa más. Su vida es un papalote y puede echarla a volar. Con quien quiera, donde quiera. Nunca entienden las mujeres lo que les conviene y lo que no les conviene. Yo los ayudaré en su acto sin preocuparme ni ponerle mente y quizá el próximo año vuelva a atravesar estos diez mil kilómetros con Myrna —vale la pena—, y la playa, Ensenada, el calor, ustedes saben, ¿no?

El poder de la mirada

Para Paco, Jaime y Gabriel,
mis amigos, mis cómplices

No todo exceso es malo. Es más: todo con medida hace estéril la imaginación. Dos extremos me permiten contarles esta historia: el alcohol y el cuello.

Pero comencemos por el principio ya. Raúl es un viejo amigo y nunca tiende a la confidencia íntima. Su timidez natural le impide que los secretos afloren de su boca, como símbolos de códice náhuatl. Sin embargo el calor de un buen whisky —de cantidades navegables de buen whisky— puede volver parlanchina hasta a una zanahoria. Raúl hizo un ademán, y la plática sobre cualquier cosa típica del bar se detuvo. Anunció que nos iba a contar una historia sorprendente. Los tres borrachos que tenía por auditorio volteamos a verlo y ni siquiera pedimos un trago durante todo el relato. Todos compadecimos a nuestro amigo, y la ronda siguiente borró toda huella del recuerdo.

Raúl vive junto a un restorán de acamayas cuyo original nombre: *Acamayas,* parpadea harto del neón durante toda la noche. Ahí, como trofeo viviente de la curiosidad, el dueño tiene una jirafa que junto con los columpios entretiene a los niños, que dejan comer a sus padres tranquilos. Hoy abundan estos negocios sin necesidad de niñera. Y así, entra en nuestro cuento el segundo exceso: la inusitada longitud del cuello de la jirafa, Josefina, por todo nombre (los animales no necesitan apellido) se inclinaba a la izquierda, lo que le permitía observar por encima de la barda de casa de Raúl. Hasta aquí no hay nada que lamentar. La vida sexual de Raúl, sin embargo, ha vivido grandes sobresaltos.

Dejémoslo por un momento y pensemos en Josefina. Desde ella la historia es más lógica y mas cercana:

Cuando se vio viviendo en ese negocio de *Acamayas,* independientemente de la generosidad alimenticia del dueño, se dio cuenta de que el reducido espacio la obligaba a usar su mirada como modo de conocimiento. Hacia adelante la calle; una veloz serpiente de coches la aburría enormemente. Hacia atrás la fría impersonalidad del concreto de un edificio la helaba. A la derecha el humo de la cocina del restorán. Solo le quedaba la izquierda: Raúl.

Empezó por reconocer el largo jardín verde: la banca, la fuente, los macizos de rocas. Una semana después, asomándose más descaradamente, se abrió a sus ojos una alberca azulísima. Aunque había nacido en cautiverio, ciertos cromosomas le decían que así eran los oasis. Josefina le llamó entonces su «pequeño oasis». Y a los trece días, tal vez marcada por la fatalidad del número, alzó la vista y pudo ver —con sus entrenados ojos de voyeur— la recámara. La desnudez de la pareja no pareció importarle en un primer momento. Solo cuando, de pie, abrazados comenzaron a besarse, Josefina comprendió lo que sucedía; que para ella era lo que no sucedía: una carencia. Desde ese momento buscaba la oportunidad para contemplar a su pareja transportándose a un paraíso de palmeras y árboles con copas gigantescas. En las mañanas, pudo hacer casi una estadística, hacían el amor al despedirse. Raúl iba al trabajo y su mujer salía a la alberca, donde asoleaba su cuerpo pequeño. Medio día: a veces no, a veces sí, Raúl llegaba y, desvistiéndose en la orilla de la alberca, buceaba hasta encontrar el cuerpo de su amada. En la noche, aunque no siempre alcanzaba a verlos, oía sus respiraciones agitadas y podía reconstruir la secuencia del acto.

Asistía, entonces, al teatro dos veces diarias. Obsesionada por el amor, o por la falta de amor, empezó a notar su excitación cada que la pareja estaba junta. Su mirada de periscopio vio la ausencia de Raúl, sin saber que se trataba de un viaje de negocios, y la vida dejó de importarle. Una semana después el dueño del negocio la vendió: ya no entretenía a nadie, echada y llorona.

Volvamos a Raúl. Regresó. Su mujer estaba en la piscina y ya ustedes se imaginan lo que pasó. O mejor: lo que hubiera pasado.

Desconsolados lo intentaron nuevamente en la noche. Nada pasó. En realidad les faltaba Josefina. Ella fue la primera en notarlo: «Es la maldita jirafa. Me había acostumbrado a que nos viera todo el tiempo, y ahora». Raúl investigó y supo que la habían vendido a un zoológico.

Quiso arreglar el problema comprando una enorme jirafa de peluche que acabó de separarlos. Dos semanas después, sin que hubieran podido hacerlo, mediante una fuerte suma de dinero Raúl consiguió que el zoológico le vendiera la jirafa. Josefina ya estaba con ellos: en su anhelado jardín verde, con su oasis, banca y fuente, y ellos pudieron volver a amarse.

Mirar, ser mirados. De la vista nace el amor, dicen. Imagino a Josefina estirando su enorme cuello y asomando sus ojillos por la ventana mientras Raúl y su mujer gozan y sueñan el paraíso, en un instante de sus cuerpos, un sudor, una lágrima, un quejido.

La mitad, siempre la mitad

Para Hugo, con un abrazo de hermanos

Cuenta Chuang-Tzu que un monje budista le narró la más enorme historia de amor que sus oídos registraron. Escribe:

«En mis viajes por la zona meridional de China, predicando la inacción, conocí a un extraño monje lama que cumplía un largo castigo. No mucho tiempo después de ese encuentro, Koichi me platicó sus experiencias en el monasterio. Había un monje que dormía con él. Se trataba de un oso de collar, o tibetano, cuya dieta de verduras y su hermético carácter lo habían hecho merecedor del estudio y la iluminación lama. De todos los aspirantes al zen era él el más apaleado, vapuleado y castigado. Padecía de una enfermedad extraña en su especie, la hiperhibernación, o lo que es lo mismo, en vez de dormir unos meses al año, lo hacía la mitad, siempre la mitad de cada minuto. Desde muy pequeño fue difícil para él comunicarse con los demás, y todos terminaban por aburrirse de su conversación espasmódica. Un día leyó en el periódico: "La fe es no preocuparse" y, como si se tratara de publicidad para el alistamiento en la marina, decidió —con todas sus fuerzas— ingresar al monasterio. Tardó semanas, mediante severos ejercicios, en dominar la técnica de la meditación, y al final fue aceptado.

»A los seis meses, cuando ya los aspirantes han dominado su ser y llegan al primer chakra, él aún seguía recibiendo los más fuertes palkazos por quedarse dormido en medio de los ejercicios. Sus mantras eran interrumpidos por el sueño. Sin embargo los sabios lo pasaron de nivel juzgando su naturaleza introspectiva, además de su dedicación y paciencia.

»En esa etapa, que para otros es siniestra e imposible, él resultó beneficiado con su facilidad. Cuando el maestro proponía el enigma, él contestaba a medias y era recompensado por su esfuerzo intelectual. Su Sensei le decía, con voz impersonal: "¿Qué es el Zen?" y el discípulo contestaba —porque era lo único que le daba tiempo responder: "Es". Pronto sus dotes lo hicieron sobresalir y le fue rapada la cabeza. Su máxima y última prueba fue responder al difícil: "Tienes una flor amarilla, te duermes y sueñas con una roja. Al amanecer es ya roja tu flor, ¿qué haces?" Nuestro monje bostezando, solo se disculpó: "Duermo de nuevo".

»Extraño su amor a la fe, su dedicación al yoga y su férrea lealtad al Budha. Pronto era ya monje y le fue pedido enseñar a seis jóvenes aprendices las técnicas de meditación. En su primera lectura les alcanzó a decir: "El tercer ojo". Y cuatro meses después los candidatos aún no sabían entonar un mantra completo. En lugar de oooommmmm, decían: oooooo. Los alumnos, con gran valor, se quejaron. La investigación indicó que el error era del maestro. Un castigo más en su historial. Fue enviado a las afueras del monasterio a recoger agua. Regresó seis días más tarde y fue vuelto a castigar por su tardanza. La nueva pena consistió en encargarse del jardín. Era fama que en la alta cordillera del Himalaya mantener los cientos de rosas del monasterio era una labor titánica. El jardín más hermoso del Tíbet solo precisó quince días en manos de nuestro monje para parecerse al desierto del Sahara. Y entonces sobrevino el mayor descenso. Tenía que pasar seis meses mendigando en la China. Al terminar su relato, Koichi volteó su colosal y velludo cuerpo y, mostrando su extraña calva, me dijo: "Venerable Chuang-Tzu, han pasado tres meses de mi penitencia y con mucho amor a Budha y meditación he sido iluminado y curé mi enfermedad. Ahora solo hiberno cada media hora". Después se quedó dormido».

Amores enormes

En lo más alto de una meseta de Nepal se alzaba sobre unas rocas un Rinoceronte Feliz. Era robusto, cubierto de una piel seca y dura como la piedra. Lo admiraban enormemente.

—Es tan fuerte como un dragón —observó un campesino que pasaba por ahí.

—¿Por qué no eres como el Rinoceronte Feliz? —le decía una madre a su hijo, que lloraba frente a un insípido plato de arroz.

—Parece un sabio —dijo un maestro de escuela al salir de clase.

Una noche una golondrina voló velozmente hacia Nepal, en su camino para Egipto, donde pasaría la primavera. Venía de sufrir una fuerte decepción amorosa al enamorarse de un gorrión de tela que colgaba de un balcón en una casa de Mongolia. Al verlo tan bello y solemne, la golondrina, que siempre iba directo al grano, le dijo:

—Te amaré.

Movido por el aire el pájaro de tela le hizo una reverencia, y su enamorada pareja voló a su alrededor. Las demás golondrinas la veían como una chiflada, y en el otoño iniciaron su migración. Al sentirse sola ella pensó:

—Ni siquiera sabe cantar y puede ser infiel, porque coquetea con el viento.

Como además su amante era hogareño, ella alzó al fin el vuelo. Cuando ya era noche se detuvo en el Rinoceronte para refugiarse hasta la mañana y se dispuso a dormir. No bien se había cobijado le cayó una gota en un ala. No podía llover en esas épocas. Cuando se trasladaba a un lugar más seguro, le cayeron otras dos gotas, y entonces se dio cuenta de que el Rinoceronte lloraba.

—¿Quién eres?

—Soy el Rinoceronte Feliz. —Y entonces, ¿por qué lloras? Me mojaste.

—Siempre he estado triste, y como no me muevo la gente me ha llamado así, tarareando las *Polonesas* de Chopin y sin poder tocar un piano. Hace años, cuando quise hacerlo, dijeron que era tosco, que lo rompería. Pero yo sé cada nota. Puedo repetir de memoria todos los conciertos de Beethoven. Mis padres tampoco me ayudaron nunca. He decidido morir aquí, sin moverme, en huelga de hambre, hasta que tenga un piano. ¿Podrías quedarte conmigo? Tendrías comida suficiente en todo mi cuerpo, y así yo dejaría de tener tanta comezón.

—Me esperan en Egipto —respondió la golondrina—. Mis compañeros están ahí.

Pero la mirada del Rinoceronte la convenció de quedarse una noche más y comerse todos los insectos de su cuerpo. Se dio un gran banquete y durmió toda la noche.

Ya sin ganas de que lo rascaran el Rinoceronte también cayó en el sueño.

A la mañana siguiente, al despedirse, le dijo que si no quería algo de Egipto.

—Golondrina, golondrina, golondrinita, ¿y si me ayudaras un día más a conseguir mi piano?

—Ya es invierno, pronto todo estará lleno de nieve. En Egipto hace sol y los cocodrilos contemplan las palmeras. Mis compañeras saludan a la Esfinge y pasean en Keops. Además, ¿cómo conseguiría un piano?

Por lástima se quedó un día más y platicaron largas horas. Él le contó sobre Chopin y le tarareó la *Polonesa* en Re Mayor. La golondrina se durmió de nuevo tiritando de frío. Al despertar y despedirse, el Rinoceronte volvió a decirle:

—Golondrina, golondrina, golondrinita, ¿me ayudarías otro día más? —Como el ave le había tomado cariño, pero no soportaba la idea de aunarse a la huelga de hambre con una huelga de frío, tuvo una mágica idea:

—¿Por qué no vas conmigo a Egipto? Habrá sol, mucho pasto y te conseguiré un piano. —Él accedió, e iniciaron la larga travesía. Por primera vez la golondrina viajó en primera clase, sentada en el Rinoceronte, aun a costa de la lentitud. Conversaron sobre las maravillas de Egipto: las pirámides, los sarcófagos, el Nilo. Cuando llegaron, la golondrina aprovechó la arena del desierto y dibujó con su pico un piano, poniendo piedritas en las teclas negras y coco en las teclas de marfil. Cuando terminó su *Steinway* empotrado, el Rinoceronte tocó su *Polonesa,* y todas las golondrinas la cantaron: había una sincronía perfecta. Si las pezuñas del Rinoceronte tocaban do-re-fa, con la misma precisión y en el mismo tono de la escala, do-re-fa, las golondrinas cantaban a Chopin.

—Golondrina, golondrinita, me has hecho al fin feliz —decía el Rinoceronte mientras ella volvía a darse un banquete de insectos con sus amigas, las otras músicos de la orquesta.

Sin cabeza

Para Octavio, que lo sabe mejor

I

Señor Director:

Escribo al diario que usted dignamente dirige para corregir algunas de las imprecisiones que en su artículo del 5 de los corrientes el señor Miguel Ángel Granos hace sobre mi persona y mis investigaciones en física y astrofísica.

Primero que nada voy a contarle mi realidad. Soy investigadora nacional desde el año de 1976 y he publicado en su diario algunas contribuciones de divulgación científica. Su articulista dice: «¿Dónde está nuestro amor propio, que le hacemos caso a una charlatana argentina que no sabe ni dónde meter su cabeza?». Seguro se refiere a mi artículo de la revista *Ciencia y Tecnología* del mes pasado: «Los agujeros negros: una realidad explorable». Al señor Miguel Ángel, que —por supuesto— no es una autoridad en la materia, tendré que decirle que es una traducción del *paper* que publicó el *Astrophysical Journal* el mes pasado.

Por supuesto que mis teorías científicas causarán polémicas, pero no chismes clásicos de lavadero. Para muestra solo hace falta un botón, cito: «La avestruz argentina (un tipo físico de comedia) quiere llegar con un cerebro tan pequeño a la sabiduría de un hombre como Stephen Hawkings». No quiero agregar más; a nadie puede rechazársele por ser una avestruz, sino por sus ideas.

Suya,
Marta S.

II

Señor Director:

Han pasado dos semanas desde mi anterior misiva, y ahora le escribo porque su reportero ha contestado mi carta con un texto todavía más insultante: «La avestruz que se creía sabia». No me hubiera rebajado a contestar un artículo tan estúpido de no ser porque ayer, mediante un telegrama (adjunto) la Academia Sueca me ha honrado con el Premio Nóbel de Física. La primera argentina, pensé, desagraviando a muchos otros que se lo merecieron.

Por ello, y para que la gente que lee su periódico sepa de mi arduo trabajo, tendría que exponer el método experimental por medio del que llegué a mis teorías. Después de leer el libro de Hawkings me di cuenta de que los agujeros negros permanecían aún como hipótesis científica, ya que nadie había podido: 1) verlos; 2) calcular su masa gravitatoria; y 3) permanecer en uno de ellos sin desintegrarse. Unos años antes yo había descubierto unas enanas blancas (un tipo de estrellas) y me sentí con fuerza suficiente para comprender esta difícil tarea científica.

Si fuera cierto lo que su reporte dice: «la señora Marta S. es una avestruz sin valía que hubiera sido mejor colocar en un zoológico»; me molesta tanto porque además de xenófobo es insultante. Yo he amado enormemente la ciencia, he dedicado toda mi vida a ella, y un tinterillo se atreve a descalificar mi trabajo científico. Le envié una copia de lo que será mi discurso en Estocolmo. No estaría mal que publicaran un extracto.

Suya,
Marta S.

III

Majestades:

Es un honor ser el primer ciudadano argentino que recibe este premio. Es un regalo para la física latinoamericana y un reconocimiento para el esfuerzo intelectual.

La primera vez que hundí mi cabeza —como lo hacen todas las de mi especie— pero con fines científicos sentí un escalofrío de gusto y de temor. Recordé mis años de estudiante en Boulder, Colorado, mis primeras investigaciones astrofísicas, y de golpe pude calcular la masa de los agujeros.

Parece fácil, pero se trata de cambiar todos mis hábitos y hacer algo cotidiano con fines científicos. No otra cosa es la ciencia.

Ahora que los agujeros negros han dejado de ser una mera hipótesis, y que se ha comprobado su existencia, podremos pensar en otras dimensiones espacio-temporales, en túneles del tiempo y otras palabras que aún hoy suenan a ciencia-ficción. Dejo a otros científicos más aventajados esa tarea titánica.

«No llores por mí, Argentina, mi alma está contigo…» me dan ganas de cantar con lágrimas en los ojos en este solemne momento para la ciencia y para mi país. Gracias, majestades por este honor.

Marta S.
Premio Nóbel de Física

Efraín y la piedra

Para Efraín Huerta, i.m.

Ser un cocodrilo pudiera parecer aburrido. No para Efraín. Cazaba una liebre, la comía y se tiraba a descansar. Un animal así no da mucho problema: puede estar quieto por varios días y parecer dormido o muerto. Si tiene calor se da un baño y basta. Así regula la temperatura de su cuerpo.

Para qué moverse, salir, buscar. Todos los verbos de acción son innecesarios. Para Efraín solo hay: ser, estar, parecer: estados de inactividad y franco desapego a la vida. Él reiría de esa afirmación. Para Efraín, la paz de la inacción es, precisamente, la que lo apega a la vida.

¿Cómo es la selva? Curiosa pregunta que viene al caso ya que Efraín vive en medio de la acción. Desde la mañana, rodeado de la espesura verde, humedecidos por el rocío bailan los insectos, hay pájaros cantando alegres. El sol baña los pocos claros entre tanta vegetación, y Efraín, quieto, alza los párpados y contempla. Solo hay una hora del día en que, comida toda acción por el calor, nada se mueve. Efraín, sereno, alza los párpados y contempla. Por la tarde casi siempre llueve y la vida vuelve a empezar. Hay zenzontles cantando y las hojas danzan con el viento. Rugidos, gemidos: todo se mueve. Efraín, aletargado, alza los párpados y contempla. Cae la noche. Una luna blanca, blanca, moja los suelos de luz. Un búho canta y caza insectos. Las águilas regresan a sus nidos. Efraín somnoliento, alza los párpados y… No: divisa una larga forma grisácea saliendo de la espesura. Dirige sus pasos de danzón lentísimo a la forma que él imagina apetecible. Tanto tiempo esperando otro cocodrilo: al fin. A medida que avanza, el aroma le parece inconfundible y sabe que se trata de una cocodrila. Cuando está a punto de llegar a la piedra enorme y alargada, se ruboriza y pasa una pata por su frente, alisándose las escamas. Se detiene a cierta distancia y prueba a hacerle conversación:

—Señorita, ¿usted estudia o trabaja? —La piedra enmohecida no se mueve y a Efraín lo asalta la flojera. Duerme y se aquieta por otra semana, sin preocuparse de la falta de respuesta de su nueva compañera. Al terminar esos días siente un hambre terrible y con paciencia caza un gato montés y se lo come. Guarda la mitad para su amada.

—¿Gusta usted un bocado, señorita?

Ni un pensamiento. Ni un movimiento. Efraín, sin tomarla en cuenta, se come la otra parte y descansa, durante siete días, abriendo de cuando en cuando sus párpados:

—¡Bah! Todo sigue igual.

Cuando la semana termina, abre los párpados; hace una mañana fantástica. Después de sus ejercicios de calistenia se pone su visor con esnórquel, invitando a su muda acompañante:

—Bien, preciosa, echémonos un chapuzón.

Temiendo verse descortés, por si su amada estaba resfriada, no insiste y va al agua. Está fresco el río y pesca una trucha rayada que le sabe exquisita. Solo por un breve minuto se da tiempo para pensar en lo triste de no ser correspondido, pero después sale y se queda a la orilla, tomando el sol. Otros tantos días descansa, abre sus párpados y se cerciora de que la cocodrila sigue ahí. No hay nada más. Duermevela, somnolencia, cansancio.

Pasa el tiempo e intenta de nuevo:

—Demos una vuelta por allí, nena.

El mutismo absoluto de su acompañante no lo desespera. Sale a pasear y regresa con un bello ramo de flores:

—Una flor para otra flor.

Las deja esparcidas por el suelo, junto a ella, y vuelve a dormir. «¡Qué importa!», se dice; y siete noches más descansa, abre sus párpados y contempla. Así, siempre. Nada pasará y nada importa que pase. Efraín se siente acompañado y basta. Se acerca a su inmóvil compañera, y sirviéndose champán, brinda:

—Por nosotros, nena. Hasta que la muerte nos separe.

¡Bómba!

Septiembre 25

Un yucateco solo tiene dos grandes futuros: componer sones o hacer bómbas (nótese el acento). La cosa se complica en mi caso: soy un búfalo yucateco. Cabezón y de raya en medio, casi no soy notorio en mi natal Mérida. Siempre he abrigado otras ambiciones. Me gustaría cantar ópera. Antes quería ser futbolista, pero en el mundial de Italia vi por la televisión el concierto de Pavarotti, Carreras y Plácido Domingo y tuve la revelación de mi verdadero porvenir.

Desde entonces he ido al conservatorio. Me dijeron que podía ser un buen barítono. Mañana tengo mi primera clase con la maestra de solfeo. Me asusta su fama de difícil y también la materia con peor fama.

Septiembre 26

Hoy tuve mi clase de solfeo. Desde el primer instante hubo una atracción —o mejor: una armonía— entre la maestra y yo. Su cuerpo enorme, con ese descomunal tórax de soprano retirada, me cautivó.

Yo, por mi parte, creo haber logrado otro tanto. Desde que entré al aula sentí la familiaridad con la que contemplaba mis cuernos retorcidos, y cuando me señaló: «Marcelo, entone usted estas notas» sus ojos azules se cruzaron con los míos (hice un esfuerzo por desjuntar mi ceño, claro) y tomé la partitura. Me felicitó, extendiéndome su mano en señal de despedida.

30 de septiembre

He estado muy atareado con mis clases y no tenía tiempo de escribir, pero lo que sucedió hoy merece su página en mi diario. Al terminar la clase, Mercedes, mi maestra me retuvo:

—Espere, Marcelo. Necesito hablarle.

—Usted dirá, maestra.

—Llámame Mercedes.

—Bueno, pero entonces hablémonos de tú.

—Sí, Marcelo —me dijo y se inició una larga charla. Casi una hora después me propuso que siguiéramos conversando en su departamento.

Acepté de buena gana y, con unas cubas encima, pudimos dar rienda suelta a nuestras pasiones.

—Es lo que me encanta de la ópera —dijo al terminar—, su fuerza, su maravillosa intensidad. Los cantantes tenemos fama de temperamentales, de voluntariosos.

Nos despedimos al amanecer.

31 de septiembre

Llego recién de clase. Me enviarán a Morelia, al Conservatorio de las Rosas. He obtenido una beca por dos años.

—Todos se van. Uno más qué importa.

—Pero yo te escribiré. Regresaré.

—Bah. Todos son iguales.

6 de octubre

Estoy en Morelia. No le he escrito a Mercedes. Casi me he olvidado de ella. Hoy tuve un accidente: no calculé la puerta de la oficina y encajé un asta de mis cuernos, fue doloroso pero conocí a Silvia. Una enfermera te cuida, te mima, se entrega a ti. ¡Cómo resistir a Silvia! Está conmigo, aunque duerme ahora, mientras escribo.

7 de octubre

Mercedes envía un telegrama: «Voy a Morelia punto Nuevo puesto punto Llego mañana punto Besos punto» ... ¿Y ahora? Soy, aunque suene ridículo, un cornudo. Pretextaré algún viaje, le diré a Silvia algo. No sé. Desde hoy este diario es, además de íntimo, material inflamable.

10 de octubre

Le hablé por teléfono a Enrique mi hermano, felicitándolo por su cumpleaños. Luego Mercedes me armó una escenita de celos terrible. Alguien le informó lo de Silvia.

—No me voy a ir, no te voy a dejar. Y como vuelvas a verla, la mato, te lo juro.

11 de octubre

¿Se imaginan un búfalo miedoso? Ese soy yo. Fui a ver a Silvia —la amo, qué más— y también me armó una escena.

—Cuál viaje, hipócrita. Todo para tener a esa vieja gorda en tu casa.

—Es mi tía, te lo juro.

—Entonces por qué no me invitas a conocerla. Vamos a cenar los tres.

—No puedo. Está enferma —ya lo había dicho, era tarde para arrepentirme.

—¿Qué tiene? Si quieres voy a verla y la curamos.

—No, no. Odia a los doctores, a los hospitales. Hace diez años mató a una enfermera que le puso mal el suero.

Me escapé como pude: bufando y corriendo. Sabía que mi suerte estaba echada. No podía hacer otra cosa que esperar el trágico desenlace de mi propia zarzuela.

15 de octubre

Soy un búfalo yucateco barítono envuelto en una tragedia de celos. Un Otelo barato del Mayab, y con cuernos. Mercedes está en la cárcel y Silvia está muerta.

¡Oh, Dioses, qué castigo! ¡Oh, destino, solo me queda la muerte!

(Cae el telón)

Duerme, duerme

Para Madam Victoria, con amor

La más enorme de todas las víboras es, sin duda, mi jefa Paulina. No quiero que esto se entienda como una metáfora. Ella tiene verdaderamente la lengua bífida. Es una larga anaconda de once metros. La conocí hace años, cuando puso un anuncio en los periódicos:

Se solicita
Hombre Joven
Buena presentación
Sueldo fijo
Feria Stand 11 Mdm. Paulina

Acudí a la cita. No hay nada peor que encontrarse sin trabajo, sin poder siquiera comprarse unos cigarros. Cualquier cosa me vendría bien. El lugar se encontraba a la entrada de la feria. Su carpa azul deslumbraba:

MADAM PAULINA
(hipnotismo curativo)
Pase usted 500 pesos

Pronto aprendí las pocas cosas que tenía que hacer como ayudante de la hipnotista. Cobrar, apuntar, apagar la luz, poner música suave. Madam Paulina, después de cada noche de trabajo, me pedía que la metiera en su tina de cobre y se daba un gran baño de espuma. Pronto nos hicimos amigos y me dejó dormir en la carpa. Yo en un catre y ella enrollada en uno de los postes.

La feria, como es lógico, se traslada cada semana. Confieso que al principio me fue muy difícil acostumbrarme a esa vida trashumante; pero la compañía de Madam Paulina y los libros de teosofía de la Blabatsky que me prestaba me hicieron olvidar mi ciudad, sus noches y su luz mercurial. Otra luz me hipnotizó: los ojos profundos de Madam Paulina.

Yo no acepto la idea difundida después de su muerte. Madam Paulina no era una loca. Era más bien una serpiente preocupada por la salud de los demás. ¡Cuántas veces vi salir de su carpa a hombres y mujeres felices, curados, con ganas de vivir!

Claro que sus últimos días estuvieron envueltos en un aire de tragedia. Primero, en Tijuana, cerca del bordo, ahí donde no entran los gringos y hay mucho alcohol, la dueña de ese bar con su letrero: «¡Evítenos mandarlo a chingar a su madre! No pida prestado» fue a vernos. Su marido la engañaba, ¿no? Madam la hipnotizó, y ella se sintió tan relajada que prefirió no seguir viviendo. Vamos: ella misma me lo explicó antes de dormir su sueño eterno.

En Zacatecas, cerca de La Bufa, llegó ese señor Crostwhaite, o algo así. Quería saber si sería famoso, si lo leerían las generaciones futuras. Madam le dijo que escribiera la novela sobre narcotraficantes, de los que tanto sabía. Cuando lo mataron los capos, Paulina empezó a padecer insomnio, a sentirse muy mal. Las cosas no salían como quería.

Lo último que resistió fue en el viaje a San Luis. Cuando salía de su cesto de paja preferido, llegó un tal Ojeda.

Era un hombre gordo, bromista. Madam lo hipnotizó para que adelgazara. Luego Ojeda llegó a ser tan delgado, en pocas horas, que se volvió invisible. Robó bancos y joyerías. Ella propuso que si se quedaba la feria otra semana lo detendría. Ojeda entró a Casa de los Espejos, pensando divertirse, y cuando estaba en el tercero ganó peso, volviendo a ser visible. Madam lo enrolló con la punta de su cola y lo entregó a las autoridades.

Luego vino lo que ya saben todos los periódicos. Ella decidió morir. Lo juro. Me dijo: «Felipe, ya has aprendido bastante. Ayúdame que no puedo más. ¿Te acuerdas de la señora de Tijuana? La hipnoticé y no volvió nunca». La mayor divisa entre los de nuestro gremio es: «Voy a dormirte y harás lo que yo quiera, pero no lo que tú no quieras». Por eso no acepto lo que dicen: yo no la ahorqué en su baño de espuma. Ahí decidió morir. La extraño mucho y para no seguir más tiempo solo he puesto un anuncio:

Se solicita
Anaconda Joven
Buena presentación
Sueldo fijo

Feria Stand 11
Felipe Preciado

Ojalá llegue pronto. Estoy muy cansado y necesito un baño de espuma.

Notas

1. *Apólogo con elefante* es un cuento escrito en Nicaragua. Por eso no he querido cambiar su título, ya que la idea del texto llegó con la lectura de un poema de Pablo Antonio Cuadra (*Vuelta,* No. 69, agosto de 1982). Creo que la ciudad es Managua, aunque no importa mucho. Agradezco a PAC, con este relato, sus conversaciones en las Colinas en diciembre de 1990. Cuando usé su poema pensaba que podría agotar sus símbolos. Hoy creo que eso sería falso. Los conceptos desnudos se han vuelto anécdota, pero no se agotan en su historia.
2. *La inutilidad del amor.* Como puede verse este texto cita —por ser Armando su protagonista un discípulo de él— a Pascal. No al Pascal teólogo, sino a un filósofo tierno como el hipopótamo. Se trata de su *Discurso sobre las pasiones del amor.* La referencia a Schopenhauer es clara, pero cuando el filósofo habla de Montaigne se refiere, seguramente, a su *Apología de Raimundo Sabunde.* «Yo, que me espío muy de cerca, que tengo incesantemente los ojos frente a mí, como quien no tiene gran cosa que hacer, apenas si me atrevo a confesar la vanidad que encuentro en mí; tengo el pie tan inestable y tan mal asentado, tan propenso a la caída y apto al bamboleo, y mi vista tan desordenada que en ayunas me siento otro que después de la comida». Solo podemos dar el amor, dice Borges, del

cual todo lo demás es símbolo. Este texto es para Enrique Pérez, aunque él se haya doctorado en Toronto, y publicado su famoso: *Hermenéutica de la depresión (para caracterizar los resultados del contacto forzado con argentinos).*

3. *Leyendo a Moby Dick.* Gracias a la lectura de un artículo aparecido en *El Nacional,* «La gran travesía de la ballena gris», he podido urdir esta fábula. Confieso que los datos están cambiados y que ese adolescente pedante confunde cielo con amor y con felicidad. Se trata de una iniciación, como la que puede pasar cualquiera. Yo también leo y releo *Moby Dick.* Las ballenas tienen todavía mucho que decirnos, mucho que amar.
4. *El poder de la mirada.* Gracias a *El gato,* de Juan García Ponce, este texto subsidiario puede existir. Es un cuento absurdo y real. De chico iba a un restaurante que tenía unas llamas de Perú en su jardín. Tal vez de ahí parte la trama. Todo cuento fue ya contado por alguien. ¿Quiénes son los borrachos que escuchan a Raúl? Tal vez sería mejor, entonces, llamarlo *El poder de la palabra.* En fin.
5. *La mitad, siempre la mitad.* Si este cuento fuera realmente la lectura de Chuang-Tzu, Koichi sería un monje del siglo tercero o cuarto antes de Cristo. Chuang-Tzu (el real) predicó la inacción, y Borges recoge *(Antología de la Literatura fantástica)* un breve cuento suyo: «Chuang-Tzu soñó que era una mariposa. Al despertar ignoraba si era Tzu, que había soñado que era una mariposa, o si era una mariposa y estaba soñando que era Tzu». Quizá ese sea el origen del enigma de la flor que su maestro le propone a Koichi, pero también la flor de Coleridge. Viejo como el miedo, todo cuento nos habla de nosotros. Por eso la fan-

tasía es anterior a la escritura: sorpresa, retardo de la solución: asombro.

6. *Amores enormes* es un texto más que subsidiario, es un plagio propositivo de la estructura —¡y aun de muchas de las palabras!— de *El príncipe feliz,* de Wilde. El objetivo era rehacer, dentro de la fábula, la historia. La anécdota cambia, o tal vez no. Siempre contamos sobre una carencia que, en este caso, como en *El príncipe feliz,* llega a satisfacerse. Si este fuera un libro de poemas, no habría problema, entraría en una sección obligada: «Versiones y Traducciones». No sé si funcione aquí, pero es la verdad, se trata de amores enormes a la literatura, a los animales, al acto de contar y recontar la misma historia, nuestra máscara.
7. *Sin cabeza* es un cuento obvio, un desagravio a Borges a través de un avestruz y una parodia de los propios chistes que Hawkings hace en su libro *Historia del tiempo.* Sobre todo su apuesta con Penrose, cuyo premio, si gana Hawkings y se descubren los agujeros negros, sería una colección de *Playboy.* Ojalá que Hawkings se divierta como yo con esta argentina, miembro del SNI. Cualquier coincidencia de nombres o referencias es mera casualidad, y el autor solo culpa al azar, inventor de las similitudes.
8. *Efraín y la piedra* es, sobre todo, un homenaje al más famoso cocodrilo mexicano, Efraín Huerta (aunque él, a juzgar por el libro de Mónica Mansour, *Absoluto Amor,* sí era un galán correspondido, un amoroso, como diría Sabines). La historia es verosímil, aunque sea una fábula. Yo mismo conozco a F., cuya historia con las mujeres es un continuo dilettantismo. Pero en fin, no hay amor —el amor no existe— sino muchos

amores reales y este también es enorme: perseverante y fiel: hasta la muerte ...

9. *¡Bómba!* es una opereta, una zarzuela: celos, muerte, cárcel. Todos los ingredientes están ahí. Un búfalo yucateco no es menos imposible que un oso lama. El libro tiene muchas referencias a la música, mi gran frustración. Mi oído no capta, ni captará, la diferencia entre un tono u otro. Soy un musicólogo barato, un cantante desafinadísimo, un bailarín arrítmico (una calamidad, pues). Pero mi amor por la música —con todo y aires del Mayab— no deja de estar presente. Yo también quise un piano, como el Rinoceronte, y quise ser cantante, pero bueno también bombero, tener un puesto de tacos y psicoanalizador de perros. La vida de los narradores también puede ser una ópera.
10. Y, last but not least, *Duerme, duerme.* Este cuento hace referencia directa a amigos (perdón) y es un homenaje a una mujer —Doña Irene— a quien no conocí, pero de quien sé muchas anécdotas. Teósofa, hipnotista, célebre en Tonantzintla por sus viajes astrales por encima de la Catedral. Lectora fiel de Madame Blabatsky y los teósofos: piramidóloga. La historia es de carpa, de feria, de «arrabal». Lo de Tijuana es real. La cantina se llama «Los dos indios». Hasta ahí las coincidencias; lo de la mujer y su esposo es mera invención. Vale la aclaración para no ser golpeado como Crostwhaite por unos machos culiacanenses en una discoteque de cine mudo: Chaplin.
11. Nota final (al fin —*sic*—): Mark Twain leyó un día su esquela mortuoria y dijo: «Los informes de mi muerte son muy exagerados». Mucho se ha dicho sobre el cuento. Creo que ofrece muchas posibilidades y que su muerte está muy lejos (Cfr. Glick en *El cuento,* No.

116, 1990). La fábula, por su parte, puede seguirse reescribiendo, satíricamente y sin moralina. Alguien dirá, tal vez, al leer *Amores enormes:* «Cuando Pampa* despertó, Monterroso todavía estaba ahí». Odio los papeles de Oveja Negra, pero en fin, una narración breve, directa, en un solo tiempo y espacio, sigue haciendo más que mil páginas y ayuda a resistir la vida más de «mil y una noches». Escribimos para sostenernos, aunque no nos quieran más. La literatura revela y devela una realidad insuficiente y la expande. Viva el «big-bang» del cuento, la forma por excelencia. Quiero acabar con Bioy *(sic):* «Cada frase es un problema que la próxima frase plantea nuevamente».

* Pampa Hash es el pseudónimo con el que Pedro Ángel Palou participó en el Premio de Narrativa «Jorge Ibargüengoitia», 1991.

Música de adiós

Para Indira,
porque el mundo
está amueblado
por sus ojos.

«En primer lugar, el amor es una experiencia común a dos personas. Pero el hecho de ser una experiencia común no quiere decir que sea una experiencia similar para las dos partes afectadas. Hay el amante y hay el amado, y cada uno de ellos proviene de regiones distintas. Con mucha frecuencia, el amado no es más que un estímulo para el amor acumulado durante años en el corazón del amante. No hay amante que no se dé cuenta de esto, con mayor o menor claridad; en el fondo, sabe que su amor es un amor solitario…

…Por esta razón la mayoría preferimos amar a ser amados. Casi todas las personas quieren ser amantes. Y la verdad es que, en el fondo, el convertirse en amados resulta algo intolerable para muchos. El amado teme y odia al amante, y con razón: pues el amante está siempre queriendo desnudar al amado. El amante fuerza la relación con el amado, aunque esta experiencia no le cause más que dolor».

Carson McCullers

«Una de las experiencias más dolorosas para el hombre —quizá la más dolorosa— es la separación definitiva de aquellos a quienes ama…

…Estudiar la separación amorosa significa estudiar la presencia de la muerte en nuestra vida».

Igor Caruso

Intertexto

El hombre permanece sentado. Se toca el antebrazo e intenta recuperar un dolor, alguna sensación. El escenario es sobrio, cargado de soledad: un colchón y mantas en el suelo, una mesa rústica con máquina de escribir portátil, libros regados por todo el lugar. Al fondo el cuadro: Sandino y las cruzadas de alfabetización. *El hombre lo contempla y piensa en la clandestinidad, en la tortura, en la infinita estupidez de la guerra. Imagina la desesperación —llena de impotencia— de Van Gogh al cortarse la oreja. La angustia, entonces, deja de ser una peligrosa metáfora y se convierte en una respiración, una presencia que se apodera del espacio, reduciendo todo el trabajo del hombre en esas cuartillas a una capa de polvo, una lápida de mentira: se escribe para descubrir que el mundo ha sido devastado, para dejar constancia de que el horror de la vida es una experiencia ya vivida por otros. El hombre recuerda la separación —ese adelanto de la muerte—, y sabe que es imposible atrapar a la mujer con la escritura; lo importante es que ella no ha sido inventada. La presencia imposible de la mujer lo hace conformarse con lo que le dicen los objetos en el cuarto, con lo que le comunican aquellos intermediarios del mundo. No puede imaginarse a Van Gogh pensando: Se me ha olvidado ponerle suelas nuevas a los zapatos; le es imposible comprender que alguien que ha podido ver tan lúcidamente, captando cada color, cada matiz, cada textura, cada pliegue de la vida pueda encontrarse en una situación tan cotidiana. Sabe que todo es una cinta de moebius y que cuan-*

do lo más bajo y lo más alto del hombre existen, no hace falta casi nada para que se den la mano, reconociendo la inexistencia de los opuestos.

El logos como un antifaz ¿Por qué la separación amorosa? Porque la ha vivido. ¿Entonces cualquiera puede cortar su experiencia, ponerse por encima de ella, teorizándola? No, es solo que la actividad del pensamiento se vuelve una receta para enfriar la realidad separándola del cuerpo como si fueran huesitos de sandía. En ese momento Van Gogh se olvida de la oreja mutilada y comienza a pintar, atrapando el mundo, alejándose de él. La creación deja de ser actividad puramente racional, lo llena una fiebre intensa y los sentidos se confunden de modo que Van Gogh ríe: lo abarca la ilusión de estar curado.

¿Porque estaba enfermo? No, porque estaba en un nivel en el que la existencia humana logra apartarse del mundo, de su estricto, impenetrable orden: imaginando muchas más posibilidades, haciendo de ese trabajo la única felicidad de la vida: la más intensa, la más neurótica y la más completa. Las fiebres paran y la enfermedad llega a ser la razón: se le ha olvidado poner suelas nuevas en sus zapatos.

Es cierto, no se puede, piensa Van Gogh y se corta la oreja. Sabe bien que no quedará sordo pero entiende que esa herida será la marca, la contraseña contra el olvido: no se puede jugar tanto tiempo a ser Dios sin correr algún riesgo.

El hombre se levanta, asomándose a la ventana. Llueve con insistencia; el agua desdibuja los rostros de la gente que camina por la calle: una pareja sigue sus juegos sin importarle nada. La realidad desempaca guardando sus cosas donde puede. Uno: he muerto en la conciencia del otro, me desespero: el amor se transforma en odio, o bien, lo que le sucede a la persona amada me importa un bledo; ambas son formas de escapar haciendo de la mente un gurú. Dos: es imposible com-

partir el mundo, es imposible el amor porque solo se realiza en virtud de un ser —no de una idea abstracta como el respeto y la entrega por la humanidad— en el que se advierte el propio reflejo el del otro, lo plural del yo. Tres: Freud, el amor surge dolorosamente de la materia y no de ideas platónicas. Cuatro: si no se puede compartir el mundo, lo individual se vuelve una cárcel, ahoga. Cinco: la incomunicación —aún aquella expresada solo por medio de la violencia— es una aventura, un riesgo necesario que trastoca lo cotidiano. Seis: Caruso, el joven es imposibilitado por la moderna sociedad de consumo para dar el paso evolutivo de la adolescencia a la madurez, haciéndole asumir una actitud rebelde —opuesta a la conciencia revolucionaria— y haciendo estéril la utopía de una dictadura de los jóvenes, por lo que la supuesta hipersexualización actual no es más que una farsa producida por la acción erótica de los anuncios, las revistas ilustradas, el cine comercial, la moda. Placer / Deseo alimentado por el mal gusto del Kitch que a corto plazo impide la liberación, justificando el consumo: la sexualidad como mecanismo de manipulación de sentimientos, angustias, deriva hacia otra parte de las energías sexuales. La separación amorosa se vuelve, también, un mecanismo para explotar en favor de un principio de rendimiento —que fosiliza y mantiene el proceso de producción amorosa— donde separarse del mundo de los objetos equivale a sentir la presencia de la muerte en la vida, aislando al hombre de su propio yo. Siete: Sigue Caruso, la renuncia —tiene que ser así— se convierte en una virtud —debe ser así— y el objeto se torna peligroso, la vida es terrible; para escapar de esos horrores la meta es morir. El combate con la muerte para vencerla es una utopía, pero funciona de tal forma que ha sido un motor el que ha hecho posible la civilización, sus leyes y religiones, sus inventos y políticas, que la han vuelto una lucha eterna contra la caducidad. Ocho

—y último—: Las fuerzas contradictorias de la sociedad la hacen ser al mismo tiempo, paralelamente, un instrumento de opresión que reprime el amor y lo conduce al fracaso gracias al principio de rendimiento; es curioso que también ha sido el instrumento que permite superar esa opresión que sería —muy a la larga— la superación de la muerte; un lugar donde la naturaleza no podría ser más grande que el amor y la fuerza creadora.

Entonces, Van Gogh no tendría razones para cortarse la oreja y su visión del mundo lúcida, intensa, tal vez pudiera ser tan válida y autónoma, tan enriquecedora que nos permitiría estar —como seres humanos— enteramente en el mundo: sin limitaciones.

Territorio: La isla de Utopía.

Nuestro hombre ha podido teorizar todo esto, haciendo casi reales pensamiento y acción. Recuerda: ha olvidado poner suelas nuevas a sus zapatos. ¿Esto quiere decir que todas sus disertaciones son imposibles? Quizá no quiere decir realmente nada: el silencio sería la mejor salida. El hombre se acomoda el pelo mientras toma asiento; estira el cuerpo y oye algunos huesos que truenan, acomodándose. Piensa: tenemos la obsesión del sentido, todo debe significar algo, lo que sea, aun una mierda; no nos damos cuenta de que los signos pueden ser mudos y los tratamos como peras de box hasta desinflarlos para que cuando llegue algún día un signo legible y nos quiera hablar no podamos comprenderlo. Claro que los signos no son unos hombres grises con cara de tristeza y una bolsa de vagabundo, ni siquiera compran camisas del Che o se alistan para ir a combatir en pro del sandinismo, no hacen manifestaciones de desacuerdo frente a la Casa Blanca. Los signos tampoco son señoras con tubos dejando a los niños en la escuela, ni gerentes de banco ligándose a las cajeras, ni políticos manoseadores. Mucho menos letreros de la Secretaría de Comunicaciones y Transportes: Con la vida no se juega *(sic) ¿y con la muerte sí? Quizá la definición con más tino de signo kitch —nuestra más avanzada especie— sea la del hombre que ha olvidado poner suelas a sus zapatos, porque los signos que se cortan la oreja, en cambio, están en extinción, debido a que: 1: toda obra de arte contribuye —al ser una mercancía— a un desarrollo económico. 2: no se distingue entre enajenación y liberación y ambas comen palomitas de maíz en el cine. 3: el amor tiene sentido si se puede contar una riña/ un pleito/ sobre todo la separación definitiva que le da estatuto de realidad. Los amores que terminan felices —archikitch— con un beso y una difuminación solo existen en las telenovelas.*

Y entonces, me pregunta el hombre, riéndose incrédulamente, ¿si la única posibilidad está en la convención, en volverse mercancías, adornos y otros instrumentos para explotar al individuo y así volverlo pasivo política y sexualmente, haciendo fracasar inclusive sus relaciones amorosas, para qué carajo escribo?

No lo sé, le contesto. Quizá por la ilusión de estar curados; tal vez para mutilarnos la oreja; es una incógnita igual que la posibilidad de aceptar el mundo tal y como es y ser felices, con día de campo los domingos y cafeperiodicoperro-hijitos, o de plano volvernos disidentes y mandar así todo por un tubo. ¿Qué es mejor? Esa será siempre la pregunta.

La última posibilidad, creo, gana por decisión: enfrenta la vida y no la esquiva, la alegría se da de otro modo. Esto tampoco puede ser una verdad absoluta. Luego, para estar más a gusto, el hombre y yo tomamos un vaso con ron que está en la mesa de trabajo y seguimos escribiendo.

Para el sam…

Cartas a Milena

«Escribir cartas significa desnudarse
ante los fantasmas que lo esperan
ansiosamente. Los besos por escrito
no llegan a su destino, se los beben
en el trayecto los fantasmas…

Franz Kafka

—Siempre he sido un infeliz. Ve, sumido en su sillón de descanso cómo las trombas de agua barren las calles, lavando los techos, los balcones, arrasando las flores, hasta los árboles más grandes ondean como papeles, José K.

Por eso ahora me quedo sentado, sobre el sillón bajo, con las gotas casi cayéndome en la cara, mirando lo que es mi propia figura gastada que se pierde entre los tejados. Trato de no pensar en usted, Milena, y casi consigo su rostro; puedo imaginarla, sí, como ese día, alejándose entre las mesitas del café: su figura Milena, su vestido, todavía los veo.

Querida señora Milena: «Usted aparece con más claridad, los movimientos del cuerpo, de las manos: tan rápidos, decididos; es casi como un encuentro. No obstante, cuando intento alzar los ojos hacia su rostro surge en pleno curso de la carta —¡Qué historia!— una llamarada, y ya solo veo el fuego».

Escribe, se percata de que ha cesado la lluvia, siente una ráfaga de frío, que la tierra se está moviendo, tiene ganas de llorar, cerraría los ojos si pudiera, José K.

«¿Qué le parece? ¿Podré recibir todavía una carta antes del domingo? Sin duda sería posible, pero esta avidez de cartas es insensata. ¿No basta acaso una sola? ¿No basta una certeza? Por supuesto que basta, pero no obstante uno se recuesta y estira bien y bebe la carta y no sabe nada, salvo que no desearía nunca dejar de beberla. ¡Explíqueme esto, Milena!»

Piensa: Usted está seguramente junto a un árbol, joven y hermosa, sus ojos que al brillar someten el dolor del mundo; yo trato de alcanzarla pero no puedo, me esfuerzo y caigo. Sigue leyendo, sin seguridad, siente que se marea y se apoya en el escritorio, ve a la gente caminando sin prisa, las parejas besándose con desacato, José K., luego dice: qué hermoso que seas para mí el cuchillo con que me torturo.

—Este es el maricón que siempre va con su mamá, dijo uno de los tres niños, señalándolo. (Pensó: pero papá dice que ya soy hombrecito).

Al oírlo sintió que algo le ardía ahí dentro, mientras uno de ellos propuso: ha de jugar a las muñecas y la comidita como las niñas (Siempre he sido un infeliz: eso, un *infeliz*). Sigue leyendo el libro de cartas y se percata del hecho: está sentado en su sillón bajo, Sonia aún no se ha ido pero ya se siente solo. Conoce bien esa soledad, sabe que está ahí como los tres muchachos: esperando a madrearlo. Si ella abriera la puerta por lo menos él le podría decir que se quedara, que ha sido un error, pero continúa cerrada y él se queda pensativo frente al balcón, viendo cómo la lluvia sigue limpiando las calles, leyendo ese libro de cartas y recordando los gritos, persistentes: —¿Quieres a tu mami, nene?, los brazos de los otros como tenazas, el estómago doliéndole de los golpes, ya sin aire.

Martín corrió apenas lo soltaron. Las risas de los tres eran estridentes (si papá lo supiera), pero tenía que llegar a casa y lo verían con su traje blanco todo enlodado. Cuando mamá me observe, pensó, se llevará las manos a la cara y gritará: —Te dije que no lo dejaras salir. Entonces él pondrá su pipa sobre la mesita y sacará el cinturón, caminando hacia donde Martín y él tratará de explicarle lo de los tres, que estaban más fuertes, que se defendió pero sin resultado. —Por maricón, y entonces empezará el sonido del cuero contra el cuero, mi hijo tiene que ser machito, repetirá el padre mientras ella grita que no, que deje ya de ser bruto, que lo perdone. A gritos, siempre a gritos: hasta los de Sonia al cerrar la puerta. (Qué horribles son los portazos, agregaría José K., mientras Martín se queda solo y no dice nada aun sabiendo que Sonia se va a ir).

«Milena: Pero por el momento lo peor es, sin embargo —ni yo lo imaginaba—, que no puedo seguir escribiendo estas cartas, ni siquiera estas importantes cartas. Por favor, no nos escribamos más: es solo un aleteo de estas alas inútiles», piensa, escribe ya exhausto, tratando de abrazarla pero solo atrapando el aire de ese balcón, la ciudad, la lluvia, la consulta demasiado obstinada del reloj; tiene fiebre, cree tener calor, sed, hambre, José K. «La verdad es que temo no encontrarla, por eso tengo que volver a hablarle de usted, distanciarme Milena», lee Martín compenetrándose y creyendo que es José K.

Acaba el libro y lo cierra. Siempre he sido un infeliz. Ve; sumido en su sillón de descanso, cómo las trombas de agua continúan barriendo las calles, limpiando los techos y arrasando las flores. Tira el libro, piensa en el pobre K. y solloza, siente náuseas, casi va a vomitar, Martín. Sonia ya no se escucha, terminó seguramente sus maletas y muy pronto saldrá por la puerta. Él no será capaz de decirle:

—Tú no te vas, mientras le quita todo lo que lleva cargando. Se quedará allí, en su sillón bajo, frente al balcón, en tanto ella se pierde por el corredor rumbo a la calle. Después se escuchará un portazo y no la verá más. Y entonces —solo entonces— podrá decir: «Sonia, casi consigo su rostro, puedo imaginarla, sí, como ese día, alejándose entre las mesitas del café, sí, su figura, su vestido, todavía los veo».

Todo mientras es consumido por una triste tuberculosis.

Transfiguraciones

Claro está: fue producto de la memoria y de sus selecciones. Pero seamos objetivos: es necesario que haya alguna vez comprobado lo siguiente: percibimos un universo, mas no le encontramos sentido ya que nos está vedado conocer las otras versiones de ese mismo mundo, comprender el por qué de sus cambios y volteretas.

Esta historia tiene mucho que ver con esa otra posibilidad que no miramos. Su trama podría suceder en cualquier lugar; para hacer más natural la historia supongamos que Praga, digamos 1839.

El clima es frío, el aire helado, porque Praga es una ciudad de fantasmas y necesita ser así: incluso con una neblina espesa e intransitable. Andreé se peina con la paciencia de un profesor de trigonometría. El espejo la mira, queriendo que ella esté en el otro lado y así pueda acceder a su propia historia, ver su muerte. Para esto tiene que estar dispuesta a salir del tiempo, aunque lo más probable es que regrese vieja. El silencio es un cuerpo: huele a sangre y prefiere contemplar su final a vivirlo, porque Andreé sabe bien que hoy voy a morir. Recuerda un viejo cuento francés con el método para pasar del otro lado del espejo: monologar a través del sueño. Y entonces el cristal se vuelve como la niebla de Praga y los fantasmas lo habitan con facilidad. Lo cierto es que Andreé no tiene la culpa y empieza a flotar en otro cuarto donde todo es igual al suyo pero en sentido inverso. Podrá entonces asistir a la representación de su muerte; saca del cofre que está en el rincón un globo terráqueo que cumple las veces de caja. Solo se puede abrir a las ocho de la noche, aunque Andreé no lo sabe; ahora falta un minuto y ella intenta abrirlo: en su interior aguarda una piedra roja parecida a un rubí que permite regresar al otro lado cuando sea necesario, además de servir como amuleto mientras uno permanece contemplando la otra realidad: transfigurada: por eso los espejos no tienen memoria.

Andreé consigue abrir el globo y contempla la piedra que cuando se toca adquiere un brillo maravilloso; de inmediato comprende para qué sirve: si uno ve por la piedra las cosas tienen el mismo tono y aquella mujer se acerca con sus ojos color de mar y su espuma se estrella en contra del acantilado: es Andreé que debe estar cansada, se coloca la gema entre los ojos y empieza a ver la vida no trastocada: William y su plan para asesinarla. Su punto de vista es esencial para la historia pero es hora de que el narrador entre en escena; su papel es sencillo; en 1839 y en Praga él era Daniel, el amante de Andreé, aunque ahora les esté narrando esta historia.

Llevaban cincuenta minutos transcurridos. Andreé y él estaban en el sofá, platicando. Ella quiso subir a su cuarto y él la dejó irse. William estaría en la biblioteca: nunca sospechó que entre ellos —siendo primos— hubiese algo. Ahora Daniel no aguantó más ese peso sobre su espalda que es el miedo y trató de inspeccionar el lugar. El aire se colaba por alguna ventana moviendo las cortinas. La noche era un murmullo cargado de tristeza y Daniel no podía saber de qué se trataba pero olía la muerte y la sangre. Sintió algo en la cabeza: la lámpara de petróleo se apagó. ¿Y si William sí sabe todo y quiere matar a Andreé? No puede ser, además sería tonto desperdiciar el dinero que le da Andreé para que se vaya de cacería. Daniel caminó hacia la biblioteca, esperanzado en sorprender a William elaborando ese plan perfecto para asesinar a su esposa. Praga es una ciudad de fantasmas y sus habitantes suelen creer en ellos, así que Daniel empezó a sentir miedo, al menos su enfrentamiento con William sería con testigos. La puerta de la biblioteca estaba abierta y él entró despacio, con el mismo sigilo de un gato; alguien corrió: —William, ¿estás aquí?, dijo Daniel un poco por sentirse menos aterrorizado. Caminó unos pasos; un globo terráqueo —que no sirve de caja— le cayó sobre la espalda, derribándolo.

Supo lo que seguía, así que no hubo alarma cuando oyó el grito de Andreé en su cuarto al tiempo de salir corriendo sin creer que fuera posible salvarla; si ya está muerta lo más probable es que William lo asesine a él y eso es un consuelo. El deseo es la condición indispensable para realizar sucesos coherentes con los impulsos internos: verdaderos crímenes, actos de libertad absoluta. Por eso es necesario reprimir el deseo: para asegurar el orden y la paz. Así que es difícil ver al deseo corporeizarse, aunque le estaba siguiendo los pasos a Daniel y él creía que se trataba de un fantasma. Los fantasmas habitan del otro lado del espejo y la condición para dejarlos pasar al mundo es que mueran en un día. Un fantasma rondaba el ambiente, en el cuarto de Andreé: como no han inventado un código para comunicarse con nosotros hace que inspiren miedo: un halo de soledad. William —el fantasma— y Andreé estaban en su cuarto. Cuando entró Daniel la vio en la cama y el silencio y la noche son demasiado para alguien que ama y que siente la separación —otro tipo de muerte— como un nudo que se le ha metido en la garganta. —Sabía que terminarías haciendo esto, William, incluso supe que planeabas un crimen perfecto, le dijo Daniel y él contestó de quién sabe dónde: —La muerte es un arte y la tuya falta para completar la obra, el paisaje. La noche era un rumor y Daniel sintió un tajo absurdo en el cuello mientras se desplomaba viendo a William recoger el cuerpo de Andreé, desnudarla y hacer el amor con ella. Él lloró, gritó, no se oía.

¿Por qué Andreé no regresó impidiendo su muerte, por qué ha permanecido al otro lado del espejo? William partió sin saberse nada más de él. Yo no estaba muerto; a punto de desangrarme —ya todos saben que soy Daniel— vi el recado de Andreé en el tocador y leí el método para pasar al otro lado. Al pasar empecé a buscarla sin éxito. Pero luego supe por la gema que uno puede escoger el tiempo exacto en que regresa y recuerdo la frase de Andreé en el recado: nos veremos en Praga, 1839, una hora antes de que todo suceda.

Ya estábamos ahí, pero William nunca entró al cuarto y Andreé y yo decidimos que era imposible, saqué el cuchillo y la maté. Ahora ha pasado un mes y todavía siento miedo mientras escribo esta historia, comprendiéndola mejor: cada que alguien atraviesa un espejo envejece veinte años, tengo sesenta y nueve, tuve que matar al ser que amaba para impedir que se alterara el curso de las cosas. A cada palabra siento más clara la presencia de William: ha estado siguiéndome, planeando mi muerte; es un fantasma y si me asesina podrá seguir viviendo. No tienen ninguna culpa. De ahí mi resignación; en poco tiempo llegará.

Simplemente variará otra vez la realidad. Estoy sereno, hasta contento: quizá, incluso, vuelva a ver a Andreé y comprenda por qué sus ojos color de mar, tercos, estrellaban su espuma contra este pobre acantilado.

Con Kafka en el Infierno

I

La fantasía es elemento subsidiario de la realidad y la podemos encontrar en los ambientes más cotidianos: una casa cualquiera con personajes y vidas comunes y corrientes; también puede pasar al contrario, que en la fantasía haya partículas verdaderas y que un mundo al que llamábamos *real* se llene de fantasmas, demonios y duendes. No sé cuál es el caso de mi historia, ¿cómo distinguir entre el sueño y la vigilia, entre lo normal y lo atópico si todas las barreras son impuestas por un orden exterior? Puedo, de cualquier manera, afirmar que Guillermo solo quiso tener en su casa una estatuilla de Zitzimine, el dios diabólico de los mayas. Lo demás, lo accesorio, lo otro, puedo ir ordenándolo al escuchar el recuerdo de todas las voces contándome una historia que yo también vivía.

Toma el molde de yeso que ha elaborado con tanto esfuerzo y se dispone a realizar el vaciado; en dos años su más importante tarea ha sido la de poder reproducir la estatuilla de Zitzimine para tenerla en su escritorio, arriba de algunos papeles, rondándolo todo. Tomar fotos del modelo original y realizar el molde le llevó su tiempo y quizá es esa la razón de la alegría de Guillermo; pudo al fin darle cuerpo a una idea y ahí está Zitzimine con sus ojos, viéndolo, poseyéndolo. El dios —ese con mayúscula— debería tenerle miedo a las divinidades menores, porque son estos dioses los poderosos; su fuerza emana de la sombra, nace del sueño. Guillermo percibe que la casa ha cambiado, que algo va a pasar. El miedo se apodera de él y luego se aleja veloz, minimizado por la felicidad.

Está por terminar el artículo sobre la cosmogonía precolombina y la escritura se desborda como si Zitzimine le estuviera dictando, el sol/luz es el principio, el comienzo del tiempo.

Mientras Guillermo redacta en su estudio, lleno de fotos con pirámides, ídolos, joyas, códices prehispánicos, yo estoy en mi cuarto escribiendo sobre un escritorio parecido al suyo aunque no tengo ningún adorno. Algo nos iguala: ambos poseemos una estatua de Zitzimine, que usamos como pisapapeles. Me toco la barba y pienso: para un dios es fácil que los demás transiten, vivan y nadie se comprometa; pero pactar con un dios es un riesgo en el que actos como realizar un molde y corporeizarlo son compromisos tácitos para ayudarle a cumplir sus planes. El aire se cuela y deja escuchar una música lejana, alguna banda de pueblo que todavía transita por ahí tocando canciones melancólicas y grises parecidas a los que las interpretan. Quien quiera entender la idea del tiempo debe tener en cuenta dos cosas: la historia es cíclica, las vidas se repiten de acuerdo a un calendario y una lógica impuesta por la astrología; es lo que otorga una idea interesante a la existencia, la que nos permite pensar que fluimos en el tiempo, *con* el tiempo. En ese viaje que es la vida —apropiación de un instante— la petrificación, la muerte, la ofrenda, el sacrificio, la guerra son sucesos en los que permanecemos dentro de la eternidad. Escribir es similar en ese sentido: quiere representar la verdadera intensidad de la vida, salvar al suceso de lo lineal y la muerte para volverlo un círculo, Guillermo está consciente. Ha estudiado demasiado a los mayas para no entender. Zitzimine, Sin embargo, nunca es solo una estatuilla.

Guillermo ha quedado de verse con Alicia en el café. Ella sabe que ha acabado a Zitzimine, lo intuye porque él no le habló en una semana. Guillermo se desborda: cuenta todo como si perteneciera a la oscuridad; las palabras se agolpan en su garganta y salen veloces, inundando el café con su tormenta de sonidos. Ella comprende la emoción de Guillermo, lo que representa la concretización de un sueño. Él deja de contarle, se acuerda de que Zitzimine lo ocupa pero de que Alicia también existe. Regresa, hablan un rato. Ella lo nota muy raro, su rostro está rígido y la pone nerviosa. Se lo dice. Te pareces a tu dios.

Ahora vuelvo a mí, a estas palabras que me dicta Zitzimine como si yo también estuviera poseído por él y me instara a redactar esta historia. Algunas veces somos depositarios de los sueños de un pueblo, una divinidad o un demonio, y no por eso somos más diabólicos, más completos ni más divinos: seguimos siendo el mismo trozo de materia que dejará de ver el cielo y las estrellas para siempre.

II

Te empiezas a preocupar al sentir mi presencia en el cuarto, ese olor a flores marchitas que está en todas partes. Con movimientos de reptil sales rumbo al cuarto que usas como estudio y no me encuentras; piensas que cambiaste de lugar mi cuerpo en la noche pero no recuerdas haberlo hecho. No me hallas a pesar de tus saltos y corretizas. Cada rincón te traiciona. Huele a ofrenda de muertos.

Decides vestirte para ir a buscarla. Alicia, crees, te ayudará a encontrarme o por lo menos a dilucidar esto que se te hace, de pronto, tan imposible, absurdo. Sientes miedo y sales corriendo. No notas mi cuerpo que ha crecido tapando todos los muebles de la casa. Mi cuerpo que te acecha.

Alicia y tú regresan rápido y sé que en el trayecto le quisiste explicar cómo sucedió todo, de qué manera desaparecí; el olor que flota en la casa. Cuando ella entró sintió náuseas al percibir el aroma fétido que ya había creído observar en ti, aunque no tan penetrante. Tenía que ayudarte a encontrarme, saber qué me pasó, las razones por las cuales ahora que entran todo apesta, creando un ambiente intransitable. Acomodas los libros que tiré por el suelo: La casa de Usher, Los mitos de Cthulhu, La casa tomada, Chac Mool arrancados de sus libros; La metamorfosis deshojada por la alfombra. Todos los textos llenos de musgo, húmedos. Alicia ha subido. Y tú te reprochas no haberlo notado; la oyes gritar y es demasiado. La buscas. No está en ninguna parte. Tú lo sabes: es mía. Y recuerdas un poema en el que la mujer está muerta desde antes de que se conozca con el que lo escribe. El primer contacto entre los dos es frío, horrible. Así que para ti es lo mismo. Te estoy derrotando.

III

El sueño es otra de las formas de percibir el mundo. En él siempre se está solo. Guillermo sabe que esto no es un sueño y que, sin embargo, su soledad es infinita. Habla con nadie, mientras percibe que el silencio de la casa es enorme, de ceremonia, de sangre y ritual. Piensa en Alicia y sabe que ya ha sido sacrificada a Zitzimine. El dios había logrado aterrorizarlo. Buscó la salida fácil, se tomó unas pastillas quedando profundamente dormido.

Zitzimine está arriba de mi escritorio y me dice que realice esta historia, que le ponga los puntos y las comas a una realidad o a una fantasía, todo depende del lugar en el que esté ubicada la barrera que separa estas dos tierras. No desvaríes del tema, me dice el ídolo: Zitzimine es un dios diabólico, pero no en el sentido del mal que damos en occidente, sino un ser que tiene que realizar sus actos para que el mundo pueda continuar; los mayas no tienen el concepto de pecado o de culpa y sus dioses no castigan sino que eligen un lugar, una forma y alguna persona para permitir que la realidad posea sinsentidos, contrapartidas, haciéndose más intensa y completa. Tengo miedo. Tras esta chamarra de mezclilla con plumas en los bolsillos se oculta un terror de que Zitzimine se apodere de mí. Es hora de decir que a Alicia yo la conocí antes de que viviera en esta ciudad y que no conozco a Guillermo, pero cuando supe que salían juntos no volví a hablar con ella: el amor es un juego con sus riesgos. He ahí por qué cuando escribía el momento del sacrificio de Alicia sentí un dolor en el cuello: un hachazo derribándome la cabeza. La historia espera, el dios me insta a que escriba lo que pasó después, a que me instale, con Kafka, en el infierno que es la escritura: un sueño soñado por nadie. O por un dios diabólico. Voy a buscar a Alicia. Está en manos de Zitzimine y yo no puedo seguir esperando.

IV

Sueñas entonces que llego a tu cuarto y te digo: Guillermo, no soy solo un vaciado en barro y Alicia te sorprenderá mañana, cuando mi casa esté llena de mis amigos y tú no puedas volver a salir. Todos estarán condenados a ser siempre estatuillas y cada año, en esta fecha, empezará de nuevo la historia sin que puedan salir de ella. Nadie debe jugar con los dioses. Tú seguirás repitiendo este argumento hasta el cansancio. Aun después de él.

V

Entro a la casa donde están todos; percibo el olor y dudo un instante en subir la escalera. Todo está terriblemente desordenado. En el jardín se oyen todas las voces de los amigos de Zitzimine: enanos, sirenas, minotauros, dragones, grifos. Ninguno sabe que el dios los dejará solos. Al fin entro en el estudio y me asombro.

Guillermo y Alicia están juntos. La estatua de Zitzimine está rota, como lo pensé. Saco mi propia versión del dios y luego una estatuilla que soy yo: con mi chamarra de mezclilla y plumas. Grito. Alicia no me contesta, a pesar de implorarle que me hable; está condenada a vivir para siempre. Este —lo sé— es el último acto de mi vida.

¿Lo ves, Zitzimine? ¿Has cumplido tu objetivo?

Lloro también por última vez mientras cargo la pistola y estoy a punto de accionarla. Qué bueno: Guillermo siempre fue un estúpido. Ahora solo falto yo. No es nada fácil: la eternidad es un juego muy peligroso.

Angelus

Si acaso me contradigo
en este confuso error,
aquel que tuviese amor
entenderá lo que digo.

JUANA INÉS

Suenan sí, retimban, sí; están en tus oídos, sí: las primeras notas del ángelus. En algún tiempo —lo sabes— ibas a la iglesia con velo negro y tu corazón cantaba tejiendo la música, enredándose en tu alma como las trepadoras en la casa de tus padres que ya solo pertenecía a tus recuerdos. Entonces, sí, te acuerdas que empezó tu agonía de mujer soltera cuyo único esfuerzo era ir a misa diariamente y oír las campanitas a la hora de la comunión; como las de tu cuerpo que no entendía, no, por qué. Cosa del diablo, pensabas. Y ahora escuchas el órgano levantar su sonido y envolver a todas las solitarias que te rodean con las primeras notas, sí, las primeras: el éxtasis del ángelus. Compruebas la costumbre de mirar a los hombres de la rodilla para arriba y de la cintura para abajo sabiendo que es pecado, cuando pasa el sacristán bamboleándose como badajo. Pero a mí, Josefina de Ribadeneyra y Palacio, no me ocultas, yo estoy dentro de tu cuerpo y no puedes esconderme que para desviar la vista de los varones contemplas las columnas de la iglesia que cuelgan de la pared: San Pedro cortándole la oreja a un soldado romano, San Pedro negando a Jesús, San Pedro crucificado de cabeza…

Oyes: «Bienaventurados los pobres porque de ellos será el reino de los cielos; los sencillos, los humildes de corazón». El incienso huele en todo el templo y se filtra por las cabezas de las beatas hasta llegar a tus pies, a la raíz de tus plantas, sí, Josefina; no sabes soportar más, en otro estado hubieras seguido completo el viacrucis y rezado el ángelus. Hoy no. Ni siquiera rezas la novena a tuvirgencitasantadeguadalupe. Y te querrán quemar con carbón ardiendo si no oras; tendrás gusanos en la lengua que poco a poco devorarán tu cuerpo, te saldrán llagas enormes y dolorosas. No te importa. Levantas tu cuerpo. Caminas. Te entretienes contando los mosaicos del suelo. Das el cuarto paso desde que te paraste de la banca. Lo sabes: no es posible regresar, has caído como Cristo bajo el peso de tu cruzoledad, te asfixia y no lo quieres entender. Un cura de sotana negra pasa frente a ti y te le quedas mirando. Lo odias; odias todo esto. Y lo detestas por angustia, porque sabes que me estás criando dentro de tu cuerpo, porque tu vientre te duele y sientes más intensa mi voz que te habla desde ti. ¿Me oyes? Erguida, suenas los tacones en el suelo; esta vez sin importarte que le interrumpas su sermón al cura. Mil cosas tiran de tus nalgas caídas. Te dicen que sí, que vas a despertar la ira del señor. Los angelitos que cuelgan de las columnas se llenan los rostros de asombro. Caminas sin miedo, pensando a mí qué. Cruzando los baptisterios lo notas: vas a cometer la torpeza de no hincarte antes de salir; no te lo perdonará Dios. ¡Qué sacrilegio!

Tus pantalones rozan entre sí y como las piernas de las bailarinas tu cuerpo produce un ruido que —lo descubres— viene del demonio, empieza en la superficie de la tierra y se para justo donde tú estás. Tu boca se traga hasta el mismísimo pecado original. Sudas y ese líquido recorre tus cabellos. Vas a rezar, pero no. No. Te duele la cabeza y sientes náuseas, un asco terrible. Corres. La puerta tiene una luz y está a un solo paso de ti. Un paso y es legítima propiedad de Josefina de Ribadeneyra y Palacio. Todas esas ratas de sacristía eran igual hace veinte años, ¿verdad? Desde entonces están en el mismo sitio, cantando el ángelus pitudamente. Luego rezan en voz alta. La luz es casi tuya, sí. No sientas ese temor que te impide alcanzarla. Sí, está ahí, tócala, siéntela. Tu cuerpo se estremece. Al fin sales. Tratas de expulsar a Cristo que cae convertido en líquido. Caminas muy rápido. Ya nada te acosa. Y no te duele la cabeza. Te has convertido en sal y agua. Subes al camión Chuvalistas y anexas. Llévame a la casa de Josefina de Ribadeneyra y Palacio, murmuras acomodándote en el asiento. Luego ríes. Sí, qué ocurrencia. Te va a dejar a diez cuadras. Un joven pasa vestido para hacer deporte. Lo miras. Hace más de cinco años que no veías un muslo desnudo de hombre. Te rascas los senos y te pierdes en su cuerpo enorme que te gusta. Está sobre ti. Sientes cómo te penetra. Te duele. Sangras. Y te aferras a sus cabellos, sí, casi se los jalas. Te duele pero lo sigues besando. Gritas, Josefina, mandando tus apellidos a otro lado. Percibes por primera vez cómo es un miembro que se mueve dentro de ti. Lloras y le muerdes un brazo. Te duele. A mí no me lo puedes ocultar. No trates de hacerlo, Josefina Hernández; quítate esos apellidos que has inventado. Nada era verdadero antes, por eso, sí, te bajas del camión y lo persigues, tratas de convencerlo de que vaya contigo, quieres hacer con él lo de siempre, lo único que ya te ha gustado y que crees haber realizado toda la vida. Ahí está él abrazándote, sí, y yo te veo, no miento. ¿O sí? ¿Tienes algo que agregar? ¿Se me pasó alguna cosa? ¿Me faltó de casualidad algún detalle?

No importa

I

Y, además lo habían obligado, amenazadoramente.

Partamos del siguiente principio: el universo es un libro y el mundo su lectura. Ahora podemos registrar ya sin temor los datos que conforman esta historia en la que —quizá— lo único relevante es que usted, anónimo, me lee y yo de manera por demás vanidosa me regodeo en ese acto que nos confiere plena existencia y le otorga a este universo la energía suficiente para palpitar. Permítame retirarme ahora, es momento de que usted entre en escena:

Se levanta del sillón con la frase todavía en los labios: Y además lo habían obligado, amenazadoramente. Sonó la puerta golpeada con violencia y luego entraron tres tipos.

—Acompáñenos a reconocer un cadáver —dijo uno de ellos.

—Oiga, pero…

—Usted obedezca y no pregunte.

Lo demás apareció en el periódico del día siguiente: «Un hombre fue llevado por la fuerza a reconocer el cadáver de su antigua amante y después se le golpeó dándosele instrucciones precisas. Al regresar a su casa su mujer y sus hijas habían desaparecido. Hasta ahora se ignora su paradero».

El hombre —ya de regreso— se levanta del sillón y atribuye la inquietud a lo caluroso del clima aunque sabe bien que son otras las razones que lo hacen moverse descoordinado. Mira los libros que se apilan en la mesa de trabajo; palabras, ilusiones, vidas que ha vivido, regresos a todos los lugares en los que no ha estado. Desde hacía mucho tiempo no se encontraba así; probablemente porque habían ya pasado muchos años desde que dejó de verse con esa mujer y hoy tuvo que aceptar que era ella —ese cuerpo que tanto conocía, esa alma que nunca le perteneció— la que estaba muerta dentro de la caja. Hoy no es ayer y mañana será nunca. Queda el recuerdo porque queda el rostro y el cuerpo amortajado, pero de nada sirve y el hombre reconoce que es a ella a quien quisiera tener. No todo es tiempo, piensa: Niego lo sucesivo, descreo lo contemporáneo, dice casi en voz alta. Además tiene razón, no hay absoluto más que el engaño.

Luego descubre que su mujer y sus hijas no están y lo otro pudo captarlo cualquiera en el periódico: «El hombre que fue golpeado sin razón, después de reconocer el cadáver el martes pasado, se suicidó hoy a las 3:30 de la madrugada, según consta en el parte del médico forense».

Decide matarse porque no le quedan asideros a esta vida. Igual que usted o yo, él leía que un hombre sentado en un sillón había sido obligado a algo, amenazadoramente; así que en igualdad de circunstancias se dirige al baño, se traga una terrible cantidad de somníferos. El resultado es del dominio público, la causa —si usted ha vivido más de diez años con su mujer estará de acuerdo— fue el reconocimiento de un cadáver que lo hizo regresar a sí mismo, de ninguna manera la desaparición del engolosinamiento absoluto que era su esposa. Cuando se han pasado diez años ingiriendo diariamente miel, no es la miel sino los diez años lo que cansa.

Ahora usted regrese al sillón y siga leyendo. Ha ido demasiado lejos en querer actuar por su propia cuenta el desenlace. La escritura —y todo lo que tenga que ver con ella— es una idea dentro del tiempo, la instauración utópica de un orden. Resígnese y vuelva a su posición inicial. El juego aún no termina.

II

Intentémoslo de nuevo: todo acto es secreto y en él participan al menos dos personas, por lo que somos cómplices del mismo secreto, nuestro conocer ultraja lo establecido y nuestro escándalo es compartir esa misma parte del universo. Yo le propuse actuar y todo acto es un crimen. Retomando el hilo —aunque sepamos ya lo que ocurrió, hay que asentarlo aquí:

a) Un hombre se levanta del sillón, sintiéndose inquieto por el rostro de una mujer lejana —en el periódico—, que está muerta. Es un pretexto perfecto, piensa. Luego, asesina a su mujer y a su hija y las lleva a la carretera; al regresar a su casa se suicida.

b) De nuevo: Un hombre se levanta del sillón —dejemos que sea él mismo— y recuerda, inquieto, el rostro de su amante en el periódico. No la había visto desde hacía mucho tiempo, así que se siente vacío. En ese preciso momento su hija le pregunta algo sobre las capitales de Asia —de las que ya no se acuerda— y su mujer lo llama a cenar, le anuncia que ya está la mesa lista.

Por eso se olvida del periódico, piensa que no vale la pena releerlo; se quita los lentes y baja las escaleras sabiéndolo: no le importa saber que ella está muerta.

Para David, Sonia y Don Gato.

Paisajes y silencios con mar al fondo

> «Mi sentimiento de la vida reposa sobre
> la firme convicción de que la soledad
> no es una experiencia rara y extraña…
> sino la realidad que está en el corazón
> mismo de la existencia humana».
>
> TOMAS WOLFE

Camina despacio, con las manos en los bolsillos, la cabeza hacia abajo, con la punta de la nariz casi tocando el pecho. Usted, Personaje, da vuelta y se adentra por el callejón, levanta el rostro y la busca, tiene una idea de ella. La noche es solo un perfume indescriptible. «¿Qué le pasa a esta ciudad llena de basura, de hambre y desprecio?», piensa al tiempo en que ve a tres soldados empujar a un hombre con la culata de sus rifles; sabe que siguen las patadas y la sangre o la muerte inevitables; es una escena cotidiana, repetida: forma también parte de la ciudad.

La encuentra y le dirige una perorata sin percibir la muerte en su rostro. Personaje y Ojos Azules convienen en el precio. Ella tendrá que ir a su casa. Como todos, es probable que él y Ojos Azules desconozcan el amor; Personaje quiere probarla. ¿Probar qué?, pregunta ella. Usted, Personaje, se lo confiesa: Amar. No entiende pero lo sigue, entra con él. Tendría que desnudarse con la noche y el silencio del mar. Se desnuda. Usted la mira acostarse y alcanza a percibir su cuerpo bronceado, una pierna larga sobre la otra. La contempla pasarse una mano por los senos dejando que comience el rito. Toda la noche. Ella queda en regresar.

Ojos Azules le pregunta si ya ha probado, si ya ama. No lo sabe. Usted, Personaje se lo dice: tú eres la que tiene que probarlo y se hunde entre sus muslos, abriéndola. Ojos Azules grita, arquea la espalda mientras él siente que sus dedos se mojan con un líquido tibio, espeso y la puede imaginar en éxtasis cuando palpa la textura de los labios engrosándose con la caricia. Los dedos siguen hurgando mientras ella cae inerte en la profundidad de la sábana, en el fondo marítimo de su blancura. Personaje se sube al cuerpo y lo manipula, lo manipulsa. Besa a Ojos Azules. Ella grita, lo aprisiona con sus piernas ardiendo. El ritmo de las olas, el gemir del mar, el movimiento idéntico de los cuerpos impregnados de espuma. Usted, Personaje, sabe cuál es su nombre, cómo se llama y de qué manera se llega al momento definitivo, tiene la certeza de que hoy no puede dejarla. Los dos caen hacia el mismo infinito, tensos, trenzados todavía. Personaje voltea el cuerpo y lo penetra. Ojos Azules siente un dolor que pronto deja de ser absurdo; lo acepta, lo goza. Él, lentamente, se deja ir en cada movimiento, quizá sin saber dónde se encuentra. Ella gime, implora, cae derrotada. Hoy hace siete noches. Personaje vuelve al cuerpo, regresa a la piel y la persigue, volviéndola brasa: de cada poro explota el sudor. Busca con la boca su sexo mientras Ojos Azules lo recibe entre las piernas y él deja su cabeza en uno de sus muslos apoyándose en el mar, en el silencio del mar que entra y se apodera de la habitación. Ella cae al suelo y Personaje se levanta. Contempla el amanecer.

Un hombre delgado y una mujer de piernas largas y ojos azulísimos caminan por la playa. El sol quema su piel: la de ambos. La brisa, en cambio, refresca sus rostros. Ella le dice: Te amo, necesito tu voz, tu cuerpo. Personaje pregunta: ¿Por qué? Ella le contesta que no lo sabe pero que lo ama. Usted le miente: Yo también te amo, le dice.

Nuevamente la alcoba. Y lejano el silencio del mar, claro. Usted, Personaje, está sentado en el borde de la cama, siente las manos de Ojos Azules que se posan sobre su cuerpo, acariciando la espalda. Ella habla y él escucha, deja que cuente su vida. Hace muchos días que sucede así; hoy se le ha acabado la historia y le pregunta: ¿Tú me vas a contar tu pasado? Usted le dice: No lo tengo y con eso cree haberlo arreglado todo. Ojos Azules nota que el amor es un globo esfumándose hacia el cielo. Un globo que ella nunca ha podido tener en sus manos.

Usted apaga la luz y se tiende en la cama. Ella le dice: Voy a enseñarte cómo amarme. Él, distraído, intenta abrazarle el cuerpo pero ella lo impide. Hoy no, dice. Personaje, sin otra salida, se voltea y sueña con el cuerpo de la mujer que tiene a su lado: desea humedad. Así durante muchas noches. El deseo filtrándose por entre los cuerpos ansiosos. Llueve; el silencio del mar se percibe y la marea se acerca al cuarto, ayudada por la luna. Usted, Personaje, se asoma a la ventana y ve la playa llena de basura; pasan varios militares inspeccionando el lugar. La violencia es un ingrediente indispensable en estos días donde todo producto es subsidiario de la destrucción: incluso el amor. Pero Usted lo hizo nacer en Ojos Azules y ahora aunque lo desee no puede amarla. «Toda la mierda me impide quererte», se dice. «El progreso no existe, el amor es imposible; nos ha expropiado la violencia, llevándose la ternura». Siente la respiración de la mujer y del mar dentro y regresa. La toma de las manos y despierta sobresaltada. Necesito amarte, le dice. Ojos Azules lo supo siempre y le contesta: Pero no puedes. Luego prolonga el abrazo, besándolo, y afirma: Vas a ver cómo es posible. Lo muerde en una oreja y Usted, Personaje, grita. Los dos ríen, hasta dormirse.

Se queja. Después la abarca el goce, se apodera de su cuerpo, haciéndola temblar. Él siente lo mismo y se lo confiesa. Te amo, te deseo. Ojos azules no contesta. «Vas a amarme hasta el cansancio, siempre». Ambos miran, intentando reconocerse en las pupilas del otro. Ojos Azules lo contempla y su mirada lo llena, expandiéndolo. Él grita abrazándose al cuerpo de la mujer porque pudo ver en su rostro la muerte y la separación. Miedo, te amo, miedo, te amo, se repite. Sobrevivir es ya un comienzo, le dice mientras se hunde en su piel queriendo estar cosido a los pliegues de ese cuerpo que lo ama hasta la desesperación y que le enseñó a vivir.

Entonces él le muestra la foto de la niña violada y ella la aparta, no quiere ver más imágenes de la soledad que empieza a sentir tan cercana. Usted, Personaje, piensa cuánto quiere a esta mujer. «¡Qué egoísta soy!», se reprocha. El amor es siempre egoísta.

Ojos Azules lo llama y él obedece. Dentro de ella, Usted, Personaje, llora y le dice: Ayer pensé en matarte. La mujer no le contesta, prefiere ignorarlo. Hoy es la última noche que lo acompaña y no piensa decírselo. Nadie sabe la historia hasta que termina.

Un día, cualquier día, no queda más que Usted en la habitación. Usted y la cercanía de los cuerpos. La certeza de que ella no volverá. Usted y el perfume de Ojos Azules impregnado en todas partes. Usted y el llanto. La ausencia. La renuncia de buscarla. Usted y el dolor de una mujer en la carne. Hasta los huesos. Una mujer que le enseñó a Usted el amor.

Conserva de ella el maldito silencio del mar.

Un hombre delgado camina por la playa. No hay nada a su alrededor, solo un silencio interminable. Desagües, basura, dos gaviotas extraviadas. El hombre tiene las manos en los bolsillos y la punta de la nariz casi pegada al pecho, parece buscar algo imposible que se le ha perdido. Me le acerco y le pregunto:

—¿Tú eres Usted, Personaje?

—Sí.

—Ella me lo dijo, te describió perfectamente.

Usted asiente con la cabeza mientras yo me detengo la falda que el aire se empeña en hacer volar y te cuento: Soy amiga de Ojos Azules, sé que Usted, Personaje, no sabías de su viaje, de la necesidad de buscar otros caminos, otras historias. Es posible que te niegues incluso a aceptar su libertad, su egoísta libertad. Lo importante es que ella no paró de repetir tu nombre cuando estaba partiendo, ¿sabes?, por eso vine a cerciorarme de tu existencia, a decírtelo, porque sabía que Usted, Personaje, necesitabas conocer el final para decirme: Gracias y luego alejarte por el otro lado de la playa. Llorando.

Experto en informática

> «El hombre es el ser superior
> a sí mismo y al mundo».
>
> SCHILLER

Cuando leyó el anuncio de la escuela de «Cibernética y Sistemas», Enrique no fue capaz de ver el alcance que iba a tener en su vida. La historia es siempre un fragmento, un espacio-tiempo determinado. Si tomamos un instante cualquiera, este sería el relato:

Enrique está sentado frente a ella, su computadora, su amiga. Para sentirla más cerca la bautizó Gabriela, igual que su novia cuya imagen le impide pensar en algo que no sea ella; con ella. Ha elaborado un programa-plan para rescatarla, hacer que regrese y la máquina empieza a asimilarlo. Teclea: /a/z/c/d/, ella contesta con una velocidad increíble: quererse mutuamente. Imagina el cuello blanco de Gabriela pero acaricia solo un lomo plástico y rugoso. La magia, cree, está hecha cachitos. Su ausencia, o lo que es más, su silencio que se agranda, que crece hasta estallar, abren un reto: la necesidad de que las cosas estén en orden, que no permanezca en paz; lo único que existe es un agudo dolor de cabeza que se convierte en correo de recuerdos. La muerte y la vida —Enrique peina sus cabellos hacia atrás y lo dice— son también juegos rítmicos.

Abstraerse, estar para no estar son las únicas maneras de mantener los pies en la tierra.

¿Sabes lo que es nunca haberse despertado con el cuerpo de una mujer junto? Frío, responde Gabriela, impávida. ¿Frío, no se te ocurre decir nada más cuando yo nunca he besado a una mujer? Ella contesta: e/r/r/o/r/, repite la enunciación.

Para Enrique esto no representa sino una evasión que no lleva a ningún lado; espera solo el momento en que su cabeza se rompa y de esa manera la sangre contaminada salga, desbordándose del cuerpo. Algo tiene que estallar, piensa, permanecer es existir, ser una parte inmensamente pequeña del mundo; explosión, y la computadora dice: Hiroshima, liberación de la energía atómica mediante el juego de partículas eléctricas que desencadenan fuerza. Apriete: a/l/t/o/.

Estar en un sitio significa que uno ocupa un territorio intransitable; miles de mundos llenan la cantidad finita de espacio del planeta que habitamos. Enrique tiene dos posters arriba de su computadora: uno representa al hombre en la luna y el otro un insecto perdido en la maleza verde; ambos son para él polos unidos del ser en relación con el infinito. Le queda su vocación por el llanto: el amor volviéndose un puñal que se gasta y vuelve a afilar eternamente. A Enrique le falta un nudo muscular, alguna tensión, un ruido rompiendo la música del silencio, del adiós que invade el cuarto como un cuerpo.

Llueve; la lluvia remoja sus huesos. Está con todo el dolor, todo el cansancio; llegan breves recargas mentales sacudiéndole la modorra. Quiere salir y es un laberinto su propia huida. Fuga, teclea, y la computadora responde, blanquea la superficie de la pantalla: escape, salida. Cuando un vapor alcanza el punto de fusión huye. La materia se extiende. Igual que la noche envolviéndolo todo casi fantasma que abarca con su mano lánguida el cuerpo, el dolor de Enrique y la mirada de Gabriela en el vacío. Recuerda la frase: Amar no es contemplarse el uno al otro sino ver juntos en la misma dirección.

El amor cayó entre los dos como una piedra.

El sistema de coordenadas y el programa están listos —ecuación imposible—, la computadora le dirá cómo traer a Gabriela nuevamente y él no se percata de que ella no es una teoría estadística ni el plan global de administración que le encargaron en la fábrica la semana pasada.

La historia, entonces, deja de ser instante, continúa, se extiende en el universo que somos nosotros y no termina, da comienzo; vivamos ahora el momento de la respuesta y el plan que por fin hará regresar a Gabriela. Un ruido sordo sale de la máquina entre cientos de bips y cloins:

/estudio clínico completo: paranoide/sujeto asocial/

/no sirve para relaciones con otros/

posibilidad estadística de éxito con mujeres: /ninguna/ salida posible: /calibre 38/

/cartuchos expansivos/.

Para el quillo.

Los amantes de María

Estoy solo, con la oscuridad y el pensamiento que me permiten, poco a poco, llenar la noche con las imágenes de la película. ¿Cuál ha sido la causa de este dolor, de esta punzada en el estómago al recordar su rostro? ¿O es que no tiene ninguna causa específica, que permanece aquí, se estrella en los ojos e introduce en el cuerpo? Todos alguna vez hemos estado en una sala de cine, cohabitando con otros seres que, igual que nosotros, pagan su boleto, se instalan en la butaca, hacen dos o tres comentarios terribles y grotescos durante la función y al final, cuando la luz inunda la sala, sus rostros de moluscos regresan a su habitual insipidez. Todos, de la misma forma, nos hemos sentido irritados cuando en la más dramática escena alguno de ellos suelta una carcajada absurda. Especialmente me desesperan cuando la estoy viendo a ella; un ser enamorado considera cualquier falta de atención como un insulto y yo, es natural, estoy enamorado de Nastassja Kinski y no puedo negar que me gustaría tenerla conmigo. Mi amor proviene de algún tiempo atrás y ha venido acrecentándose a cada película; por eso *Los amantes de María* me perturbó tanto. No sé cómo explicarlo, porque probablemente no pueda ser entendido y sea solo el delirio de un enamorado ante la confusión, pero lo imagino así: Todos hemos tenido algún amor imposible y hemos soñado, amado o sufrido a partir de su imagen, de la mera representación —propia y ficticia— de su ser. El mío, como el de muchos, apareció en la adolescencia y se llamaba —el pasado e inevitable— Isabel. Su recuerdo se iba venciendo paulatinamente, o al menos así parecía indicarlo todo. Porque existen también los años y la vida misma en la que otros seres se incrustan como calcomanías: la mujer, el jefe, los hijos, las deudas. Ante este plano de la realidad surge fantástica la imagen de Nastassja. (Como es comprensible no es mi primer amor y además, al venirse realizando en cada película y de manera más perfecta a medida que pasa el tiempo, deja de ser imposible). Y Nastassja emerge llenándolo todo, como suele suceder; cada vez que está en la ciudad nos amamos locamente y hacemos el amor una, muchas veces. Volviendo al tema, ahora los planos se cruzaron y lo que antes fue un amor perfecto se ha tornado confuso y al igual que contra ese tipo de personajes nefastos que pueblan las salas de los cines, desesperado.

¿Cómo escribir acerca de Nastassja sin mencionar a Isabel? ¿Existe alguna forma de impedir que lo imposible, el sueño y el pasado cambien a Nastassja? ¿Siempre se reiterará esta confusión que produce el que la fantasía se mezcle con la realidad como una vaca atravesando la carretera, con parsimonia, sintiendo en el cuerpo el contacto con el asfalto caliente? El relato es como la vida, simple y complejo: María (mi Nastassja) se casa con un soldado al que conocía y amaba desde la infancia, pero él —nada más cruel y verdadero— la ama tanto que no puede hacerle el amor; quiere tanto cada centímetro, cada poro y cada cicatriz de Nastassja que no logra vencer el sueño, percibir la realidad del cuerpo hermosísimo junto a él. Y a pesar de todo el cariño —nada más inevitable y verdadero—, empiezan a separarse. Estoy tirando una pelota contra una pared con todas mis fuerzas, el sonido húmedo del hule al rebotar distrae, se vuelve una presencia obsesiva. Es la impaciencia la que va a la pared y regresa, obstinada. La vuelvo a lanzar y grito como un último intento para vencer el dolor. Es imposible, el sonido crece y no puedo sustituir la locura. Arriba ella bebe el contenido de una botella de licor, camina lentamente hacia el espejo y acaricia un seno mientras llueve y yo, cansado, me siento a labrar un caballo de madera para el hijo que lograré tener algún día. Cambio: María se aferra a los barrotes de la cama y frota sus muslos con ella; introduce las manos por debajo de sus medias, recorriendo la piel, para percibir su humedad y adentrarse en ella mientras retuerce el nylon, gime, se dobla. Desilusión y placer se unen en un grito pequeño. La contemplo y me siento en la cama acariciando su cabello: definitivamente lejos de ella y de su cuerpo. Tengo lágrimas en los ojos y la amo más que nunca, pero decido partir para dejarla sola y así —es una suposición— lograr que la vida de ambos siga su curso, que la muerte no corte de tajo las ilusiones. (El ortodoxo gulonista que no respeta mi decisión de quedarme con ella a pesar de todo). María entonces vuelve a ser, como en la guerra, antes de casarnos, un fragmento del sueño, imposible y lejano pero inherente a mí como la piel —ante ciertos estímulos y la piel arde, nos consume— y el sudor. Viene a la memoria esa otra impotencia: la de no poder hablar con Isabel a pesar de todo el amor, quizá decir alguna frase absurda para alejarse corriendo por el otro lado, percibir entonces que nada tiene sentido, que el corazón se queda como un loco latiendo mientras la cabeza da vueltas y llegan veloces los labios de Isabel, los ojos de Isabel —porque nunca creí en mí hasta verme en sus ojos—, el cuerpo de Isabel y su cuello alto y suave que no se resigna con mi partida y sigue pensando cómo hacer para que regrese. Así es y no hay posibilidad de salida, nunca podremos saber si lo que hicimos estuvo bien o mal porque nunca podremos realizarlo nuevamente para comprobar —gracias al método científico— quién tuvo la razón. Y entonces llega aquel hombre del buldog, la guitarra y las canciones y ella que necesitaba saber qué era un cuerpo dentro del suyo lo acepta. (De nuevo el guionista, o la vida o quién sabe). Siguiente escena: Isabel va a buscarme embarazada; me pide un padre para su hijo pero el recuerdo la paraliza y me veo a mí mismo —desde fuera— diciéndole que no, que ya no la amo, mintiéndole que era solo un sueño que se fue como todos, volando. Sabía que todo pasa por estupidez y que la única verdad era una bellísima mujer embarazada que me decía: Te esperaré. La tarde se pierde en su vestido mientras ella se aleja y su silueta se esfuma, bamboleándose, caminando torpemente a causa de su embarazo. El vestido en tonos pastel contrasta enorme y bello con el paisaje ruinoso y mi vida horrible. El recuerdo se instala en el cuerpo, fluye como la sangre y uno se queda tumbado en un rincón del cuarto luchando por olvidar aunque acabe por vencerse, haciéndose a la idea de vivir siempre carcomido, destrozado por la imagen de lo imposible, de lo que nunca se apostó, de la apuesta vital jamás arriesgada. Más simple: de la impotencia. Primera pausa para recapitular —entre sonidos de mandíbulas mascando chicles y bolsas de palomitas arrugándose— ¿será entonces que la vida es esta constante repetición de fracasos, este nulo avance que nunca vence lo imposible? ¿O es que el recuerdo mismo anula ya la realidad, trastocándola, volviéndola triste y haciendo del transcurrir de los días un espacio agotante? Quiero decir que, a pesar de todo esto, hay Isabel y hay Nastassja; existen aunque no haya un ser angustiado porque la realidad y la mentira se han mordido la cola. O lo que es igual: independientemente de este hombre que habla, la historia ocurre, avanza y destruye. La película, es más, sigue: Nastassja me espera, sola. Su hijo ha crecido unos meses y el abuelo —perdóneme el guionista pero el actor no se parece a mi padre— va por mí para recordarme que ella está aguardándome solisísima. Le ofrezco un trago y me asombro ante su respuesta negativa. Lo interrogo. Afirma que está muriéndose y este argumento basta por sí solo: regresamos. La noche es una pesada capa de ansiedad, de angustia. ¿Qué enigma se oculta tras todo ese vaho? El abuelo no responde —es tanta mi desesperación por ver de nuevo a María que no noto que ha muerto—. Llegamos; subo al cuarto de ella. Toco y nadie me contesta. Entro y miro el cuerpo desnudo envuelto apenas con la sábana. Junto hay una cuna: quiero a ese niño, sé realmente que lo quiero. Ella se levanta y camina mientras me acerco y acaricio esa mejilla infantil, hermosa. María está a mi espalda y siento sus piernas que rozan mi camisa, impregnándome de nuevo de cada uno de sus poros, de cada lunar y cada cicatriz. El cuarto es tan azul como el cielo y lo siento lleno de vida; pensar que abajo el abuelo está muerto y que le tocó jugar el papel más difícil. Nuestros cuerpos se unen y veo sus ojos —porque nunca supe qué era el universo hasta que me vi en sus ojos—. Segunda pausa para hacer recuento: ¿Será entonces que el sueño puede realizarse y que cuando uno menos lo espera se instala en la vida con la fuerza de un elefante, volviendo todo tan difícil y, a la vez, tan lleno de felicidad; porque casi siempre la alegría es tan amarga como un té de gordolobo? Todo tiene su final y llega la respuesta, estoy en ella, con todo el pasado fuera de escena. Y hacemos el amor una, muchas veces. FIN. Pausa última para contemplar la realidad: se encienden las luces, la gente empieza a levantarse; a mi lado un señor gordo y calvo se estira lanzando un bostezo, una pareja no para de besarse. En la fila de abajo, pero del otro lado del pasillo, la veo a ella, con sus mismos labios y sus piernas doradas por el sol y el cuello alto, suave que abandona la sala. Con toda intención salgo por la otra puerta, dejándome arrastrar por la hilera de estúpidos que comentan alguna tontería acerca de Nastassja. Hasta que me encuentro con Isabel frente a frente y me miro en sus ojos —porque nunca supe qué era el amor hasta que me miré en sus ojos—. Tanto tiempo desde la última vez que la miré y sigue siendo la misma, pensé. Pero ella visiblemente ruborizada por mí, desvía sus ojos y —nada más cruel y verdadero— no me reconoce.

Para el colo.

A dos voces

A punto de ceder ante sí mismo, mientras observaba el corredor, notó el vacío absoluto, la soledad, la angustia; le parecieron seres de carne y hueso. Solo lo rodeaba el silencio que lo mantenía enconchado, sin ninguna posibilidad de contacto con su entorno; un silencio que no estaba hecho de odio o rencor sino simplemente de fracaso, impotencia, derrota. Buscó la mirada de ella que unos minutos antes se había perdido en el ambiente: no estaba y él no podía permanecer tranquilo. Sus últimas palabras lo atormentaban: «Héctor, despierta, esto no puede seguir; comprende por favor que no quiero una relación seria y deseo vivir libre todavía. Ya no te amo como antes… es distinto, te necesito y me ayudas pero a veces te odio porque no puedo pasar a tu lado, no logro estar contigo». Luego se apretó contra él llorando, pidiéndole amor, pero Héctor no podía tranquilizarla, estaba destrozado, lleno de lágrimas que no salían, impotente, queriendo llevársela lejos donde nadie ni nada influyera en sus pensamientos (ni su familia ni sus amigas, a quienes él juzgaba culpables de la separación); quería que se perdieran juntos definitivamente y no volver a tener ningún contacto con ese mundo que lo asfixiaba; hubiera querido ser libre, no tener pasado.

Sus brazos tensos cayendo al lado del cuerpo tocaban solo el aire y Sofía estaba ya demasiado lejos, era muy tarde.

Sé que él ni nadie leerán nunca estas palabras que escribo por ocio, quizá a manera de desahogo. Acabo de leer la novela de Héctor y he querido reproducir aquí ese fragmento. Es evidente que no solo serví de modelo para la narración, sino que copió íntegros algunos diálogos que tuvimos caminando por los corredores del Instituto; Héctor fue mi novio el año pasado, era mi profesor de literatura en ese tiempo y representó en esos días todo para mí. Leí la novela porque no puedo olvidar algunas cosas, como por ejemplo su mano que, temblando, me tendía las calificaciones; su mirada que parecía ver más allá, como buscando algo trascendente para fijar su vista. Uno de los vicios que me dejó la relación con él fue redactar, porque parece como si necesitara escribir todo lo que me ocurre para que sea real, para que quepa en mí o al menos exista. Es feo que después de habernos amado tanto todo haya quedado reducido a una novela; me siento un pretexto, una mera ficción, un sueño.

Todo sería diferente si pudiéramos tan solo conservar intacta la primera imagen que tenemos de la persona amada, si lográramos reconocernos siempre en el asombro de aquel primer momento en que contemplamos al único ser que nos permite reconocernos y existir, si no tuviéramos que continuar, si el tiempo no borrara ese instante en que todo parece indicar felicidad, si no necesitáramos transitar algunos meses junto al ser amado y reconocer sus errores, sus defectos, sus manías, perdiendo así la ilusión que nos hizo amarlo por el hecho de parecer perfecto; si no tuviéramos que ver al que algún día miramos como el príncipe soñado o el amante ideal o el marido perfecto como un gesto cotidiano, igual a cepillarse los dientes o pintarse, otra sería nuestra manera de ver el mundo.

La primera imagen de Héctor empieza a ser un poco borrosa —quizá porque me he empeñado en olvidarla—, pero aparece, al fin: Un maestro joven que se acerca y me nombra al pasar lista, detiene su mirada en mí largo rato, contempla mi rostro como queriendo abarcarme, dejar impresas en su mente todas mis facciones. Sus ojos me traspasan, me viven. En ese instante reconozco quién soy, de pronto me encuentro a mí misma, siento que sigue valiendo la pena levantarse todos los días con la tristeza de un león viejo haciéndome más grandes las ojeras.

Reconoció a cada uno de sus nuevos alumnos por su nombre, fue grabándose los rasgos de cada rostro para poder —según era su costumbre— nombrarlos de memoria al día siguiente. Pero todo cambió al llegar a ella; Héctor se asombró, quiso quedarse para siempre contemplando la imagen que se le ofrecía, deseó encerrarse hasta la muerte con esa niña que cruzaba las piernas casi ocultando una detrás de otra; anheló conservar la sonrisa de aquel momento en que dijo presente, y los ojos de todos los demás alumnos se voltearon a verla mientras Héctor se sentía celoso de que alguien además de él pudiera, por un momento, contemplarla. Sin embargo sabía que se iba a ir perdiendo poco a poco la imagen y que igual desaparecería; aunque sus facciones no dejaron de rondarle como gaviotas en la mente todo aquel día en que sus cabellos rubios y los ojos mirando la inmensidad y el arco de las cejas y pómulos ligeramente abultados y su largo cuello blanco fueron lo único real, concreto, abarcable. Si le hubieran pedido en ese momento un retrato hablado de ella nadie hubiera podido describirla mejor, como si la esculpiera en un bloque de sal con la lengua.

Pero el tiempo se hizo cargo de aniquilar ese momento y borró, incluso, el amor que se tuvieron alguna vez y que le hizo a Héctor odiar su pasado, la brecha que se abría entre sus mentes, que no les permitió contemplarse libremente y que le produjo a ella un enamoramiento —decía— capaz de unir cualquier cosa.

Le quedan los cuentos de Sofía, escritos con pluma fuente, como siempre; con esa letra pareja, menuda, perfecta; aún conserva de esa época la desesperación, la torpeza.

Hoy lo vi en el colegio y no pude evitar saludarlo; era un homenaje que le debía por el retrato tan bueno en algunas partes, pero tan deformante en otras, que hizo de mí. Sé que mi saludo lo regresa a su amor, a su sueño, que no le permite escapar de la trampa en que está metido, pero no pude reprimir las ganas de platicar con él, demostrar que la separación entre nosotros no debe implicar olvido, indiferencia, desolación; para que al menos meta las manos cuando caiga. Aunque parece que me contradigo un poco, creo quererlo aún pero no sigo enamorada de él y no quiero demostrarle un cariño que no siento después de haberle dicho que no me importaba más. Dan ganas de llorar y no salen lágrimas, tengo deseos de gritar y mi garganta no puede pronunciar una sola sílaba; quisiera morirme ahora mismo y tampoco puedo. Hoy lo vi en el colegio y no logré contenerme lo suficiente, lo saludé aunque hubiera querido besarlo y que me abrazara muy fuerte diciéndome que nunca nos separaríamos; pero no voy a decirle nada —pienso—, no puedo, él creería que soy una niña tonta que un día dice una cosa y al otro la cambia; por eso no hablaré con él ni le mencionaré que lo quiero todavía. No sé qué me pasa pero lo necesito, lo necesito mucho.

Él tiene mis cuentos y eso me consuela; saber que volverá a leer algún día mis cosas a pesar de no ser escritora. Yo tengo también sus palabras; releo algunos párrafos de su novela que subrayé porque en ellos me veo más a mí misma, como si necesitara reconocer que él me tuvo entre sus brazos, estar segura de que me amó y olvidar que ahora solo le duelo, que le duelo enormemente y que —aunque fugaz— soy también una huella imborrable.

Empezamos nuestra relación sabiendo cuál sería el final; siempre sentía que estaba robando algo muy profundo, algo que no me correspondía. No me di cuenta de que lo iba perdiendo, no logré captar cuánto lo herí y cuándo lo miré caerse, hundirse, solo di la vuelta, le dije que no me importaba más, que era imposible volver a llevarnos bien algún día. Ahora me siento culpable de la situación en que lo dejé, aunque quizá también en este momento que lo recuerdo puedo saber el por qué: le dije que estaba triste, que no encontraba la solución; solo que él no pareció darle mucha importancia, no regresó al principio de la conversación, obligándome a amarlo. Qué estúpida: necesitaba que él me lo mandara, que tan solo fuera una orden suya para cumplir de inmediato, para entregarme.

Hoy, como otros días, el silencio me ayuda a vivir.

> La mañana en que Sofía le dijo que se declaraba culpable de que Héctor siguiera enamorado de ella y que no lo quisiera más, que se sentía triste y sin salida él creyó estarse mirando en un espejo: ridículo, viejo. Pero ella tenía razón; estaba muy joven para querer una relación seria, tenía que vivir, conviviendo con sus compañeros no perdería la espontaneidad de la adolescencia. Pero era muy diferente decirlo a poder aceptar su peso enorme. Sofía le permitió regresar a sus veinticinco años y ahora se estaba debatiendo entre el ocio y la desesperación. Aunque parezca cursi, pensó, es como estar muerto.

Hoy logré hablar con Héctor acerca de su novela. Me invitó, porque se lo pedí, un refresco en la cafetería. Le dije que era un asesinato simbólico el hecho de haberme plasmado en un papel y que, además, alteraba la historia cuando le convenía para quedar como el mártir de lo que sucedió. Sus ojos negros adquirieron un brillo extraño cuando me contestó:

—Mira, ni el Héctor ni la Sofía de la novela son los de la vida real, aunque tengan los mismos nombres; la narración es el arte de mentir, de alterar la realidad para crear nuevos universos que solo existen dentro de las palabras que los abarcan, que los hacen verosímiles. Además, ¿cuándo estuvimos realmente juntos?, nunca; mucho de lo que ocurre a los personajes era imposible en nosotros, Sofía.

A pesar de lo pedante y de que su rollo me lo sé de memoria por sus clases, quizá Héctor tiene razón, porque lo que ocurrió solo nos pertenece a nosotros —sin importar que sus lectores se enteren de la historia—, la verdad está solo en nosotros, solo a nosotros nos impide vivir.

> Es triste reconocerlo —piensa mientras acomoda los trabajos y las tareas, separándolas por grupos— pero podemos casarnos o vivir con otra persona, y es casi inevitable que ese ser humano no sea nuestro más grande amor y el recuerdo de quien realmente amamos desgarra el oculto laberinto del corazón, impidiéndonos volver a querer con la misma intensidad, en esos límites en los que la separación representa la muerte.
>
> Hasta el recuerdo empieza a perderse, ya nada queda, pensó mientras salía del colegio sintiendo la lluvia constante y fresca sobre su cuerpo. Se fue caminando despacio con los cuentos de Sofía bajo el brazo, doblados, imagi-

nando su letra pareja agrupándose velozmente en la página; quizá eso lo hacía verse más contento, menos dolorido. Cuando llegó a su casa pudo notar, inevitablemente, que la lluvia había corrido la tinta de los textos, que nada de lo escrito podría entenderse más.

Para mis compañeros del ESINCRE
y su amistad indispensable.

Diálogo con nadie

> «El desprecio es un sentimiento inseparable de la conciencia viva de la traición perpetua a la existencia».
>
> GEORGES MOURNIER

No hay algo. Un vacío interminable, quizá. Entre él y la nada también ese ruido que estalla sobre la arena cada cierto tiempo, apagando su espuma con un breve chasquido frente a Nadie. Un tronco húmedo probablemente semi hundido en la playa; deshaciéndose. No existen imágenes ni realidad; es Nadie quien inventa de pronto una historia, cualquiera. La de todos o la que él cree su propia versión, su único pasado. Pero nada existe, nada es, de la misma forma que cada cierto tiempo un imperceptible ruido reposa su cuerpo sobre la arena, porque así la playa se va hundiendo, agotándose cada que el mar la lame, destruyéndola.

Ahora el problema del cuerpo. Nadie no es visible, no puede corporeizarse; está sobre el paisaje, en la arena y mi mirada lo abarca, le otorga un espacio y unas dimensiones, las de mi imaginación. Sueño a Nadie que a su vez sueña a nadie. Y antes de mí, quién sueña; después, cuándo acabará la cadena. Lo único que queda es el mar, su ausencia.

Nadie inventa una historia, pues: Mujer. Ella sabe que es un producto de su creación, pero existe, es aún más visible que Nadie. A él le duele como el mar. La nostalgia. Ella no es Nadie. A él no le da problemas con el cuerpo, su acción es rutinaria, mecánica, constatar que el amor es imposible, aun la invención del amor es un mero proyecto para habitar la nada.

El hombre, Nadie, se frota las manos; entiende y descree su soledad. El vacío es lo único realmente. La mujer también. Nadie la toca y ella cede, deja de sentir. Hay una inútil red colgada cerca de la playa.

El agua de una ola toca los pies de Nadie, reconociendo su existencia y llevándose un coco podrido a sus entrañas de por sí llenas de basura. Además llueve. Él, entonces, se adentra en el mar. Nadie lo sabe, era la única salida.

Ahora ya Nadie está ahí.

Cuatro versiones complementarias pero imposibles de ti y de mí y de todo esto

I

«...escribir como continua variación, como connotación que cuadraría quizás mejor con nuestra realidad, o algo parecido».

HEINRICH BÖLL

La tarde es solo un rumor. Oscurece. Un hombre está sentado frente a una grabadora; arriba una ventana y algunas macetas con plantas. Lilas. Blancas. Dicta: *para marchitar las flores,* y cree, de pronto, haberlo dicho todo. Con lentitud se levanta y dirige sus pasos a la cocina. Un vaso de ron. Lo sirve y da un sorbo grande, fuerte. Regresa; su cuarto es un laboratorio de historias y fantasías; una habitación fatigada de sueños. Saca escrupulosa, metódicamente el abrecartas del cajón y corta el sobre. No quiere empezar la lectura antes de terminar ese cuento que está dictando en la grabadora. Desiste; toma la carta y sigue su escritura braille, posando los dedos sobre los bordes, las hendiduras hechas en el papel son tiernas, suyas; las sigue. No tiene caso decir la historia que contenía, baste mencionar que el hombre tira el papel con fuerza. Un nombre, un único nombre graba en la cinta: María. Después regresa la cinta borrando lo que ha dicho. Inmóvil, el hombre respira. Descree de la facilidad en la historia, quisiera que María nunca se hubiese ido dejándolo tan solo. El hombre se sabe incompleto; quizá lo acepta, probablemente deja escapar unas lágrimas. Vuelve a la grabadora y escucha: La tarde es solo un rumor. Oscurece. Luego decide que ahí debe terminar y dicta el punto.

II

> «Pues escribir, tal como lo entiendo y tal como he intentado explicarlo, es un trabajo sucio por sí mismo, porque precisamente, la pureza y la integridad no existen y tampoco las persigo, al contrario, desconfío de ellas...».
>
> Heinrich Böll

Ahora solo vivo de recuerdos, dice el hombre al iniciar la entrevista. Es el mismo. Otro. Un poco más viejo, más cansado. Le pregunto por María. Era un motor, dice, una forma de vivir, como la escritura, por supuesto. Hoy estoy solo y ella lejos; sé dónde. Pero hubo que seguir escribiendo, a pesar de todo; uno escoge la literatura o de plano elige otra forma de retardar la muerte, ¿no? Usted, en esta entrevista quiere hacer preguntas insidiosas, intentando que viva, pero ya se lo dije: ahora vivo de recuerdos. Entonces rememore, le imploro. Sí, dice, una tarde, una excursión —claro que ya hace muchísimos años— ella y yo caminábamos por la sierra; la neblina y el frío la obligaban a andar muy cerca de mí. Y luego el miedo, su brazo en mi cintura y el mío sobre sus hombros, acariciando apenas su piel descubierta. Nos sentamos en una veredita, contemplando el río, o mirándonos a nosotros, quizá. Es obvio que siguió toda la explicación de nuestras vidas. Acaricié largo rato sus cabellos sin decir nada, dejando que el silencio nos ayudara a soportar la realidad. ¿Me entiende?, fue un momento íntimo. Los dos juntos abrazados, jóvenes pero solos cada uno dentro de su concha. Dos personas que no pueden entregarse y que mantienen la ilusión, el deseo. Besarla. Y lo hice: muchas veces nos besamos. Pero no adivinábamos nada el uno del otro.

¿Para qué escribe?, o mejor, ¿por qué empezó a escribir?, le digo. Quizá porque no tenía su cuerpo cercano al mío, responde, porque ella no parecía más que un sueño. Pero vaya usted a saber, uno escribe por tantas razones, con tantas mentiras y al final se queda solo; las palabras no cohabitan con uno. Recuerde más, le pido, ansioso. Todo lo que quiero volver a sentir es parecido —dice—, momentos con ella, instantes con ella, caminatas fatigando la tierra. Una luna. Algún río. Pero usted se aburriría con todo esto. No me aburro, cuente por favor, ¿cuáles son las imágenes de su libro? Ya no me torture, qué difícil es todo esto, dice, yo no puedo verle aunque esté frente a mí pidiéndome descripciones inútiles. Por favor, dígame la verdad:

—Ella y yo estamos juntos, sentados, tomándonos de la mano, viendo las casitas a nuestro lado, sintiendo una lluvia tenue sobre nuestras espaldas; la maestra nos había castigado por darnos un beso en plena explicación de geografía —justo cuando la cordillera de los andes acabó en nuestros labios, sentí el reglazo—, porque ya nos había hablado del inconveniente de ser novios tan chicos. Ahora —en el instante que recuerdo—, la lluvia mojaba nuestros labios que se besaban burlándose de la maestra. María estaba segura de tener un hijo a causa de tantos besos. Llegamos a su casa que es muy grande y tiene unos jardines hermosos y cuidados. Prefiero quedarme afuera escondido para que los padres de María no me sorprendan. Parece que no va a llover más. Sale un sol mustio y me pregunto si es verdad que nadie ha podido atravesar el arcoíris recibiendo por única respuesta el regreso de ella con cien pesos para unos refrescos. *Le dije a mi mamá que eran unos mapas de sociales,* dice. Aprieto su mano un poco para no lastimarla. No llueve. María y yo vamos saltando charcos. Caigo por descuido en uno salpicando su vestido azul y poco después ya los dos estamos saltando salpicándonos las ropas mojando las tobilleras y los pantalones los olanes y los calcetines incluso la mejilla donde una gota intrusa ha ido a depositarse. Cumplíamos dos meses de novios y entonces saqué —perdóneme que altere tanto los tiempos de los verbos pero yo lo voy recordando todo con esos saltos, ya usted lo corregirá— una muñeca de una bolsa mojada y otra por la lluvia. María la vio como el anticipo del hijo que pronto vendría, me dio un beso en la frente y yo en recompensa acaricié sus cabellos rubios.

—Le suplico que siga contando, cómo se conocieron, a qué escuela iban, cómo se hicieron novios.

—Por casualidad, qué sé yo. Además, qué le importa.

—Mucho, siga contando lo que quiera, diga por favor cómo es la verdad, cuál es.

—Arreglamos todo con la mentira porque somos incapaces de vivir la realidad. Quizá ésta tampoco es la historia que yo quería contarle.

—Haga memoria, ande, piense.

—Sí, sencillamente me pregunto de quién es esa voz que llega al cuarto donde estamos los dos de la mano de quién el cinturón que golpea contra mi piel de quién los gritos de ya déjelo señor él no tuvo la culpa de quién los mocosa no te metas la culpa es de este escuincle mañoso que no sabe su edad quién salió corriendo tras María con la calle llena de coches y tuvo que saltar para no ser arrasado por el galaxie café quién llegó hasta ella con la respiración agitada para decirle que no se preocupara recibiendo la cachetada y un no quiero hablar más contigo tu papá es un estúpido quién regresó a la casa llorando y se lanzó a golpes con su propio padre alcanzándole a dar un puñetazo en la nariz que además de llenarle la camisa de sangre le costó irse a un internado.

—¿Qué tiene eso de especial, si puede pasarle a cualquiera?

—No me basta con lo que sucede, desde que perdí la vista necesito inventar la historia de María, hacerla más dramática, confundir la realidad y la ficción. Además usted empezó preguntando y ahora se trata de deshacer las cosas y llegar a usted para molerla a palos y hacerla sentir mal, con ganas de irse, no la soporto.

—Ya es suficiente.

—Sabe que además todo lo que he contado es falso.

—Lo intuyo, pero…

—Recuerdo un poema muy malo que escribí cuando mucho tiempo después de esa escena hablé con María por teléfono —tendríamos más o menos veinte años y ella ya se había casado—:

Fluye el tiempo incansable
fatiga los relojes del amor
la voz

tu voz
tu cuerpo

adivinado entre tu voz
que fluye imposible
escondiéndose
Y corre la conciencia desamada
los brazos que no tocan
el tiempo que no besa
lágrimas/ recuerdos/ reproches
y tu voz de sonido y ausencia
y tu cuerpo de silencio y de frío
está y no está
Todo fluye.

—Eso ya lo he leído en algún lado…

—Diderot: «Todo es flujo perpetuo. El espectáculo del universo no ofrece sino una geometría pasajera, un orden momentáneo».

—O sea que…

—Que ella me había guiado a donde quería y era necesario aceptar el nunca amor, entender la urgencia de ella y su entrega sin darse, porque no pasó nada, ¿ve?

—Es la quinta o sexta versión que me cuenta; mejor pruebe reescribiendo *Blancanieves*.

—No importa el sentido de lo que hablo; usted empezó preguntando sobre María y no soporto su perfume femenino cerca de mí todo este tiempo. Es todo lo que sabe mi memoria. Aunque quisiera hablar de María únicamente, estaríamos ella y yo y todas estas versiones. Nadie que escribe puede dejar de envolver a los demás, de deformarlos.

III

«…y escribir es a pesar de todo algo más, precisamente porque consiste en este no-saber-hacia-dónde».

HEINRICH BÖLL

—¿Y cómo era María?

—Otra vez la misma pregunta, qué le importa saberlo. Solo deberá entender que después de mucho tiempo volvemos a vernos, intentamos seguir amándonos pero ya es imposible la entrega. Después pierdo la vista poco a poco y lo demás ya lo conoce por los periódicos.

—Dicen que intentó suicidarse…

—Una vez, por no sentir ya nada, pero ahora que no puedo verlo sí imagino el final perfecto para una película dramática. Puedo describirlo.

—¿Es real?

—Es perfecto.

—Entonces diga, cuente el final:

—Hay un hombre frente a una grabadora llora le da un sorbo al vaso afuera por la ventana uno puede sentir el rumor sí el rumor de la calle o de la tarde Una mujer ha salido tiempo antes por la puerta con sus notas para una entrevista El hombre aprieta una tecla y se acomoda en el sillón luego comienza a dictar: *para marchitar las flores* y vuelve al vaso La cámara deberá alejarse poco a poco en lo que el hombre con lentitud sigue moviendo los labios estertóreamente Luego la luz baja poco a poco hasta quedar a oscuras.

—Y el final, ¿me va a dejar la historia sin final?

—Ya está dado arriba aunque usted no lo notara; su curiosidad estará satisfecha y ahora hasta podría rematar su entrevista con una mancha de tinta y…

—¿Con qué más, Jorge Luis?

—Con un signo de interrogación.

IV

> «Ya existe este deseo de no hacer historia, o de negarla. Pero cuando la memoria se haya extinguido todos los escritores serán utopistas».
>
> Heinrich Böll

—Espere, antes de irse, dígame cómo es, descríbame su rostro para saber si corresponde a la idea que me he formulado de usted.

—¿Es suficiente decirle que me llamo María?

Para Borges, i.m.

Tanto amor y no poder con la muerte

«Hoy sufro solamente».

César Vallejo

Llueve sin parar. Al cielo no le dan ganas de que termine esta humedad. Felicitas está en la mecedora, balanceándose mansamente mientras cuenta lo que sucedió. Me ha dado una copa de anís dulce, del que ella toma —dice— cuando quiere recordar.

—No quiero morir sin ver el mar, eso fue lo último que le oí decir antes de que la lleváramos al hospital, cuando los doctores la llenaron con tubos y mangueras —dice la vieja y cierra los ojos, deseando apropiarse de la historia, ver entre sus párpados las imágenes. Sus manos están juntas en el regazo.

—Emilita estaba agonizando; los únicos que podíamos haberlo visto éramos Pepe, mi sobrino y yo. La que lo vio salir fue la enfermera. Cuando nos lo describió supimos perfectamente que era él: el traje, la flor en el ojal, el peinado, los lentes caídos que Lucio, el marido de Emilita, siempre llevó igual.

La mujer está envuelta en el aliento de la lluvia. Su figura menuda y sus facciones hacen que la lluvia le sea inherente. Me mira, pidiéndome aprobación para continuar y luego se moja los labios.

—Cuando llegue Adega le pediré que te enseñe las fotos de esa época. Yo no las necesito, pasan por aquí —dice Felicitas señalando su cabeza—. Los viejos vivimos de la memoria. Esta historia es difícil, me llega por oídas; pero cuando Lucio murió, tres años antes que Emilia, dicen que sintió la misma prisa, esa ansiedad por morir. Cáncer en un pulmón; se fue consumiendo poco a poco, le salían bultitos por todo el cuerpo. Lo de Emilia fue del corazón.

Nunca he visto un pueblo en el que lloviera tanto. Se escucha cómo el agua escurre por las calles, formando un río veloz. Felicitas sigue meciéndose; sus cabellos blancos y los ojos negros la hacen parecer más joven, hasta inocente. Se lo digo y sonríe.

—El tiempo nos consume, hijo. A ellos la enfermedad los fue privando de todo: sus facultades, sus alegrías, sus experiencias. Emilia acabó como un vegetal; fue horrible —Felicitas muerde el vacío para dejar pasar el escalofrío del recuerdo; aprieta las mandíbulas, pero no olvida—; parece que fue así: Pepe dice que Emilia, unos minutos antes de morir se levantó serena, abrió una caja que no existía, sacó unos lápices y estuches invisibles y fue maquillándose con el sueño. Luego parecía como si estuviese vistiéndose: se puso unas medias imaginarias, la falda que no estaba y se acomodó algo que parecía un chal, diciendo, ya me voy, ya vienen por mí. Fue suficiente que después apoyara la cabeza para dejar de existir. Sin quejidos, ni frases. Callada y mustia, como la lluvia.

Es un poco tarde; Felicitas se nota preocupada por la tardanza de Adega. No dice nada, me pide que la lleve a su cuarto. Casi necesito cargarla, arrastrar su cuerpo, ese cúmulo de polvo. Noventa y siete años.

—Sí hijo, es muy pesado para una; los he enterrado a todos. Solo me quedan tú y Adega. Apago la luz y ella duerme ya con placidez. Su cuerpo desaparece entre la cabecera de caoba y los almohadones blancos. Todo en su cuerpo minúsculo recuerda su suavidad, su calma. La puerta cruje un poco cuando la cierro. Siento mis huesos húmedos y fríos a pesar del anís. Esta visita a mi tía Felicitas ha reavivado muchas cosas. La infancia, sobre todo.

En el pasillo encuentro a Adega empapadísima con todo y el paraguas que chorrea y que sostiene en la mano izquierda. Ella es Adega. Esos ojos negros deben ser Adega.

—Tú debes ser el primo Claudio —dicen esas manos blancas y esa boca carnosa que es Adega.

—Y tú la prima A... —detiene mis palabras al jalarme bruscamente del brazo; me conduce rápido por el pasillo hasta la última puerta. Es su habitación y en ella se nota su presencia; está llena de adornos y a pesar de la noche la luna le otorga una claridad insospechada Se quita el abrigo y me toma de las manos; me da la espalda. No nos hemos dicho nada más; sus dedos colocan los míos en un botón del vestido, obligándome a desabrochárselo. Ese y los demás. Ocho. Se quita el vestido y vuelve a colocarme las manos en el broche del brassier; mis dedos nerviosos tardan un poco en abrirlo y dejar libre la espalda, sus hombros delicados y la piel blanca, hermosa. Llueve y hace frío, así que no puedo rechazar la oferta de seguirla a la cama, donde ella no parece sentir nada. Adega me desconcierta aunque voy desvistiéndome rápido y entero. Su cuerpo ya caliente se junta con el mío, sin hablar. El deseo moviliza y los brazos se cuelan por donde pueden. Adega está arriba de mí y puedo contemplar sus senos pequeños. El pelo revuelto y todavía mojado cae sobre los hombros que acaricio. Estoy dentro de Adega, sintiendo la segunda humedad que se me brinda en este pueblo. Un ritmo preciso, pausado, tierno, se impone entre los cuerpos y nos conocemos ya a pesar del silencio. Estoy confundido pero los ojos de Adega me llevan a una profundidad increíble, pueden más que mi desconcierto. Y nuestros sudores empapan el cuerpo que emite los únicos ruidos del cuarto. Afuera la lluvia sigue cayendo.

Adega continúa en mí. Hemos explorado nuestros territorios, leído los sueños en la piel del otro. Hasta que puedo percibir en sus ojos que los dos estamos llegando a la orilla y que lo hacemos en el mismo momento, con igual cansancio. Ella se tiende a mi lado y acaricia mi piel, como si quisiera estarse quieta pero aparentemente no pudiera cesar su movimiento. La luna sigue alumbrando la mayor parte de la habitación y puedo ver su rostro radiante que emerge de entre las sábanas. Solo en ese momento veo al gato. Está a su izquierda y ella lo acaricia igual que a mí. El animal, blanco, repugnante, me mira con los mismos ojos que la tía Felicitas pero inyectados de rencor; estoy ocupando su terreno en los juegos de Adega. La relación entre ellos es extraña; ambos tienen los mismos ojos negros y sonríen de igual modo. Ya lo dije, Adega me desconcierta. Su voz detiene la reflexión de mi asombro:

—Claudio, desde que vi la foto del tío Lucio quería conocerte, te pareces mucho y mi madre dice que soy igualita a Emilia; por eso quería que pasara esto, para comprobar si realmente nos parecíamos a ellos.

—No crees que eso es vivir una vida que no nos pertenece.

—¿Cómo lo sabes?, Paracelso —dijo señalando al gato— era de ellos y ahora está aquí, en la misma cama, con nosotros.

—Adega —es lo único que pude decirle y luego la abracé nuevamente intentando ganarle ternura al miedo. Hasta que amaneció.

No tiene caso contar todos los días en casa de Adega; con ella y su cuerpo y sus obsesiones por revivir el pasado y pretender que la relación de mis padres se pudiera repetir entre nosotros. El gato, además, no me ha dejado estar muy a gusto. Adega lo nota y no hace nada por librarme de sus ojos rencorosos clavados en mí, amenazándome. Desde hace dos días las cosas se volvieron más extrañas. Adega se ha ido tornando muy rara; no come con nosotros y manda decir que está indispuesta. No he podido entrar a su cuarto porque lo cierra por dentro. He conseguido la llave en el cuarto de mi tía por si se necesita. Felicitas no comenta nada, como si todo el caso fuera muy natural; sigue con su sonrisa amplia, la misma con la que me recibió. Ella sabe de mis encuentros con Adega; se siente cómplice y me mira burlándose.

—Claudio, tengo que acabar de contarte. Cuando salí del hospital la enfermera me dijo que un señor alto había venido a ver a Emilia, vestido con un traje gris y un clavel en el ojal; los lentes caídos a la mitad, Lucio tenía que ser, pensé y Pepe me lo confirmó. No quiero decir nada, hijo, pero en el entierro cuando ya estaban echando tierra en el agujero, llegó él, vestido igual y se hincó al borde de la fosa, llorando. Alcanzó a decirle: En este pueblo nunca se podrá ver el mar. Y se puso a echarle tierra; después no lo volvimos a ver. La muerte es así: alguien, siempre, viene por ti.

—Bueno tía, pero entonces mi mamá nunca vio el mar.

—No, nunca. Cuando murió, al salir del hospital. Pepe me contó que su tía había estado hablando toda la tarde, le dijo que el mar era muy bonito y la espuma refrescaba los pies, dejando algunas burbujas en la piel. Nadie de nosotros conoce el mar, ninguno podía haberle contado. Quizá algún libro; es posible que la lluvia, cayendo a borbotones ese día, le hizo pensar en el agua que rodeaba su cuerpo mientras nadaba hasta quedarse quieta, en las profundidades.

Algo que no he mencionado por repugnancia: hace unos días maté al gato. Adega ya estaba encerrada, así pude ahorcarlo fácilmente. Sus ojos negros eran ya insoportables, no dejaban de espiarme. Nadie lo sabe. Adega piensa que salió de parranda unos días. Felicitas sufrió una recaída de artritis y no puede pararse, según me mandó decir con la cocinera. Llevo unos días solo en la casa, sin hacer nada. Así que se me ocurrió abrir una puerta que siempre estaba cerrada. Mi primera impresión fue la de correr de ahí, pero tenía que sobreponerme y ayudar a Adega a salir de la casa. En una cama de latón yacía el cuerpo amortajado de Lucio —que nunca fue esposo de mi madre, aunque de eso me enteré después— tal y como lo describía: con su traje azul marino, su clavel en el ojal y los lentes caídos. Y recordé la voz de Felicitas todas las noches leyendo en ese cuarto. En voz alta, leyéndole seguramente a él.

Son las dos de la mañana. He ideado la manera perfecta para que acabe esto. Adega estará de acuerdo en que Felicitas podría morir igual que el gato, despejándome la vida, aclarándome esta obsesión. Tengo la llave del cuarto y entro. Prima Adega, le digo. La alfombra está mojada y no obtengo respuesta. Me acerco al cuerpo de Adega en la cama que no es más que un montón de ropa simulando su silueta. Entro al cuarto de baño y ahí está, colgada con un trapo; el rostro morado de varios días, los ojos desorbitados iguales a los del gato. Tiemblo. Nunca había sentido ese miedo; salgo a avisar, necesitamos hacer algo. En el cuarto de Felicitas se repite la impresión; su ropa está llena de sangre y ella no aparece. Solo el gato blanco, con sus ojos negros, contemplándome miserable.

Después encuentro estas memorias de la tía Felicitas y me entero de que ahogó a mi madre por los celos, ya que era amante de Lucio. Sé que mi viaje al pueblo fue un plan para sustituirme; pero no contaba con Adega y tuvo que asesinarla. Lo único que no he logrado explicarme es dónde está su cuerpo y por qué ese gato que yo había matado, que seguramente dejó de respirar el día que lo ahorqué, me sigue a todas partes. No tengo fuerza para salir de la casa. Ha seguido lloviendo. Este dolor en los pulmones no me deja respirar; empiezan a salirme bultitos por todo el cuerpo y mi traje azul marino está luído porque no me quedan ánimos de cambiarlo. En la mañana, al pasar por el espejo del comedor, noté que mis lentes estaban caídos a mitad de la nariz.

Además, prefiero esperar pacientemente a la muerte que me llegará en pocos días, acostado sobre la cama de latón. En este pueblo nunca se podrá ver el mar…

La abuela Becky

Ella estará sentada durante un largo rato, contemplándose en el espejo gigante que hay en el comedor. El piso de madera emite crujiditos con el movimiento monótono de la mecedora. Unos pasos atrás está ese cuarto pequeño que te parece como que no estuviera en la casa, como si fuera de otro lado. En ese cuarto están también tus primas. Sabes que ella se hará más vieja a medida que se columpie en la mecedora mientras su gato negro le ronda los pies cubiertos por un enorme chal. Es como si estuviera detenida un instante de tiempo y como si repitiera incongruente, una sola palabra: horas, horas, horas, mientras pasa cuentas de su rosario. Te sientas al filo de esa mecedora tratando de no hacer ruido para que ella no se percate de tu presencia; pero apenas te has acomodado en el parquet antiguo su voz deja de decir esa palabra. Te acercas a su regazo; ella se aprieta las mejillas con los pulgares. Las cortinas gruesas no pueden ser movidas por el viento porque las ventanas siempre permanecen cerradas; pero si el gato camina cerca de la tela se oye un chasquido con la pared. Parece que escucharas la lluvia, las gotas que nunca has visto. Becky, tu abuela, abandona su autocontemplación y te mira. Llamándote por tu nombre te dice que vayas a jugar con tus primas, que no te aburras cerca de ella y no te hace caso cuando le dices que no quieres permanecer ahí. Luego vuelve a dejar de mirarte y regresa al espejo; sus ojos rojizos de conejo no te alcanzan a ver.

Llegas a la capilla, que es el cuarto pequeño, y saludas a Altagracia y le dices que juegue contigo pero tu prima tampoco te hace caso. Ya no le tienes confianza a tu abuela, siempre te manda a jugar con tus primas y ellas no te oyen; sabes que hay cinco jaulas de pájaros y que te dan miedo pero cada que se lo dices a tu abuela ella te ignora, se encapricha en que Altagracia te está hablando, aunque tú nunca le hayas oído decir nada; siempre está en la misma postura, con la misma ropa. Tus primas son la mentira de ella. Afuera solo oyes el chasquido interrumpiéndose de las gotas que golpean el techo; quiere salir a contemplar la lluvia pero si lo pides lo van a negar, igual que tantas veces. Deseas salir a la calle pero ese ruego no sale de ti, nunca vas a ver cómo es la demás gente de la que ella habla, nunca mirarás cómo son las demás casas. Estás condenado a jugar en el patio mugroso por donde no entra el sol; tienes que aguantar esa luz grisácea que invade toda la casa. Sabes que el gato estará peleándose en la azotea, ¿por dónde habrá salido?, te preguntas. Estás seguro de que los pelos de los gatos amanecerán regados allá arriba cubiertos por una ola de fuego y una capa de polvo. Escuchas otra vez la voz de ella que te llama a la mecedora. Ya voy, quieres decirle. Te le acercas y dejas que te acaricie el pelo, pero es inevitable, te puede dejar solo sin que le importe. Vuelve a decirte que juegues con tus primas. Y tratas de decírselo, contarle que ellas nunca te hablan; pero no te atreves. Ni siquiera vale la pena decirle lo de los pájaros. Ella los sabe inexistentes. Vas otra vez a la capilla. Altagracia, dices en voz baja. No te contesta. Te enojas, la arañas, clavas tus uñas pequeñas en su cara pero ella ni siquiera llora. Se te queda un material suave y moldeable en las yemas. Te das cuenta de que de eso mismo están hechas las velas que alumbran los cuadros de los santos a los que tu abuela quiere que reces todo el día. Comprendes que las velas dan luz, la única luz verdadera que han visto tus ojos; una luz como la que supones entraría a esta casa si los vidrios no fueran cafés. Acercas una vela al cuerpo de Altagracia; la puedes ver mejor, tiene unos ojos verde mar que te hipnotizan, como las canicas. De sobra conoces que el gato rondará interminablemente los pies de ella. Si haces que Altagracia se encienda como esta vela, tu prima va a tener luz, y te hablará. Oyes lejos el órgano y sabes que tu abuela está tocándolo. Por primera vez no se enoja con esto que haces; ha de intuir el bien que vas a hacer. Ahora sí ya, Altagracia expide la misma luz de la vela gracias a ti. Y luego lo harán todas tus primas y los santos y la casa y la abuela Becky y tú mismo. Todos te lo van a agradecer y entonces nunca te volverán a regañar (quizá tus vecinos, que nunca conociste, le declaren a la policía que pensaban que la casa estaba abandonada y que cuando se cubrió de fuego —igual a los pelos de los gatos allá arriba—, se oyó como pocas veces, un órgano que exhalaba sus últimas, últimas notas.

Para Victoria, que supo ver muchas cosas en él.

Para incluirte dentro de mis monumentos

I

Tres ocasiones y nada. En la tercera audición —como en las demás— los jurados se despidieron de mí, observándome de la misma manera que miran sus calcetines en la mañana. No es para tanto. No creas todo lo que yo digo. Será el recuerdo, la ausencia que produce un vacío, un dolor. Es un poco culpa de la incertidumbre: ¿cuándo regresarás?, ¿cómo está tu país?, ¿los amigos, la familia, los de antes están bien?, ¿los encontraste mejor, o es que tantos años de injusticias acaban por transformar el rostro? Sí, de acuerdo, es culpa de la incertidumbre; todo esto que somos tú y yo y que nos representa, lo que vivimos aquí y nos hizo otros se ha ido. ¿Dónde quedan los años, los recuerdos de pronto embelleciéndolo todo? Aparece aquel dolor de cabeza en pleno cuarto movimiento casi paralizándome los dedos. O aquel zapato que apretaba, impidiendo dar el salto y que te obstaculizó el baile. Ese ensayo en casa, tú bailando en el círculo del abrazo. Hay una foto frente a mí; es música y fluye como el mar, igual al baile que retrata. Desde ahí me contemplas, aire, nada. Y no estamos allí ni en ninguna parte. Tomo el violín y lo afino; voy a tocar nuestro tema, aquel que te llevaste grabado en el caset y que te niegas a bailar en público, porque es solo nuestro tema; yo tocando y tú danzándolo; los dos entonces fuera del mundo, del tiempo. Me pregunto qué se hace a la hora de morir. Es solo que uno da la espalda y no hay frases, ni maravillosas despedidas; o se corre hasta topar con una barda y caes por última vez al intentar subirla. No sé si sea una persecución o un estarse quieto. ¿Quién llorará una o dos lágrimas de compasión y quién aguantará el llanto por temor a desbordarse, a no contener el grito? Quizá haya alguien que nos suba la sábana y todo se vuelva blanquísimo. El silencio, entonces, se tornará música invadiendo el suspiro entrecortado mientras el mar, el amor se quedan sin cielo, sin día, sin ojos ni paredes. Ya lo sé, cuando uno se muere se sienta en el sofá y se pone a afinar un violín que no quiere tocar aquel tema.

II

Escucha el violín en el aire y su música es una mentira, nadie puede oírlo porque suena inclusive cuando ella se tapa los oídos. Es Bach, un allegro. Su tema, el tema de ellos. Una música que se mueve, está suspendida. Los pies se deslizan sobre el piso, siguiendo las notas que deja escapar el instrumento. Ella sigue ejercitando ese baile, fatigando los sonidos hasta memorizarlos, hasta vivirlos. Ocho horas diarias de práctica; uno,dos,uno,dos,arriba,abajo,rele vé,uno,dos. El sonido lo abarca todo como zarpazo de tigre. Ella está cansada; se recuesta en el piso, con la espalda en la pared; jadea, exhala un pequeño vaho. Han sido demasiados los sucesos de unos días a la fecha: regresar: regresar a su propio país, tocar una tierra que es igual en todas partes pero también diferente, única. Abrazar a los parientes escrutando el tiempo, la desesperación y la injusticia en sus rostros. Acariciar la línea de la cara —tensa, rígida, lívida— del abuelo y darle ese beso que quiso decir también esperanza. Observar un cielo nuevo y antiguo mientras se siente por esa minúscula franja de polvo un cariño que el corazón dictó mucho antes. Reconocer que el país ya es otro y que ella misma no es la de antes, que los años van lamiendo la piel y se incrustan como piedrecitas en cada poro, haciendo más pesado el transcurrir inevitable de los días. Y es también la noche, la soledad, la nostalgia de otros países que también le pertenecen y le otorgan una perspectiva diferente a la existencia. ¿Cómo regresar a un espacio desconocido y tener que verlo con ojos acostumbrados, desprovistos de asombro, de miedo; porque la angustia es el precio de ser uno mismo? Luego, entró a la academia para practicar diariamente algunas horas antes del día de la representación, antes del estreno *por la puerta grande,* como le había dicho Orlando. El día señalado la entrada del escenario era una minúscula puerta por la que tuvo que pasar tan agachada como un niño al que el maestro regaña y pide que salga.

III

Orlando hojea aquella revista que acaba de dejar el correo; hay un cuestionario hecho a mujeres en la sección *Solo para hombres,* y lo revisa con la misma disposición que ante la sopa que más ha odiado. Descubre la carta de ella, que el cartero metió dentro de la revista. Su cuerpo es de gimnasta y el sillón una cama elástica. Salta, corre, va por el abrecartas y vuelve a sentarse; abre la carta con la paciencia de un dentista que extrae la muela del juicio. Aquella cosa sale del sobre y él detiene el proceso; necesita un ron y en el tocadiscos ese *allegro* de Bach. Siempre ha sido un romántico, un irremediable melodramático. Da un sorbo a la bebida, se deja acariciar por la música y ahora sí le permite la entrada a la cartalaspalabraselbesolaimagenelrostrodella:

19 de diciembre.

Orlando,

¿Cómo estás? Para qué lo pregunto, de seguro igual que yo, extrañándote inmensamente, pensando en ti, oyendo tu música, con ganas incluso de que estés aquí, de que sean de los dos estos momentos que voy viviendo. Ayer fue la representación. Las piernas temblaban como gelatina y no había un rostro parecido al tuyo en las primeras filas que endureciera las fibras, los resortes del cuerpo. Hubo un salto que me falló, una salida demasiado rápida para el bailarín que tuvo que apurar el paso al grado en que le sobrevino un calambre; el telón estaba cayendo y no se notó. Al menos el público no vio aquellos ojos disparándome con excelente puntería. Aunque esto de los tiros es real; porque a la salida hubo un tiroteo bastante fuerte al que hubiera querido entrar, ser uno de aquellos jóvenes que le tiraban piedras a la policía. Libré el combate en mi recámara, sola, con tu rostro. Nunca me había clavado las uñas porque al principio me bastaba con enterrarlas en las ropas creyendo que eran tu cara. Ayer intenté bailar con la música que ahora mismo has de estar escuchando. Nada. Es imposible hacerlo sin Orlando Furioso, aunque tengo tu caset y tu música no está en tu presencia, falta tu imagen. No escribo para brindarte un espejo aunque así suceda; es solo que no pude resistir, aunque tú me hayas dicho que era mejor no hacerlo, que el silencio puede más dictándome aquel proverbio árabe: nunca digas nada que no sea más bello que el silencio. Lamentablemente el silencio me aterra, corroe, se vuelve un espacio inhabitable, oscuro. Ahora intenta tocarme ese allegro que sé imposible para tus dedos en este momento. Hay que hacer como que vivimos después de todo las despedidas no son adioses sino llenumbre de presencia. La frase es tuya y el lugar el aeropuerto, op. cit., 9:15, am, vuelo 322.

Uno es siempre el antagonista de sí mismo. Es muy sencillo; escoges una forma de vida, una razón y ya está. Tocar el violín, bailar, escribir, pintar, adquirir una función útil; luego no hay quién supervise el trabajo, quién esté percatándose de la entrega, horas y horas dedicadas al *cumplimiento del deber.* Cuando dejas de servir intentan engrasarte y si el tornillo se ha trastocado entonces lo cambian. Así de fácil. No hay quién le dé un visto bueno a tal ejecución, a esos pasos casi perfectos, uno a uno con la música que se siguió. Pero es mejor —así nos han educado— olvidarlo y muy femeninamente, ponerse a vivir mientras lo demás es accesorio. Un valium, una aspirina, aquel alka seltzer hacen las veces de compañeros y permiten que por muchos años todo siga su curso natural. Luego la crema, cortarse el pelo a la moda; después aquellas llantas que es preciso perder. No importa a costa de qué, sea de dejar de escribir o de reproducir el mundo o de acariciar un violín—, el precio de haber realizado la función que nos tocaba es dejar de realizarla y luego —siempre luego— volver al pasado con cara de circunstancia y quizá —siempre quizá— con un reproche pequeño a no haberlo apostado todo. Yo opté por bailar, no importando qué, ni cuándo, ni hasta dónde; porque mi cuerpo ocupa a la música, sitiándola y le da una razón de ser, otorgándole un fin a mi existencia.

Por lo demás el silencio nunca es un calibre treinta y dos. Te quiere y, si el poder no lo aplasta, seguirá queriéndote, Marfisa.

IV

«Orlando Furioso y Marfisa, su heroína. Dos nombres que nos hemos puesto, que no existen realmente. Marfisa es un personaje, también de *La Dorotea,* de Lope de Vega; aunque en la cumbre del helenismo *marpheia* era una ninfa de la que Apolo estaba enamorado, en otros casos es la reina del Amazonas y otros parajes. Etimológicamente, en griego, *marphó* quiere decir acercar, unir, abrazar; o sea Marfisa. La música une a la bailarina con las notas y —caso afortunado— al violinista con ella. Cuando ensayábamos la representación del cascanueces sobrevino el encuentro, estaba afinando el violín cuando tocaron en el camerino y me encontré con un par de ojos negros. Estaba un poco pálida y me dirigió aquella sonrisa enigmática muy suya y después sucedió lo obvio. Hoy anoto esto: Lo perfecto siempre tiene final. Ella es perfecta en su propia naturalidad y sencillez, en su inteligencia e ingenio. Establézcanse las conclusiones pertinentes».

Ella toma una pausa y regresa el caset; la música vuelve a sonar, Bach inunda nuevamente la habitación, como una sombra en una película de misterio. Las notas suben hasta apoderarse del techo. Ella lanza una carcajada ante la última frase y su irrefutable verdad y vuelve al diario de Orlando que se llevó sin su permiso:

«Decir adiós es morir un poco. Marfisa ha escapado del halo de Orlando Furioso. No puedo dormir. Cierro los ojos para reconocernos pero nos dolemos, pronuncio un nombre, Marfisa, Marfisa, Marfisa, y deja de tener sentido; se vuelve inminente separación, lágrima y un poco muerte. Ella tiene que seguir bailando, regresar a su país, contemplar con otros ojos —que son los mismos— su territorio y sentirlo suyo. Yo debo permanecer.

—¿Qué dice Mariana? —increpó el impertinente de Pedro, que nunca falla en meter las cuatro.

—No friegues, ¿qué no sabes? —le dijo Hugo turbado, nervioso.

—Traiga cuatro más —grita el Sam, que arregla todo con rapidez; luego le contó lo que sabía:

—Así que andaba metido en negocios chuecos, cocaína, cosas así —concluyó mirando al Cotorro como para que siguiera:

—Además tenemos que el tipo ya había sido fichado y se pasó un rato en el tambo. Salió libre bajo fianza que pagó el sobrino.

—¿El sobrino, Cotorro?

—Así como oyes. Un millonariazo, con mansión y criadas con uniforme.

—¿Por qué no cambian de tema? Todo el día con sus muertos y sus notas rojas, ya no jalen —dijo Pedro, y luego comentó dos o tres películas. Las destrozó sin piedad. Hugo las vio todas y sabía de qué se trataba, así que no lo siguió. ¡Qué mamón es este cuate!, dijo para sus adentros, al tiempo en que se despidió quedando en llamarlos por si sabían algo nuevo.

La casa del sobrino Ricardo era verdaderamente un palacete en un barrio elegante. El tipo lo recibió en un hall: piso de mármol, una marina horrible colgada de la pared revolviéndole el estómago a Hugo. Completaban el panorama unos sillones Luis XVI forrados en terciopelo guinda. Ricardo le abrió en bata de seda y pantuflas; le explicó que estaba enfermo y que por eso lo veía tan fachudo. Después comentó alguna impresión sobre su tío muerto, que estaba consternado, que no podía explicárselo. Luego se disculpó. Pero le dio tiempo de hacer un mapa mental de la casa y Hugo estaba satisfecho.

Después de despedir al doctor Spock se tomó una cerveza para recostarse a leer una novela de Kundera. Pensó que al menos la caminata le había ayudado a ordenar sus pesquisas: No se trataba de un doble asesinato seguido de suicidio, sino de un crimen triple, porque Francisco Serrano estaba implicado en negocios chuecos, seguramente —si se hace caso al informe de la portera— con su sobrino Ricardo, que era el único que los visitaba. La suegra desató el conflicto y no podía haber tanta gente sabiendo la verdad. Así que no era más que una mierda sin ningún interés y él nunca saldría en una novela de Chandler. Count Basie servía solo para deprimirlo y hacerle recordar a Mariana.

En esas andaba cuando se quedó dormido.

El Cotorro, como siempre en estos casos, lo despertó con un timbrazo estridente y largo. Hugo fue a abrir, contemplando a Marylin y sintiendo que el porvenir de un pendejo detective está asegurado: joderse.

—Pásale, te invito a desayunar —le dijo y el Cotorro no se sorprendió porque conocía bien esa clase de invitación; tomar un poco de Naranjada Bonafina y fumar un raleigh sin filtro era toda la comida que remataba en un eructo. En el transcurso nadie podía dirigirle la palabra, así que el Cotorro esperó a que terminara y le contó sus investigaciones, sintiéndose Archie Goodwin. Entró al despacho de Ricardo Serrano —el sobrino se apellidaba igual, para colmo— y encontró un folder con el nombre del fotógrafo donde había cuentas, préstamos, recortes de periódico y la historia completa. Hugo, que nunca sería Nero Wolfe, supo que Serrano el fotógrafo llevaba diecisiete años en negocios con su sobrino, que había sido el encargado de repartir la cocaína en su estudio que servía de excelente pantalla. El final era obvio. Ninguno de los dos detectives amateurs se sentía satisfecho. Todo había sido demasiado fácil. Hugo sabía que como detective se podía morir de hambre, lo cual no era difícil en un país donde solo los políticos y los empresarios viven bien. Le dio asco y después de despedir al Cotorro solo atinó a besar a Marylin que no le devolvió el gesto.

La calle a las doce, inmóvil reptil de concreto. Hugo compró el periódico para saber que todo el asunto seguía oculto. En la juguería, de regreso, recibió una llamada del Sam que cerró el rompecabezas: Ricardo Serrano acababa de ser postulado por los tres sectores del PRI, como gobernador del estado. Todo tenía una clara explicación y entonces lo único demasiado abierto era qué demonios hacía él en esa historia, por qué había roto sus vacaciones y aceptado un caso sin cliente, de poderosos. Estaba atado de manos y lo sabía. Salió a despejarse. Iba por los portales cuando un coche se le acercó despacio. Hugo sintió un frío que fue también un temblor paralizándole los movimientos. El vidrio del copiloto se empezó a bajar lentamente. Si me van a joder que sea de una vez, pensó. Cuando pudo oír una carcajada:

—Calma, Hugo, qué negra tienes la conciencia. ¿Cómo has estado? —solo entonces volteó para reconocer al imprudente de Pedro que le había metido el susto de su vida. Se despidió alejándose por el otro lado de la calle.

¿Qué caso había tenido implicarse en la muerte de un fotógrafo, su esposa y su suegra?, pensaba ya en casa, mientras volvía a colocar con cuidado, despacio, el disco de Basie y se preparaba para escucharlo. Estamos solos, oyó que le decía a Marylin eternamente clavada en la pared. Luego recordó los ojos color helado de vainilla de Mariana y sintió que su ausencia era algo demasiado concreto, un dolor en exceso obvio. ¿Quién carajo le mandaba a él meterse en tanto lío? Porque, después de todo, un vendedor de jugos, aunque sea detective privado y lea a Kundera, debe tener cuidado con las angustias metafísicas.

Solo el amor engendra melodías

I

Jordi se contempló tan viejo y olvidadizo, tan inservible aunque apreciado como un Stradivarius. Por un lado, lo único que conservaba de su pasado catalán era el nombre que hoy en México, le sonaba ridículo; por otro, lo único que le quedaba de Martha era la depresión a prueba de cualquier futurista gitana que no lo dejaba. Se supo solo ese día —un mes luego de su última separación— cuando empezó a recordar fragmentos de su relación con Martha como lo hubiera hecho un viejo de asilo.

Primero aquel encuentro en casa de su amigo profesor de la Universidad, entre mariguana y ron perfumado, hippis trasnochados y muchachas freudomarxistas —o alguna otra escuela que el sincretismo universitario puede crear de un día a otro—. A Martha se la presentaron como estudiante de Antropología, perteneciente al Círculo Feminista y además como miembro del Servicio Social de Indígenas. ¡Qué currículum!, pensó Jordi que podía pasar como diletante de todos esos grupos y algunos más que se pudieran formar en la fiesta. Siguieron tardes enteras de salir juntos, de discutir mucho, de fumar horrores y beber lo mismo —no tabaco, por supuesto. ¿Era amor o comodidad lo que los unía?, se preguntó Jordi una y otra vez dispuesto a no contestarse nunca y seguir con Martha mientras juntos descubrían que la injusticia del mundo era insoportable, la decadencia de Occidente se tornaba absoluta, al país se lo estaba cargando el FBI y el hambre: todo se perdía. Hasta que en alguna de esas discusiones Martha creyó conveniente aclarar que a ellos les estaba pasando lo mismo que al mundo, y por supuesto debían separarse. Entonces Jordi decidió —como deben hacerlo los entrenadores de futbol cuando van perdiendo, han hecho los dos cambios reglamentarios y se les lesiona el portero —que lo que los unía era amor y que ni madres, no podía separarse. Martha, para usar sus palabras, lo vio pasar desde el arranque machista hasta el lloriqueo edípico, pero no accedió a seguir con él ni un dialéctico minuto más.

Para llegar a este momento, pasaron siete meses de relación con ella que le permitieron a Jordi acabar su tesis, recibirse, encontrar un examen por oposición fácil y luego entrar al grupo docente que se reunía en casa de su amigo. Siete meses en los que poco a poco fue descreyendo de sí mismo, del amor y de la posibilidad de convivir con una mujer. Al final, ya por las fechas de la discusión con Martha, Jordi era casi un misógino y solo se soportaba a ratos. Pero la superación lo radicalizó aún más: se pasaba horas enteras encerrado en su casa después de dar clases y su único pasatiempo consistía en sentarse en el Zócalo a ver pasar burócratas y viejas solitarias como cacatúas. El caso es que ahora, oyendo a Phill Collins, el viejo solista de Génesis, cantando *I need one more night, yes one more night,* pudo recordar alguna caminata memorable con Martha, momentos de felicidad como en el que se sentaron juntos frente a un bosque y quedaron así, unidos, sin decirse nada. Contemplándose.

Pasaron siete meses, pues, de doloroso aprendizaje para que Jordi pudiera estar sentado, regándose el café, solitario y decrépito, pensando en voz alta:

—El forzoso trato con mujeres es igual a un servicio militar, una lucha obligatoria que completa el aprendizaje, nos obliga a ser cuidadosos con nosotros mismos, a perfeccionar nuestras maneras y sobre todo a lograr de todo instante un momento inolvidable percatándose de cada detalle. Así se mantiene una relación y no se causan problemas. Para que al final te manden al carajo.

II

Dos dichos al momento: No hay mal que dure cien años ni depresivo que lo resista, se suicida primero. Nunca falta un roto para un solitario melancólico y cariñoso. O lo que es lo mismo, tenía que llegar Teresa a cambiar lo pontificio de esa última frase, aunque para que llegara a ese periodo, tuvieron que pasar treinta y seis libros sobre depresión, igual que su abuelo cuando su hija tuvo meningitis y él investigó cuanto pudo. Jordi pasó desde el peor de los conductismos hasta un texto bellísimo de Castilla del Pino que de cualquier manera no le alivió esa neurosis que era peor que una prolongada sesión de retortijones de inminente diarrea.

¿Quiénes acabaremos siendo?, fue la primera pregunta que se hizo Jordi cuando se atrevió al riesgo que podría representar otra confianza con ese sentimiento tan absurdo y con esa comunicación, que él creía imposible, con el género femenino y que no era sino una larga fila de inseguridades acumuladas durante tantos años de separaciones; por eso la pregunta no era muy descabellada, ya que seguramente quería decir: acabaremos solos, llenos de memoria, de recuerdos, de fragmentos imposibles en el tiempo y el espacio, pero que representaron tantas experiencias insólitas, agradables a veces, tristísimas otras. Así que de cualquier modo vale la pena el riesgo, se dijo Jordi pensando en los ojos negros, profundos, llenos de brillo e inteligencia de Teresa; y en sus manos suaves, delgadas, lindas. En su nariz perfecta, hermosa. Pero también en sus frases llenas de sentido, en su cariño a prueba del día, en su sensibilidad extrema, en su voz que todo lo iba cubriendo: la vida, los detalles insignificantes, las noches frías de Jordi.

¿Será que el hombre acaba siempre idealizando a la mujer que ama?, se preguntaba, adolorido por la posible respuesta. Una ventaja tuvo; la contestación llegó ya iniciado el juego y ya establecidas las reglas del hermoso intercambio que era estar con Teresa. Sí, se contestó al fin Jordi, acabamos idealizando a la mujer; su ideal estaba demasiado cerca para teorizarlo y vivir era la única incógnita despejable.

La vida de ambos se fue poblando, entonces, de minutos felices, de fragmentos hermosos, de viejas rectificaciones, de maniobras sutiles para no agredir al otro, de darle vueltas a la personalidad como si fuera un calcetín para lograr comunicarse, medio entenderse y compartir el mundo. Aunque el mundo fuera, sí, dos bancas en un cine, una mesa en el café, un coche negro transitando por calles oscuras, vivas. Aunque el mundo fuera ir por Teresa a las seis y media al salir de clase y acompañarla a su casa, en una media hora que significaba todo. Aunque fuera, es más, pensarla largos ratos insomne, solo recordando sus besos suaves y luego intensos y después nuevamente suaves. Los dedos yendo y viniendo por toda la extensión de la mano, amándola. Porque para Jordi todo fue volver a asombrarse con los mínimos roces, los más furtivos contactos; conociendo de nuevo el mundo y develándoselo a Teresa. Descubriéndolo juntos y asombrándose del movimiento apenas perceptible de una hoja cayendo del árbol o de la profundidad nebulosa de la vía láctea.

Horas y horas de recorrer el mundo juntos, aunque estuvieran cada uno en su casa, gastando papeles recordándose, hablando en el silencio, viéndose en el otro como en un espejo. Un día Jordi se lo dijo:

—Contigo es como si estuviera frente a mi imagen. Te necesito porque al verte me miro.

III

Y luego, es natural, sobrevino el rompimiento. No es pesimismo, sino apego a la historia. Jordi se fue de vacaciones y Teresa se quedó en la ciudad de ambos. Él sabía que al regresar todo sería igual o aún más profundo y, sin embargo, temía esa separación y volvía a preguntarse quiénes acabarían siendo.

Una tarde en Veracruz, lo sorprendió el rostro de Teresa en un aparador mientras atrás se oía un son jarocho. El vidrio reflejaba la ilusión de Jordi de tenerla junto a él descubriendo juntos esas callejuelas del puerto, internándose en los portales a tomar café y ver cómo pasan las horas frente a sus ojos. Tenía que contentarse con una cerveza Nochebuena y canciones costeñas pegajosas, dulces. Luego el silencio, la soledad, el recuerdo. La ausencia que es una necesidad física, un contacto obligatorio, una neurosis inmensa. Desde su llegada tenía el cabello húmedo y alborotado por el clima, y sus manos que lo amasaban lo hacían más desordenado, igual que su mente que escribió esa noche: «...Teresa, ¿podrías vivir sin mí? Claro, qué pregunta; yo tampoco me he muerto, pero te necesito muchísimo. ¿Qué acabaremos siendo, dos solitarios enflaquecidos, preguntándose sobre el pasado, recordándolo para poder vivir? ¿Ausentes olvidadizos, quizá? Te he dicho que ha cambiado tu cara, ¿eso representa que toda tú estás cambiando, que eres otra como lo soy yo? Abuso de estas preguntas cuando de pronto me pasa por la mente la cantidad de horas juntos en el cine. Kurosawa, que será siempre una clave; Woody Allen, a quien tanto le debo el andar contigo; Chaplin y su ironía optimista en *Tiempos Modernos,* donde la pareja acaba siendo la única salida posible en un mundo que se deshace. No sé casi nada. Solo que hoy te amo y te necesito mucho».

Requirió días enteros de soledad para darse cuenta de que al fin su vida no era una parodia, de que aquellas tardes con Teresa, platicando de mil cosas frente a una taza de café o dos limonadas, nada más, eran hermosas soluciones compartidas. Frente a su cerveza y sus canciones veracruzanas comprendió que Teresa lo estaba esperando en otra ciudad y él era un pendejo si seguía torturándose. Por eso accedió a unas vacaciones normales, gozando plenamente del espectáculo que se le proporcionaba. Escribió: «...me tomaste una mano con la tuya mientras yo te decía que sí, que corría el riesgo, y algún día nos reiríamos de estar celebrando un mes juntos. ¿Por qué no?, dijiste. Esa frase sigue siendo toda mi esperanza, mi abrigo. Aunque también tus ojos y tus besos. Caigo en muchos lugares comunes cuando te recuerdo, pero es que hace mucho no sentía esto, no me despojaba de creer en la vida como un estrecho sitio para mirar el cielo. Gracias».

Podría parecer cursi este agradecimiento, pero era sincero. Jordi estaba plenamente agradecido con Teresa y quizá tenía razón, dados los nuevos matices que iba adquiriendo —con ella— su vida. Ya no necesitaba pensar en Teresa para decir:

—No sé qué carajo sea el amor, si la felicidad pueda existir en algún lugar de la tierra; pero no vale la pena negarse la experiencia. Después de todo, la vida es un conjunto de fragmentos disparejos, desordenados, a veces incoherentes.

Aunque se diera cuenta de que había perdido la foto de Teresa y no podría encontrarse con sus ojos.

Para la buhita más linda del mundo.

Índice

Los placeres del dolor

Amores enormes

Música de adiós